金凱瑞 JIM CARREY
達納培瓊 DANA VACHON

MEMOIRS AND MISINFORMATION
回憶與誤解

獻給我的大哥約翰

「名聲」是讓一個人永遠沒辦法恢復過來的沉重打擊。

——馬歇爾・麥克魯漢(加拿大著名哲學家及教育家)

序章

他是人們口中的金・凱瑞。

那年的十二月中旬，他家院子的草地枯黃得呈現琥珀色。到了晚上，灑水器噴灑了十分鐘的水（這種時間限制是出自政府限水的要求），草葉漂於積水，疲軟無力，就像他母親在奄奄一息時施打嗎啡而頭髮汗濕的模樣。

洛杉磯的狀況從四月開始就持續惡化，水壩乾枯如骨，加上連日酷熱，氣溫就像施虐狂所戴的幸運手鍊上的數字：攝氏三十六度……三十七度……四十一度……四十度……上個星期，一架F－16戰機如彈簧刀般劃過飛灰密布的天空時，蜂鳥路這棟莊園的一名園丁因中暑而昏厥。這名男子被送往醫院時拚命掙扎，說聖母瑪利亞答應跟他在這座深谷的涼爽陰暗處跳支慢舞，而且只收他三塊錢。聖塔安娜風隨著夜色到來，這道惡魔之風使得靈魂枯竭，警車鳴起警笛，日落餘暉從汽油彈的橘色轉變成煤灰般的淡紫色。每天早上，一道煙霧瀰漫的氣息拂過峽谷，進入這棟豪宅，穿過層層空氣過濾器，而這項設備最近裝設了感測器，能發現有沒有人試圖利用神經毒氣來暗殺屋主。

他滿臉鬍鬚，因為這幾個月精神崩潰、遭遇災難而眼睛充血。他赤裸地躺在床上，完全不是處於巔峰狀態的他。你如果在這一刻入侵他家的監視系統偷窺他，會幾乎認不出他，甚至以為他是來自黎巴嫩的人質。然後你認出他的臉，意識到：*這不是躺在*

大床上獨自看電視的普通阿宅。血紅色的Netflix商標從你看不見的電視螢幕投射而來的時候，你會說：「我知道這個男人是誰，我以前見過他，他曾經從路邊看板到麥片盒上無所不在。他是那個電影明星：金・凱瑞。」

幾星期前，為他提供居家監視器服務的某個叛徒，把三十秒長的監視器畫面洩漏給了《好萊塢報導》網站。在這段影片中，凱瑞以面朝下的胎兒姿勢在家中泳池裡漂浮，像一頭遭到捕獲的虎鯨那樣發出淒厲哀號。他的公關希西・博斯告訴《綜藝》雜誌，他那麼做其實是為了在泰倫斯・馬利克即將執導的電影裡飾演「施洗約翰」而做準備，偏偏馬利克拒絕對這個說法做出回應。那支影片賣了五萬美金，這個金額剛好足以引發最高尚的動物行為，也就是「市場反應」。他家後院的圍牆第五次遭到狗仔隊攀爬後，他的維安團隊把圍牆再拉高了十五呎，而且予以通電，還在頂端裝上銳利的鐵絲網。這項工程耗資八萬五千美金，其中包括給市政府的賄賂。在那之後，金常常聽見野生動物被這個悲劇性的必要設施燒焦、電死時發出的哀號，這些動物成了獻給他這位天神的祭品。雖然有些人聽信了希西・博斯的「施洗約翰」說詞，但大多數的人都注意到這無法解釋凱瑞為何發胖，或是為什麼在影片中能聽到他的呻吟帶有中文腔。

現在是凌晨兩點五十八分。

他已經看了七個鐘頭的電視。

他看的第一個節目是《古代掠食動物》，這集介紹「巨牙鯊」，古代海洋裡的超級鯊魚。第二個節目是《克羅馬儂人與尼安德塔人》，介紹這些有親戚關係的早期人類如何在非洲平原上分道揚鑣，後來以陌生人的身分在歐洲再次聚首，結果開始了一場種族滅絕的競爭。克羅馬儂人在這場大屠殺當中冷酷無情，飢餓的尼安德塔孤兒們躲在法國的洞穴裡，看著外頭的暴風雪；金知道，這場呼嘯白雪將掩蓋一切。他是擁有一半法國血統的加拿大人，而透過這個節目的旁白，他得知自己擁有尼安德塔人的遺傳因子，他就是那些孤兒的後裔。他對他們面對的末日感同身受，所以他為他們掬一把孤寂之淚。這股情緒讓他難以承受的時候，他用沾滿油汙的拇指按下遙控器，暫停了節目播放，螢幕上那些尼安德塔人們的小臉因而僵住。接下來的十分鐘裡，他躺在床上發抖，不斷地咕噥「天啊……」，直到 Netflix 為了節省頻寬而自動回到主選單，紅色商標的光芒投射在他和兩條護衛犬的身上。這兩隻羅威納犬是雙胞胎，嘴裡裝了鋼牙，而且都會對「約斐爾」這個名字產生反應。給牠們倆取同一個名字，是為了在緊急情況下節省時間；金・凱瑞樹敵無數，如果其中一個闖進這棟屋子，而他只有幾秒鐘能反應，他就能用一個名字召喚兩隻狗。

他擔心會在這一刻發現自己其實早已不復存在，他也質疑身為「人類」這個永遠被困在恐懼和心碎之間的物種究竟有什麼意義。他不禁好奇，最近這則令他的公關們惱火的新聞究竟是不是事實，他是不是在瑞士策馬特滑雪的時候已經死了？他看過一支 YouTube 影片描述，人在死亡的時候，時間感會變得很奇怪，你臨終的那幾秒會膨脹，讓你看到大量的昔日經歷。也許他最近已經死了，沒下地獄也沒上天堂，而是來到一個永遠被困在床上的煉獄？

他聽說過關於洛杉磯停屍間的傳聞。有些參加喪禮的人，會因為感到無聊而拍下逝世名人的相片，賣給TMZ網站，把錢當成在聖費爾南多谷買房子的頭期款。他打開YouTube，這個網站的演算法彷彿看穿了他的心思，列出一大堆逝世名人的相片，其中一張是約翰・藍儂，躺在輪床上，滿臉是血。這樣躺在人群面前展示。既然連約翰・藍儂都遭到這種待遇……

他開始想像自己失去生命的模樣：渾身腫脹惡臭，停屍間的嘍囉們站在他周圍，相機的閃光燈閃個不停。

「操……」他低聲咒罵，不確定自己有沒有呼吸。

他起身來到浴室，讓溫暖的尿液通過中年人的尿道，來重新確認自己確實存在。他的心臟狂跳。如果他的心臟在他睡夢中停止跳動，他沾滿自身排泄物的遺體在早上被人發現，這該怎麼辦？也許他在這一刻對死亡感到的莫名恐懼，其實暗指著他日後的死亡，而瑞士策馬特的滑雪災難只是命運刻意誤導他？不，如果死神要找上門，他要把自己打扮得體面美觀，身上每個洞口都乾乾淨淨。

想清楚這點後，他在日本製的馬桶上坐下，清空了腸道，擦了屁股，然後跳進淋浴間，用海綿把肛門洗得乾乾淨淨，然後擦乾身子，抹上爽身粉。他來到梳妝鏡前繼續努力，修剪了粗枝般的眉毛，拔掉了從耳朵裡長出來的毛，大動作地在額頭、頸部和鎖骨周圍刷上古銅粉，讓自己看起來就像一尊希臘半身雕像。

現在他準備好面對停屍間那些工作人員。

他們會這樣說他：躺在這裡的這個人，生前是個偉大的明星，後無來者的那種票房之神。

現在，他的恐懼稍微減少了一點。

他回到床上，開始觀看Netflix在首頁推薦的節目：《重返龐貝城：邁向毀滅前的倒數計時》。

「這座城市在古代的地位，堪比今日的漢普頓市或是法國蔚藍海岸，」主持人泰德・伯曼戴著一頂廉價的紳士帽，看起來就像冒牌的印第安納瓊斯。金再一次感覺到現實與虛構彼此混淆。電視上是由電腦動畫繪成的畫面：維蘇威火山噴出燃燒飛灰，數位鏡頭的視角跟著上升，俯視整座城市，然後停在空中，掃向火山坑。這幅畫面突然顯得永無止境、即將吞噬一切，凱瑞忍不住喊道：「報告維安狀態！」

「內部區域一切正常。」他的房子做出答覆，嗓音聽起來就像在普羅旺斯度過夏天的新加坡鴉片集團千金。「您很平安，金・凱瑞。」

「防禦屏障的狀態？」

「完全通電。」

「咱們把電流提高一點，以防萬一。」

電視機的光芒變得黯淡，這時他聽見房子周圍傳來一種聲響，聽起來就像巨大的拉鍊被拉開，兩萬伏特的電流通過圍牆上的鋒利鐵絲網。

「再說一次我很平安，」凱瑞說：「而且受到關愛。」

「您很平安，而且受到關愛。」

「跟我說說關於我的好事。」

「您的每月用水量下降了百分之三。」

「這讓我更開心。」

電視螢幕恢復原本的亮度。節目繼續播放。

一場大地震撼動了龐貝城，羅馬人未曾經歷過這種自然現象。有些人以為這是某種奇蹟的序幕，所以留下來繼續觀看。其他人不這麼肯定，所以湧出城門逃離。

「沒人猜得到的是，」泰德‧伯曼說：「留下來的每個人都會死。」

接著是這部紀錄片的主角們經歷的絕望時刻：一名貨運界大亨和他懷孕的妻子；一對在妓院出生的姊妹；一位高階的地方行政官、他的家人，以及來自非洲的奴隸。

金淚流滿面地心想：巨牙鯊的身影至今仍清晰地烙於腦海，那些尼安德塔孤兒也依然僵在那座法國洞穴裡，繼續觀看龐貝城的紀錄片真的明智嗎？名導演查理‧考夫曼對他說過，電影的每一格畫面流暢運行所造成的錯覺，跟人類的心智如何產生「時間感」是同樣的原理——「過去」和「現在」是我們發明出來的概念，是必要的虛構產物。他和龐貝人只是迥然不同的電影膠片？他感受到他們的世界崩壞時，他們是否也感受到他的世界崩壞？痛苦是否只有一個？若果真如此，那麼這不只適用於當年那些龐貝人，也適用於扮演那些龐貝人、辛苦尋找下一份工作的演員們。

他們想被看見，想擁有重要性。

現在一切都是金錢至上。金錢讓每個人都成了被奴役的夢想家。

我不需要過著這種生活……

我可以現在就離開，過得快樂……

可是「快樂」是什麼模樣？在這一刻，他想不起來。

一股沉重的悲痛把他拉進床鋪深處，讓他的體重增加了一千倍。他逼自己出力，舉起兩根拇指，發了簡訊給尼可拉斯‧凱吉，對方的藝術性勇氣總是使得他勇敢：尼可？你說過我們周圍到處都是逝者的靈魂，你這是詩意上的意思，還是這是事實？

但他這位獨特的朋友沒做出回應。

尼可？他再次呼喚。

對方還是沒回應。

時間一秒秒經過，感覺就像大塊花崗岩砸在他頭上。

他考慮拋棄Netflix。

他打算吃掉冰箱裡的鮪魚尼斯沙拉，然後去外面，也許在泳池裡玩溺水遊戲。他把腦袋從枕頭上抬起來，準備做出行動，但半途停定，因為他突然認為應該把這個節目看完，這是他起碼該為龐貝城那些死者做的事。

他按下播放鈕。

來自法蘭克福的考古學家們用電腦動畫重建尚未出土的一批批遺骸。金‧凱瑞不禁心想，等他自己以後被挖出來的那一天，這種科技會在哪裡？未來的人們會對他做出什麼樣的結論？他們有沒有辦法猜到，什麼樣的東西曾在他的頭殼裡翻滾？他飽受磨難的父親？他深受病痛煎熬的母親？未來的人類有沒有可能在重建遺骸的同時，也重建這個人生前的想法？

在龐貝城妓院裡發現的姊妹骸骨擁有畸形的牙齒，學者們判定這是先天性的梅毒所造成。

「她們雖然什麼也沒做錯，卻生下來就得了這種性病，」泰德・伯曼說道：「她們全然無辜，卻每天都得忍受病痛。」

在戲劇場面中，鏡頭對準演員飾演的這對姊妹，她們倆抬頭望向維蘇威火山，眼瞼上貼著假膿疱。在一九九三年，維斯瓦納坦大師觀察了凱瑞的氣場，說它是「燦爛奪目的玫瑰金色」，而且教他如何用這短暫的肉身型態來察覺氣場的變化。此刻，看到梅毒姊妹花在火雨底下顫抖，他感覺自己的氣場朝電視機投射而去。他擔心自己的靈魂正在被奪走，或甚至想逃離他的肉身。

*約斐爾，給我愛！*他試著這麼說，但只能倒抽一口氣，看著電視上的維蘇威火山灰雲遮天蔽日。凱瑞墜入黑暗，重新明白了「愛」這個字多麼難以成真，所以他終於吶喊「給我愛！」。兩隻羅威納犬立刻爬上床，來到他的兩側，舔掉他鬍鬚上的淚水。

「給我更多愛！」凱瑞喊道。兩隻狗受過訓練，把說出這個指令的人當成母親，而且把自己當成只有六週大。牠們原本只是舔他的臉，聽見這個指令而開始磨蹭他的脖子。牠們的口鼻如此溫暖，凱瑞要不是因為感覺到牠們的鋼牙擦過他的頸部表皮，還真的會以為這是牠們的本性。

他把視線移回電視，畫面上是一張鋼鐵工作臺，上頭是一堆人類骨骸。

「這是女性的遺骸。」一名德國人說。在拉近的鏡頭前，一排矩陣式雷射藍光正在掃描這堆骨骸。「是個富裕的女性，大概十八歲。」

電視上出現由演員演出的想像畫面：莊園裡的一名女子坐在絲面沙發上用餐，這位美女溫柔地擦拭她丈夫的嘴巴。看到這一幕，金知道這是這位女演員平時表達愛意所做的舉動。

他唯一知道的無私之愛，不要求回報的那種給予，是在一九八二年一個下雨的七月天，由琳達・朗絲黛所賜。比他大十六歲的她，為他唱了一首墨西哥的情歌《回來，回來》。這首充滿思念之情的搖籃曲滲進他全身，她當時把他抱在她晒成棕色的胸前，手指撫過他的頭髮。「回來，回來，回來……」

當年那些歌詞穿過了時間，來到現在這一刻：「回來，回來，回來……」

但他怎麼可能回得去？

他已經不再是她擁抱過的那個明眸男孩。是他自己殺了那個天真的孩子，把屍體溶解在名為「酒色財氣」的強酸裡？他真羨慕那個死於火山爆發的龐貝男子及其溫柔的妻子。他躺在床上，感到無比孤單，琳達的嗓音在他心中呢喃——

「回來，回來，回來……」

雷射矩陣在女子骸骨上舞動，在散落於肋骨底下的幾根骨頭上停頓，這時一名德國人在電腦上輸入指令，電腦螢幕上出現電腦構圖：數位子宮裡有一具小小的骷髏。工作人員再敲了幾下鍵盤，賦予了這具骷髏一層粉紅肌膚、蝌蚪般的雙眼，還有一隻發育到一半的手。一根小小的手指插在噘起的嘴裡——

「她懷有身孕，」德國人說：「男嬰。」

凱瑞臉上原本是孤寂之淚，現在多了絕望之淚。

「高溫灰雲被自己的重量壓垮，」泰德・伯曼說明：「這名女子及其丈夫雖然能躲在莊園的地窖裡，躲過從天而降的火山石，現在卻得承受龐貝城最惡劣的命運：熱衝擊。溫度升高至攝氏兩百六十度，這名女子的軟組織因而炸開，大腦使得顱骨迸裂。」

「不……」金・凱瑞喃喃道。

「嬰兒的顱骨也炸開了。在那半秒前，他母親的腸子很可能已經炸得滿胸腔都是。」

「拜託別說了。」他哀求。

接著，在擁有億萬像素的電視螢幕上，火山灰雲被自身重量壓垮，落在用電腦動畫繪製的維蘇威火山兩側。梅毒姊妹花、貨運界大亨、年輕的夫妻及其孩子……他們的肉身和夢想全數碳化，被死亡之雲迅速吞噬，這團黑雲在螢幕上掃過由電腦繪製的拿坡里灣，也讓位於蜂鳥路的這間臥室變得陰暗。凱瑞難過地呻吟，像個小男孩一樣閉上眼睛。

他再次睜眼時，泰德・伯曼正走過龐貝城今日的開挖街道。鏡頭掃過一排排石膏模型，靜止於死亡狀態的遺骸，其中一些臉上帶有淒苦恐懼，有些人在死前拿著武器捍衛成堆的寶藏，有些則是神情平靜、聽天由命。最後一組遺骸是一對夫妻躺在一起，他的手放在她懷有身孕的腹部上。而金・凱瑞，以瘋狂耍寶和胡鬧搞笑而聞名天下的這個人，全身蜷縮成一團，開始嚎啕大哭。沒錯，他真的是一團糟，但他曾經無比耀眼。噢，你真該看看當年的他。

第一章

許多年前，他主演了一部暑期大作，這部電影輕而易舉地在全球獲得了兩億兩千萬美金的票房，而其中百分之三十五進了凱瑞的口袋。這部電影的市場範圍就像他們說的，「從塔斯卡盧薩到廷巴克圖」，意思就是「無所不在」。此外，他原本認為這部電影只是他的二流作品，這反而使得這部電影的成功更顯甜美：懲處越重，離上帝就越近。

這部賣座片在世界各地上映，包括倫敦、莫斯科和柏林，他也獲得了人們對他的愛戴。他以鬧劇之王的身分來到羅馬，走過一百碼長的紅地毯，看到一名公關人員就蹲在這條路上。他像懸崖跳水選手那樣評估漲起的潮浪，接著故意被這名公關人員絆倒，以四肢張開的姿勢倒下，頭部和雙肩重重地摔趴在地毯上，群眾還以為他真的死在他們眼前。凱瑞趴在那裡，想起戴斯叔叔當年穿著「大腳怪」的服裝去一場煮玉米大會惡作劇，結果遭到槍殺。有些人急忙上前，想救這個大明星，其他人只是目瞪口呆。凱瑞任憑他們的擔憂情緒持續醞釀，接著像彈簧一樣跳起身，接下來每次受訪時都故意擺出鬥雞眼。

之後是在奎里納萊宮為他舉行的一場晚宴，義大利的總統安排了一百人的桌位。這些人出席這場晚宴，都是為了能見到這位演藝界的天才。在他們的欣賞目光下，坐在首位的凱瑞詢問幫他斟酒的資深侍酒師，能不能讓他檢查一下酒瓶。侍酒師停止斟酒，遞上酒瓶。他直接把酒瓶塞進嘴裡，灌了一大口，然後以真正的行家神情宣布：「味道很好，他們會很喜歡。」他們確實喜歡。在場每個人都歡呼大笑：一名瑞士裔的藝術商人、默克集團的三名大老、從廚房裡看著這一幕的侍者和廚子們、一名克莫拉黑幫集團的打手（這人在這星期把兩具屍體丟進了義大利的臺伯河），還有瑞典大使的丈夫。在這突來的一刻，他們卸下了「維持禮儀」的重擔，盡情歡笑。在這個羅馬之夜，他們在大理石露臺吃喝，在笑聲的凝聚下超越了語言的隔閡。

一支十二人的管弦樂團演奏探戈舞曲，樂聲感動了一名身形圓潤的女士，她是一家連鎖乾洗店的老闆，年齡坐五望六，孤單寂寞。她喝了三杯普羅賽柯葡萄酒之後，做出決定：既然付了腐敗議員的腐敗祕書五千美金才能參加這場宴席，她沒理由不邀請凱瑞跳舞。她如追熱導彈般來到他面前，這個大膽舉動令金・凱瑞為之動容。他揮手要保鑣們退下，接著牽起她的手，帶她來到柱廊外頭，兩人深情款款地跳起探戈。她的動作意外地靈巧，為每次旋轉做好了準備，就算她的手指因為摸過油膩的烤鱸魚而常常從他的指間滑落。他把這支舞轉變成戲劇場面，臉上露出情人的沮喪表情，接著把她的胳臂搭在自己的肩上，然後把她拉近，用眼神告訴她：我再也不會失去妳。她已經很久沒被擁抱過。他們倆宛如兩團銀河系互撞，管絃樂聲悠揚激昂，三教九流的賓客們要求看到令人興奮的場面，也如願以償：凱瑞把女子抱在懷裡，看到她邀他吻她而噘起嘴唇，他因此舔了她滿是汗水的臉龐，從下巴一路舔到額頭，然後像一隻開心的小狗一樣盯著她。這個舉動逗得全場歡呼，這個表達愛意的誇張動作在現場所有人——包括他自己——的心中埋下慾望的種籽。

不久後，他回到位於加州布倫特伍德市的住處，他這張出名的臉上毫無嬉鬧，只有倦怠，他最近太忙於展現原始的魅力。

※※※

他的電影開始脫離了人們的意識。

他覺得自己的精神跟著它一起褪色，彷彿出於人類與電影界之間某種不為人知的法則。他很寂寞，而且他發自內心地（就算荒謬地）希望他和那位乾洗店貴婦演出的鬧劇能出現真實的版本。她給了他十張「免費熨襯衫」的招待券，他從皮夾裡拿出這十張招待券，懷著受虐的心態想著：他跟芮妮・齊薇格——他最後一次深深愛過的人——原本可能發展到什麼程度。她甩了他，跑去跟一個名叫莫蘭特・迪拉・普埃布拉的鬥牛士在一起。他獨自坐在位於布倫特伍德市的住家沙發上，用電視自我麻醉，意識到自己的心靈其實未曾完全痊癒。他在兩個節目之間來回切換：《建立納粹帝國》，華納・馮・布朗為了進行阿波羅計畫而試著讓飛行員超越音速；《越南團圓》高清版，一名缺了一條腿的美國人在叢林山丘上擁抱一名牙齒掉光光的越南人，兩個人都在這座山丘上失去了青春。

凱瑞在切換頻道的時候，瞥見TNT頻道的《奧克薩娜》，他大腦裡數以兆計的神經突觸其中一個猛烈開火，要求他停在這個頻道上。他在這個節目裡看到喬琪・迪布夏這位三流或四流演員，她以有限的才華飾演一名來自俄國的刺客，她靠美色把一名來自吉爾吉斯的軍火商騙進位於布加勒斯特市的藏身處，開始折磨他。她給他下了藥，將他五花大綁；他醒來後，她要求他交出一種噬肉病毒的解藥，這種病毒給了她這個角色的劇情造成了麻煩。男子說明這種病毒的變異速度有多快，還說幫不了她。她用電鑽刺進他的大腿骨，然後朝他的鼻梁施展一記柔道手刀，他當場喪命。

看著喬琪在這一刻做出的暴力舉動，金在潛意識中覺得她的眼睛就像他母親的眼睛，她的肌膚就像他母親的肌膚，她的鼻梁就像他母親的鼻梁：這種迷思以原始又甜蜜的狂喜充斥他的主意識。

在他早期的人生裡，他深愛的父親柏西飽受經濟困難所苦，父親雖然總是面帶笑容，但這個家陷入貧困。他母親凱薩琳有時候會把家人的困境想像成她自己瀕臨死亡。「醫生說我的腦子正在以不可思議的速度退化！」她會在全家人共進晚餐的時候宣布，她這番話讓年輕的金心中充滿恐懼，他害怕哪天放學回家會發現母親倒在地上、頭殼裡空無一物。醫生給她開了「可待因」和「耐波他」這兩種藥。和許多人一樣，她也對止痛藥上了癮。他最早開始搞笑，是為了讓母親心情好一點。這個骨瘦如柴的七歲男孩穿著ＢＶＤ牌內褲，跑進她的臥室，扮演來襲擊她的螳螂。他歪起頭，揮舞雙手形成的鉗子，逗得受苦的母親哈哈大笑，可惜她的病況持續惡化。

服用了數十年的止痛藥讓她付出了代價。父母在年老時沒錢了，凱瑞因此邀他們倆跟他一起住在他位於北好萊塢的公寓。他母親每天躺在沙發上拚命抽菸，被關節炎搞得渾身僵硬。他當時開始錄製他這輩子第一個電視節目，ＮＢＣ頻道的《鴨子工廠》。他下班回家後，會發現母親躺在沙發上睡著，悶燒的香菸把坐墊燒出一個個小洞。

該節目後來被取消了，他的手頭變得很緊，只好懷著最沉重的心情告訴他們，他們需要回加拿大去，因為他們如果生病，加拿大的醫療費用至少是他們負擔得起的。他保證會寄錢給他們。

「你總是半途而廢，金，」她當時這樣對他說：「你就是這樣，總是半途而廢。」

她這番話對他造成了沉重的打擊。有時候他會夢見伸手掐住她，然後他會驚醒，一身冷汗，為自己想像弒母而感到愧疚，而此刻在電視上看到喬琪，這喚起了他對母愛的渴望。這個女演員究竟是誰，她的身影為何如此撼動他的心？這個節目究竟是什麼？他按下「資訊」鈕，螢幕上顯示「《奧克薩娜》：一項冷戰時期的計畫被取消，其實驗對象們終於得以尋找真相。」

他加入了這群實驗對象，度過了令他心靈腐壞的二十個小時。他看著喬琪・迪布夏及其姊妹們攻進莫斯科實驗室，得知大家都是經過洗腦的殺手，來自蘇聯體操選手們的卵子，而讓這些卵子受精的冷凍精子來自約瑟夫・維薩里奧諾維奇・史達林，也就是世人所知的約瑟夫・史達林，這批胎兒是由超級電腦在一座不為人知的阿留申小島上養大。他深受她的美貌所震撼，把她想像成甘迺迪家族的低階成員，一群兄弟當中唯一的女生。看著她用一記迴旋踢撂倒一個嘍囉的時候，他心想：她那個大家庭，一定會在烤蛤蜊派對後在海邊玩觸式橄欖球。

他大錯特錯。

※※※

她是在愛荷華市七十哩外的郊外出生，在一條人行道破破爛爛的街坊長大，父親是個酗酒的體育老師，母親是個寡言又溫柔的助產士。喬琪是八名子女之一，必須激烈地爭奪浴室和冷凍晚餐。她滿十四歲那年，地位已經從中階提升到頂端，主宰她的七名兄弟姊妹：凱西、巴比、克里夫、格雷琴、文斯、巴斯特，以及丹妮絲。因為這個家庭享有的資源越來越有限，這些孩子為了生存也一個比一個狡猾。

她獲得了扶輪社提供的獎學金，得以進入密西根州立大學。該大學的大型電腦出了差錯，安排她進了碩士級的賽局理論講座，題目是《時代變動期的決策》。她輕而易舉地拿了高分，她覺得自己對這個講座傳授的概念一聽就懂。她在畢業後前往洛杉磯，當了一陣子的平面模特兒，後來把自己寫的一篇關於《魯賓遜漂流記》的論文，連同幾張泳衣照，寄給了某位選角指導，她因此以參賽者的身分上了《求生者：盧邦市》這個節目。

在二〇〇〇年的夏天，她遭到數百萬觀眾的唾棄，因為她背叛了她在奇羅部族裡的摯友，那人名叫南西‧丹尼‧迪波，是玫琳凱化妝品直銷公司的推銷員。南西雖然樣貌平庸、滿臉痘疤，但還是被選進這個節目，因為她在接受評選時激起了劇組人員的某種強烈反應：純然的同情。劇組人員讓她參加這個節目，是要讓她成為所謂的「道德障礙」。對其他參賽者來說，最合理的行動就是毫無遲疑地立刻攆走她。可是強者欠弱者的債該怎麼辦？觀眾對「道德」的錯覺以及心中的憤怒該怎麼辦？

這些扮演「遭遇船難」的參賽者們剛抵達小島的時候，被劇組人員要求涉水上岸，而這段畫面拍了十七次才搞定。喬琪這時候想盡快獲得一位盟友，所以跟南西分享了自己的護脣膏。南西・丹尼・迪波雖然從沒談過戀愛，但也跟其他人一樣擁有七情六慾。這段五秒長的影片就在網路上，宛如給偷窺狂看的歌劇：喬琪幫南西塗上護脣膏，南西眼裡閃過渴望的眼神。南西・丹尼・迪波已經多久沒被人碰過？「我需要更多。」她這麼說道，所以喬琪又幫她抹了一點護脣膏。這個舉動造成的效果遠超出了喬琪的預期，埋下了友誼的種籽，在第三集開花結果：被營火照亮臉龐的喬琪對南西說出自己的觀察，她覺得「丹尼」這種名字對女性來說很怪。攝影師蹲低身子，鏡頭離南西的臉龐只有一呎。南西解釋，她給自己取這個名字，是為了紀念她哥，他在一九七七年溺死在一條因下雨而湍急的溪裡；他跳進那條高漲的密西西比小溪，是為了挽救「達莉」，一個由破布製成、用紫色鈕扣當成眼睛的洋娃娃，也是南西唯一擁有的洋娃娃。就算在美國，就算在八萬名候選參賽者當中，這場悲劇也不是普通的悲劇。南西的悲情詠嘆調持續飄揚，直到她啜泣一聲，伸出一手，彷彿手裡有一撮丹尼的頭髮。喬琪安撫南西，伸手撫摸對方的頭髮。南西用廉價染髮劑染的頭髮已經在陽光下褪色。

「喬琪，」南西說：「我……我希望我們能當姊妹。」

「南西，」喬琪回話，彷彿現場沒有攝影機。「我們已經是姊妹了。」

她們倆發誓要贏得這場比賽，共享獎金。但事實證明，南西的厄運具有傳染性。因為她的拖累（她的膝蓋患有關節炎，她的步伐就表達了她的體弱多病），奇羅部族輸掉了好幾場競賽。不久後，他們的實力只有拉揚部族的一半，面臨淘汰邊緣。

這個節目的收視率因而飆高。銀行家、清潔工，公寓和廉價住宅的住戶，都熟悉了喬琪‧迪布夏以泳衣包裹的身軀。這也是理所當然吧？這個節目的獎金是一百萬美金，足以讓一個人最瘋狂的美國夢成真、逃離社會底層。南西‧丹尼‧迪波依然相信喬琪會給團隊帶來勝利；在晚上，她夢想自己開著一輛配備齊全的全新雪佛蘭邁鋭寶，開過密西西比的傑克遜市，這個高級郊區的貴婦們熱情款待她，把她當成寶貴的朋友。

然而，喬琪知道自己的團隊已經輸掉了這場比賽，現在只希望能泡個熱水澡。某天晚上，她來到海邊，鑽過一團矮樹叢，躺在一條小溪裡。她坐在淤泥裡的時候，摸到一把匕首的邊緣，這把刀是一名日本士兵在廣島原爆的三天前所留下。她從河床裡拔出這把刀，塞進短褲裡。隔天早上，她把刀咬在嘴裡，游進水灣深處，穿越了青綠色的淺水區，進入色澤較暗的深水區，遇到一條發育完全的海鰻。

當年有多少人看著十字架上的耶穌基督？

一千萬名觀眾瞪大眼睛，看著喬琪從岸邊的碎浪中站起，脖子上掛著那隻可憐的鰻魚（牠在這整起事件中是唯一的無辜者），黑綠色的體液滴進她的乳溝。下一次的部族合併後，她再次狩獵，拿獵物換得一份恩情。奇羅部族注定必須被淘汰一名成員，而拉揚部族雖然傾向於攆走奇羅部族裡最強大的成員，但喬琪賄賂了他們，要他們攆走最弱的成員，也就是南西‧丹尼‧迪波。「南西害我們變弱，」她低聲說道：「她也會毀了你們。」

主持人朗讀了成員們的投票結果。「我以為我們是姊妹。」南西在淘汰儀式上痛哭失聲：「妳保證過的！別不吭聲！」

在這裡，還有其他地方，喬琪為「原始的狡猾」所付出的代價，都比「殘酷的誠實」要低。觀眾覺得她那番話應受指責，是因為她的言論傳達了冰冷的真理。她那番話直截了當地評估了轉動「自由的錯覺」的殘酷齒輪。喬琪認為自己什麼也沒做錯。她沒理會周圍的攝影機，而是說出她在密西根州立大學學到的賽局理論。

「整個人生，就是一系列彼此串聯的遊戲，大多毫無意義，而且可能被動了手腳，」她對南西說：「有些遊戲有我們知道的規則，但大多數擁有我們不知道的規則。我們是在某種引導下前往更高階的狀態？還是只是不斷地被迫穿梭於各個棋盤之間？想知道答案的唯一辦法，就是做出遊戲要求我們做的事；我只是做了遊戲要求我做的事。」

南西淚流滿面。

火炬噴出火花。

拉揚部族察覺到喬琪是個城府很深的玩家，所以決定下一個就攆走她。

她很快地回到了洛杉磯，決心利用自己的「惡名」來當個名人。她進了范朵拉經紀公司，花了三年的時間試著當個演員。她被稱為「盧邦的屠鰻者」，為了未曾成真的脫口秀接受面試，贏得了未曾成真的試播集角色，而且始終無法甩掉她在《求生者》節目贏得的臭名，直到這一切全都消失了，這對她來說是更大的恐懼。

於是她開始為男性雜誌當模特兒，衣服越穿越少，酬勞也拿得越來越少。她為一場車展擔任泳裝女郎，結果獲得在卡拉巴薩斯市的馬自達經銷商賣車的工作，而根據一些法庭紀錄指出，她曾經偷走一輛二手的馬自達米雅塔。後來，她嫁給了「好運男」戴倫・迪利，他是個容易發脾氣的特技演員，有一次要為演員魯格・豪爾跳過一道著火的牆壁，但因為毆打了錄音師而被開除。夫妻倆慶祝了第一次結婚紀念日之後不久，他把她打成熊貓眼，而她為了報復則在他的蛋白質粉裡撒了老鼠藥。她是個名氣不再的真人實境秀明星，但她遇到的愛情悲劇確實悲慘。七年後（聖經裡的瘟疫就維持了七年），命運才給了她某種恩惠，但依然殘酷。

畢業於南加州大學的米歇爾・西維斯是電視編劇兼製作人，他對《求生者》上的喬琪深感著迷，他這個成年人經常為了滿足慾望而濫用職權。他跟范朵拉經紀公司做了安排，在馬爾蒙莊園酒店跟喬琪見了面，他因為服用藥物而面無表情，她誤以為這表示他天真無邪。他告訴她，他接下來要為TNT頻道製作一個間諜節目，只要她願意跟他在酒店裡的套房裡性交，他就讓她參與這個節目的演出。這只是性交，她告訴自己，為了達成目的的某個手段，細胞之間的碰撞。

兩個月後，西維斯威脅TNT頻道，如果不配合他的心意，他就要離開這個計畫案，所以TNT頻道答應讓喬琪飾演俄國刺客娜迪雅・波馬諾瓦。這個體格結實的殺手一身女狂人打扮，對抗中亞地區的軍閥。她這身造型看得金・凱瑞如痴如醉，因為他小時候對體型健美的女吸血鬼「梵蓓娜」充滿性幻想。

※※※

成年的金・凱瑞目瞪口呆地看著史達林的女兒們進入莫斯科實驗室，她們發現了老舊的硬碟，裡頭儲存著從她們大腦裡刪除的每一道記憶，她們這些失去的自我被鎖在磁帶裡。最後，在一個祕密房間裡，諸多樣本瓶裡裝著漂浮於混濁福馬林的人類胚胎，這是她們的誕生而連帶產生的廢棄物。喬琪飾演的角色大發雷霆，打破了看得見的每一個瓶子。

道具胚胎在水泥地上彈跳的時候，金・凱瑞感覺失戀的痛苦全數消失。他覺得自己突然而且肯定地收到一條來自宇宙的美好訊息：他知道喬琪就是他的靈魂伴侶。

第二章

你可以說這很混亂、很瘋狂，但是凱瑞說這是「愛」。

他透過自己的公關跟喬琪取得了聯繫，邀請對方在納奇茲・古許的引導下度過一個「自我發現」之夜。古許是所謂的心靈導師，當年在洛杉磯的求道者們當中很受歡迎。在一九九〇年代，古許把亞利桑那州圖森市的一家「汽車地帶」修車廠改造成不動產帝國。他在盛年的時候，每天戴著斯泰森帽，穿著流蘇外套，大搖大擺地在城中走動，炫耀他的切羅基族王室血統，嚷著他的精神使命就是奪回祖先留下的土地，而這片土地到處都是「瘋雞」連鎖餐廳和小額借貸公司。訴訟文件描述他患有妄想症，放蕩揮霍，而且只擁有少許切羅基族血統。人們說他的帝國是因為他患有思覺失調症而崩壞，他後來也因為這個疾病而開車在圖森市四處閒晃，膝上放著一把裝了子彈的烏茲衝鋒槍，嘴裡念念有詞，嗑了甲基安非他命而飄飄欲仙。納奇茲說他在一場切羅基族鬼舞中看到已故歌星吉姆・莫里森的幻象，因而欣然接受貧窮生活。可惜圖森市的警察在通靈方面不夠敏銳，否則就會明白他的喃喃自語並非胡言亂語，而是能與亡魂交流。他用現金為自己交了保（錢是藏在一隻用玻璃纖維製成的草坪犰狳雕像裡），然後往北逃亡，來到加州，勘查靈魂。

他在狄巴克・喬布拉醫學博士那裡找到了第一份工作，為企業經理們主持「量子接觸工作坊」。然而，納奇茲很快就發現喬布拉的教導有其缺點，或許是因為真的有缺點，也可能是因為他自己想成為頂尖大師。狄巴克認為「永恆靈魂與宇宙的破壞性本質彼此不相容」，納奇茲則排斥這個觀點，並提出質疑：喬布拉要怎麼透過幻想故事來讓人們脫離苦難？他認為答案剛好相反：「宇宙殘酷性」的真相能揭露一個人的真實自我。不久後，他開始使用藥物，不是為了掩蓋創傷，而是為了製造創傷。有一天，他把稱作「死藤水」的迷幻藥給了安維斯租車公司的一群高階經理，然後帶領他們看到德國的德勒斯登市遭到大轟炸的幻覺，嚇得其中四名副董在療癒亭後面以胎兒姿勢縮成一團。

納奇茲因而遭到降級，被丟去處理文書工作。

結果一座用來保護聖地的圓頂帳篷遭到燒毀。

喬布拉趕走了納奇茲，這個舉動原本可能就此終結納奇茲的職業生涯，幸好他已經獲得了第一位忠誠的追隨者：喜劇演員凱西・葛雷莫。

凱西於二〇〇六年在馬里布市的土石流現場和古許一起冥想，納奇茲就是在這裡幫凱西找回了一些回憶：剛出生的他被母親抱在懷裡。凱西能看到母親眸子裡每一條藍紋，他說找回這幅景象讓他感覺到無條件的愛，就算這道畫面稍縱即逝。「古許之道」這個福音就此誕生。批評者認為古許之道只是迷信，是個以極限運動和前世回溯組成的大雜燴，不僅無法讓信徒遠離人類和大自然的殘酷面，反而把他們推進其中。他的信徒雖然不多，但各個地位崇高；葛雷莫在這方面也花了許多年的時間鼎力相助。人數不多但地位顯赫的團員們，經常來到位於卡本海灘的招待所，在面向大海的露臺上聚集。納奇茲有時候會吹噓，他平時就是在這裡思索「美國夢的粗糙邊緣」。

金和喬琪加入這個團體的時候，一道來自太平洋的颶風正在襲擊馬里布市。這團風暴已經在南方的墨西哥奪走了數百條性命，勁道減弱但依然飢餓的它改道北行，來到加州海岸。金和喬琪終於見到面的時候，他覺得她本人更為迷人。他知道在這裡有時候能找回前世記憶，也因此懷疑，讓他和喬琪相遇的這股力量，其實以前就曾讓他們倆相遇過。他們倆是不是在前世也相愛過？他們倆會不會找回那些邂逅的相關幻象？如果會，那就真的不可思議。他想像彼此沉浸於不受時間限制的男歡女愛，實行《印度愛經》中每一種性交姿勢，億萬年的光陰從旁掠過。想到這裡，他興奮難耐，所以沒注意到喬琪打量其他賓客的時候——他的同儕——顯得震驚又饒富興趣。

她心想：原來跟大咖們一起坐在露臺上是這種感覺。大夥一同合作，一同進行崇拜。他們共用同樣那幾個經紀人、律師和心靈導師。這是一場典型的群星會，被動了手腳的遊戲，直到有人帶你加入這個團體。

「妳有沒有覺得很興奮？」凱瑞問她。

「當然。」喬琪答道，接著注意到葛妮絲・派特洛踩著價值上千美金的高跟鞋在附近走動。喬琪因此脫下自己有些磨損的高跟鞋，收進包包，覺得扮演「赤腳的嬉皮女孩」是目前最好的選項。

派特洛這時陷於痛苦。在上個星期，她和電影製作人布萊恩・葛瑟一起搭乘遊艇，從法國坎城出海，前往摩洛哥。招待她的摩洛哥人各個家財萬貫，語調輕柔，平時拿麥子換石油，拿石油換步槍，再拿步槍換砲彈。他們想透過投資電影的方式來洗錢。她因為為此感到興奮而討厭自己。

「感受大自然的力量吧，女王陛下。」納奇茲盤腿坐在一張柳條編織椅上，穿著小了三號的亞麻外袍，遮不住肥厚的鮪魚肚。「我們正在呼吸，深呼吸。」

「我們是奧菲斯，正在進入冥王黑帝斯的地盤！」凱西．葛雷莫以大嗓門隆隆喊道：「探索內心的偉大探險家。」

「而且我們會保持安靜，直到靈魂感動我們，」納奇茲說：「我們會堅持不懈地避免做出描述，避免做出評論，還有避免打岔。」

「我們確實會保持安靜，」凱西做出有意讓旁人聽見的旁白：「我們這一小群蒙受祝福的人會閉上嘴。」

納奇茲能看懂每個門徒的表情。注意到葛妮絲．派特洛嘴唇顫抖，他察覺到她已經開始了一場內心旅程。她開口：「斯賓塞學校。曼哈頓。高四。當時是五月初，我清楚感覺到春天來了。位於三樓的生物課教室，時間是放學後。塵埃在一道道春季陽光之間飛舞。」

「真壯麗。」凱西．葛雷莫說道。

「別打岔！」納奇茲責備，然後平靜地說：「葛妮絲，說下去。」

「我們每個人都要解剖一隻青蛙。我一開始還有點不太敢，但是刀子接觸皮肉的那瞬間，我好像丟開了所有恐懼。刀子似乎在引導我，無比精準，而且充滿效率。我在同一節課上就把青蛙解剖完畢。所以那堂課的老師，里伯圖奇先生，給了我一隻貓讓我解剖。我花了兩天就做完了，感覺就像有一股超自然的力量驅使我，讓我想看到牠裡頭的構造如何彼此連接，牠為什麼會喵喵叫。所以他給了我一隻豬胚胎。」派特洛皺眉，內心的眼睛正在打量過去。「我正在看著這一幕。」

「很好，」納奇茲說：「勇往直前。」

「我正在看著那隻小小的豬，躺在抹了蠟的解剖盤上⋯⋯」她臉色一沉，接著道：「牠閉著眼睛，有點像睡著的孩子。而某種東西在我心中油然而生。我抗拒它，我必須抗拒它——」

「別抗拒它！」凱西・葛雷莫開口：「而是該清靜如蓮。」

「給我閉嘴，凱西！」納奇茲厲聲道。

「我意識到，我在這裡不是為了學習。我在這裡，放學後獨自在這兒，是為了享受拿刀劃開皮肉的樂趣。」派特洛說。

「哇塞，孩子。」影星歌蒂・韓開口。

「我一整天都期待著這一刻。」她發出瘋狂的咯咯笑。「豬是很聰明的動物，跟人類算是關係比較密切的親戚。所以，肢解一隻豬，會帶來更強烈的興奮。老天，我大概不應該說出這件事。」

「妳必須說出來！」納奇茲說：「勇往直前！」

「我用手術刀劃過腹部，」葛妮絲說：「我撥開筋膜，我完全掌控一切。我挖開胸腔，牠茫然的眼睛看著我。」

「牠的視線，」納奇茲柔聲道：「如何影響妳？」

「我可能覺得有點愧疚，但也覺得幸運。」她出現恍然大悟的表情。「這是死神的視線。」

「死神的視線？」

「我要讓死神知道，我並不害怕！」凱西・葛雷莫衝口道，悟道所造成的淚珠滾過臉頰。

「凱西！」納奇茲罵道：「別再把別人的領悟據為己有！葛妮絲，接下來發生了什麼事？」

「我切下了牠該死的腦袋！」葛妮絲厲聲道：「行嗎？我後來跟里伯圖奇先生說，我這麼做是為了觀察脊椎，但這是謊話。我切下牠的腦袋，是因為我有能力這麼做。光是感受死神的視線還不夠，我想為死神代勞，我想賜死。我——」

「上帝啊。」歌蒂・韓開口。

「我切開牠的脊椎時，盯著這隻臭豬睜大的眼睛。我做每個動作的時候都很難過，因為我知道這個過程快結束了，我們接下來要研究植物。大師？」

「嗯？」

「惡魔真的存在嗎？」

「不，親愛的，」納奇茲答覆：「至少不在這座露臺上。」

凱瑞捏捏喬琪的手，彷彿在說：妳以前見過這麼神奇的事嗎？她沒做出回應，而是也回到了過去。她突然回到六歲那年，把臉壓在保溫箱上，看著裡頭早產了兩個月的丹妮絲，她唯一覺得親密的手足。妹妹胸腔細瘦，渾身跟甜菜根一樣紅，哀求這個世界給她一口氣。

丹妮絲現在在愛荷華市郊外一個購物商場裡的首飾攤工作，靠最低工資生活。喬琪為妹妹過著卑微生活而感到難過的同時，一旁的影星西恩・潘坐在由他專屬的紫紅絲絨躺椅上，點起一根無濾嘴的駱駝牌香菸。聞到廉價的菸草味，凱瑞想起以前跟父親和哥哥一起在泰坦輪胎廠工作的日子，全家人共同分攤暖氣燃料、汽油和食物的費用。他當時十六歲，還是個少年，但心裡已經燃著猛烈怒火，這股自然的衝動讓他想毀掉這間工廠。對這間工廠來說，他這一家子的價值比等著拋光的卡車輪框還低。他還記得，他曾經拿一輛拖板車不斷地去撞輸送帶。

此刻，在他所在的露臺下方，海浪不斷拍岸。但他不願跟大夥分享這道回憶。這道心靈創傷擒住了他這個驚慌失措的孩子，他牽住喬琪的手，她的觸摸驅逐了他的痛苦。對他來說，這再次證明了她是上天為他所安排。但對她來說呢？這是漫長之旅的序幕，她才剛開始進入他的心靈傷痛。

「動物造型的貝思糖果盒，」名導演蘇菲亞・柯波拉開口：「並排放在一個索諾瑪式的窗臺上。」

「紫色的塑膠試管裡裝著溫暖的糖尿病尿液，」歌蒂・韓說：「放在我那個瞎眼的華倫叔叔家裡的廚房流理臺上。」

「草莓口味的可待因。」西西・史派克開口。

西恩・潘已經半年沒分享過任何回憶，半年前那次也只是說了「染血的桌墊」這五個字。此刻，他始終面對著風暴，從紫紅躺椅上開口，大夥立刻豎耳聆聽。

「麗思卡爾頓酒店的泳池裡，一個禿頭的孩子。地點並不重要。這個孩子已經超脫了空間和時間。他的肌膚幾乎透明。他大概六、七歲。腦袋的比例還是顯得比較大，而這突顯了顱腔的輪廓，也給他細瘦的脖子和肩膀帶來負擔……」他咳一聲。「某個東西從這個孩童的胸腔裡凸出來，形成怪異的角度……」

「無懼。」納奇茲看著潘，比較像是把對方視為同儕，而非學徒。

「……那是用來施打化療藥物的人工血管。紗布繃帶。醫療膠帶。他們想做什麼？讓他多活幾個月，幾星期，也許只是一個早上，讓他能泡在麗思卡爾頓酒店的泳池裡。住一個晚上要五百美金，現在是旺季。其他人膽小地交換視線，慢慢離開泳池，彷彿那個男孩是一坨屎，身上有傳染病。他們不想冒險。十分鐘後，泳池裡只有他一個人，他無力地轉圈，雙手掠過水面……」

「你當時害怕他體內的死亡氣息嗎？」納奇茲輕聲問道。

「才不，」潘沙啞道：「我害怕的是那些人體內的死亡氣息。」

「不可思議。」

「我想喝杯水，」尼可・凱吉說：「我覺得口很渴。」

「跟著口渴的感覺前進，」凱西・葛雷莫開口：「勇往直前，凱吉。」

「你再打岔一次，就滾出這座露臺，」納奇茲警告凱西：「我們已經討論過『尊重』和『不打岔』的重要性，但你就是學不會。」

遭到責備的凱西安靜下來，凱吉開始分享這個晚上大夥聽過最怪異的回憶。「我看到洛杉磯市，」他開口：「陷入火海，熊熊燃燒。我看到飛碟懸浮在峽谷上方，還有——」

「你他媽的在說什麼啊？」歌蒂・韓開口。

「我正在描述我看見的景象。請尊重我的發言。」

「說下去，尼可，」納奇茲說：「麻煩你。」

「我看到穿著外骨骼支架的外星人，就像鋼鐵蜘蛛，朝四面八方發射死亡射線，令人腸胃扭擰的強大火力。老天，這麼多死亡射線，跟惡魔一樣鮮紅。天空煙霧瀰漫，末日的太陽紅得就像……就像……」大夥原本希望這個故事就說到這裡，但他找到了形容詞：「就像狒狒的屁股。」

「這是回憶？」影星詹姆斯・史派德問道。

「如果把水桶丟進井裡再拉上來，桶子裡未必每次都是水，」凱吉答覆：「有時候是一隻被困在井底很久的狼獾，牠一上來就挖掉你的眼睛。所以，沒錯，我看到的是一顆跟狒狒屁股一樣紅的大太陽。我沿著太平洋海岸公路高速行駛。峽谷裡燃燒著大火，一棟棟建築化為悶燒的廢墟。我帶領一群末日倖存者，我們——」

「他在譁眾取寵，」凱西・葛雷莫說：「徹頭徹尾的自戀狂。」

「說下去，尼可，」納奇茲說：「凱西，你閉嘴。」

「我們對抗這些外星人。他們來到地球，想殺掉我們。這些傢伙體型龐大，形狀像蛇，皮膚黑得發亮。我帶領末日倖存者對抗這些想滅絕人類的外星生物。世界末日。他們朝我們發射死光，可是這種死亡射線影響不了我，因為我的DNA跟一般人的DNA不一樣。柯波拉家族的基因與眾不同。這就是為什麼我這輩子總覺得自己跟這個世界格格不入。我為了拯救世人而扛起這份重擔，而且——」

「這根本是抄襲電影《世界大戰》，」凱西說：「剽竊耶穌基督的神話。他每次進入某個團體，就會忍不住想從中破壞，因為他需要覺得自己與眾不同。他在傑夫・高布倫的戲劇課上也這樣搞過——」

「別拿高布倫那件事來說嘴。」

「你把那個工作坊搞成鬧劇！」

「那是一場『新降靈主義』的實驗。想大膽地邁向自由，就必須先穿越一道令人不愉快的圈子。」

「你們倆都閉嘴，」納奇茲說：「時間是朝所有方向前進，回憶一定也一樣。請大家注意，我們這裡不做出針對時間的批評。尼可，說下去。」

凱吉翻白眼，只露出眼白的部分，沒人看得出來他究竟是不是在搞笑。他換上比平時更低沉的嗓音，說道：「死光會從我身上反彈回去，就像豌豆打在我身上。可是其他人呢？沒這麼幸運。他們身上的皮肉冒泡脫落。死亡射線咻咻咻地到處飛來飛去，這種高溫會讓人灰飛煙滅。我能從骨頭裡感覺到這股高溫，能感覺骨髓悶燒。」他抓抓自己的雙臂。「接著，一個很大隻的外星人朝我逼近。他長得很醜。他——天啊，他長得真嚇人，我甚至沒辦法形容——」

「你必須形容！」納奇茲說。

「他擁有紅色的眼睛，蛇狀的身軀上有一條很大的紅色斑紋。他有獠牙。他朝我衝來，決心殺了我，就在那顆跟狒狒屁股一樣紅的太陽底下。我真的很害怕我的宿命，而我的宿命就是對抗這傢伙。天啊，我真的很害怕……」

「跟狒狒屁股一樣紅的太陽底下的蛇？」凱西・葛雷莫一臉狐疑。

要不是納奇茲著迷地聆聽這個關於戰鬥的故事，他原本會叫凱西去坐在室內的飲水機旁邊。而訴說這個故事的這個人，有那麼多藝名可以選，偏偏給自己取名叫「籠子」（Cage）。「別退縮，尼可。勇往直前。勇往直前。」

「好，我會勇往直前。現在這幅景象更清晰了。我擁有一把用古代鋼鐵製成的劍，是十字軍留下的遺物。我現在才提到這件事，是因為它原本跟這個故事沒關係。而我打從心底知道，只有這把劍能殺掉大隻的外星人，而這就是我的宿命。我朝他逼近，揮動手裡的劍。但他避開我，仰起身子，朝我的眼睛吐出黑色鼻涕。天啊，我看不見了。外星人的鼻涕真的好臭。噁，快把他從我身上拉開！」

凱吉開始作嘔的時候，凱西・葛雷莫說道：「對抗他，尼可！」

「他用身子纏住我，像條蟒蛇一樣纏住我……」凱吉抓向自己的頸部，渾身顫抖。

「我快抓不住手裡的劍了，我覺得兩條胳臂越來越沒力。我看著這隻巨大外星人的紅色蛇眼，覺得……」

「你覺得什麼？」納奇茲問：「你出現什麼感受？」

「害怕……」凱吉噘起嘴唇，眼泛淚光。「天啊，我真的很害怕。」

「別怕，別怕。」凱西開口，突然對凱吉感到憐憫，把一手放在他肩上，動作極其溫柔，納奇茲因此完全原諒了他剛剛的連串打岔。

「你真好心，凱西，」他說：「你真有同情心。」

「那玩意兒快完蛋了。」詹姆斯・史派德開口，指向下方海灘上的一間小棚，它幾乎被碎浪淹沒。大夥起身查看時，凱瑞和喬琪看著彼此的眼睛，深切地打量對方一秒。

她選擇不詢問他為什麼看起來充滿一種強烈渴望。他用表情傳達了自己感受到的金光般的愛；她牽起他的手。接著，他們倆也看著那個建築從根基被拔起，被海浪沖垮，充氣的塑膠鱷魚和塑膠紅鶴在黑浪上舞動。

「風暴越來越強了，水位持續上升。大地越來越憤怒，」納奇茲說：「不久後，這裡將只剩火、水和泥巴。」

凱瑞著迷地盯著喬琪的剪影，心想：感謝上帝，我找到妳了。

第三章

如今，兩個生命彼此糾纏。

逃離了多倫多工廠的男孩，以及仍在逃離愛荷華州玉米田的女孩，取得了共識：今晚夜色尚早，他們倆應該去凱瑞的海濱別墅。他駕駛保時捷載她，行駛於太平洋海岸公路，衛星收音機播放著法國作曲家佛瑞的《安魂曲》的第七樂章〈在天堂〉。凱瑞雖然不是古典音樂愛好者，但還是深受這首曲子感動，他查覺到其中的聖歌合唱與大自然的力量緊密結合，樂聲和景觀合力召喚逝者：

在天堂，願天使引導你
當你抵達天堂時，殉道者們迎接你
並帶你進入聖城
耶路撒冷——

進入這位電影明星位於馬里布市的住處時，喬琪滿心狂喜。這是凱瑞一時衝動、花了一千萬美金買下的豪宅，就像一個裝滿了夢想的玻璃盒。

她每拍一集《奧克薩娜》能賺兩萬美金，這是她經過多年掙扎與讓步才獲得的收入。然而，她為了在勞雷爾峽谷買一棟平房而去大通銀行申請貸款的時候，放款專員拒絕了她，並指出「有線電視臺的低成本懸疑片的配角很容易被換掉」。在那一天，她坐在長期租賃的豐田普銳斯裡，覺得遭人羞辱、羞愧，而且怒火中燒。此刻，她不禁感到納悶，為什麼財神爺就是會選上某些人而拋棄其他人。喬琪在八卦小報上看過凱瑞跟情人分手的消息，甚至在潘普洛納市的《納瓦拉日報》網站上看過芮妮・齊薇格收下鬥牛士普埃布拉獻上的牛耳朵。她問他是不是真的跟齊薇格分手了，這句疑問令他心痛。

「納瓦荷族的長老們把我和芮妮的靈魂連結在一起。和她分手後，我覺得我的靈魂被撕碎了，我覺得這道傷口恐怕永遠無法痊癒。不過呢，喬琪，我最近覺得這道傷口開始癒合，我變得比較完整。」

「真的嗎？」

「真的。而且妳猜怎麼著？」

「怎麼？」

「維斯瓦納坦大師教過我，怎樣看到我的氣場的所有顏色。」

「噢？」

「沒錯。我跟芮妮分手後，我的氣場失去了所有鮮豔的色彩，只剩一團混濁的灰色。每天晚上，我覺得某種惡靈在我的房子裡，是個老太婆，頭髮油膩，滿臉黃疸，她在我睡覺的時候飄浮在我上方，吸走了我靈魂裡所有的色彩，嚇得我尖叫驚醒。不過這個狀況也停止了。妳知道為什麼嗎？」

「為什麼，金？」

「因為我遇見了妳。」

在這一刻，喬琪知道自己找到了一個有錢有勢、渴望被愛的明星，而且這個明星渴望能相信人，例如相信納奇茲・古許，相信被誤解成「宿命」的佛洛伊德式錯亂，相信這世上不是只有混沌。凱瑞看著喬琪的眼睛，這雙眸子活似他母親的眼睛，他不禁感到驚奇：慈悲的造物主透過有線電視業者讓他看到她，甚至把她帶到他面前。他告訴喬琪，與芮妮的交往只是為了讓他做好準備，讓他能迎接此刻的真愛。雖然日後的喬琪對他有一大堆牢騷，但此刻的她只想趕緊敲定這筆交易。

「你知不知道你的氣場現在是什麼模樣？」她問。

「這個嘛，顏色可能從……」

「我看得見。」

「妳看得見？」

「是的。你的氣場現在是耀眼的金光。」

不管他後來多麼讓她不滿，在這一刻，是她主動吻他，她也迎來了屬於她自己的奇蹟。她這趟旅程的序幕，是搭乘灰狗巴士離開了鳥不生蛋的愛荷華州，來到她尋覓已久的繁華生活。

「想不想去樓上？」他問。

她點頭。兩人進入主臥室。這場性愛進行得十分緩慢，意味著這種愛情跟之前的愛情完全不一樣。這是一場由兩具慾火焚身的肉體演出的舞蹈，兩人對彼此呢喃不可能成真的承諾。暴風雨的閃電發出脈動光芒，照亮了掛在床邊牆上的金箔畫作，畫上是天主教的象徵聖母瑪利亞，正在給她的超級嬰兒哺乳。《王牌天神》在俄國首映期間，凱瑞前往當地宣傳，一群可能殺過人的人士把這幅畫送給他。凱瑞凝視喬琪的眼睛（他母親的眼睛），吸吮她的乳房（他母親的乳房），進入了這個近乎陌生人的女子體內，彷彿每次衝刺就能讓他重返平靜的子宮。

「射給我，爹地。」她溫柔呼喚。

※※※

六個月後，他們倆決定成為永久的人生伴侶，婚禮是美拉尼西亞風格的靈魂儀式，在凱西・葛雷莫位於馬里布山丘的住處舉行。

狗仔隊乘坐幾架直升機湧入婚禮上空，這些直升機是TMZ公司向美國海軍陸戰隊購得，機身依然是為了作戰而採用的黑色塗裝。尼可拉斯・凱吉擔任金的靈魂證人，他當時正在拍攝《無聲火》，為了參加這場婚禮而請假。凱吉的替身演員曾在《玩命關頭3》跟喬琪的第一任丈夫合作，他向凱吉描述了喬琪如何離婚、在蛋白質粉裡下毒、偷走馬自達米雅塔。舉行婚禮的兩天前，凱瑞來到凱吉位於貝萊爾的別墅，兩人一起練習巴西柔術，凱吉這時對好友說出他對這場婚禮感到的擔憂。

太陽低垂於西方，只穿著內褲的兩人繞著彼此盤旋，這座黑沙道場的周圍陳列著凱吉在蒙古拍賣會上買下的乳齒象骨骸。凱瑞經常感到好奇，為什麼他們倆總是在黃昏的時候對打。難道他們人生的每一刻都是需要背景的一場戲？他們在任何地點都得扮演某種角色？色澤宛如覆盆子的陽光穿過古老的乳齒象肋骨縫隙，給凱吉的臉龐映上陰影和火光。他對這種視覺效果感到滿意，因而提出懇求。

「老金，我真的對你的決定感到擔心。我建議你取消這場婚禮。我聽聞了她過去的一些事，內容很聳動，像是偷車，還有給人下老鼠藥。」

喬琪已經對凱瑞說過她自己的說詞。「那些都是她前夫撒的謊。」

「就連曼巴都比她誠實。」

「盧蒙巴？」

「曼巴啦，是一種大蛇。聽著，我認為你是因為芮妮給你造成的傷害，而愛上一個可能對你不安好心的狠角色。」

「喬琪讓我忘卻了傷痛。」

「氰化物也能讓你忘卻傷痛。」

凱瑞的個子更高，所以在徒手搏鬥中更吃香。他衝向凱吉，但是對方使出下流手段，挖向凱瑞的眼睛，還說「你如果想當個瞎子，我就成全你」。凱瑞把凱吉的手從自己的眼睛上移開，凱吉把凱瑞的手從自己的手上移開。身體的競爭成了手指的競爭：凱吉用天生特大號的拇指壓住凱瑞的小指，從底部關節猛壓這根手指。凱瑞痛得嗥叫，憑藉腎上腺素賜予的力量把凱吉摔倒在地。他們倆不斷摔角，直到汗濕的身軀沾滿黑沙。兩人看起來不像富有的演員，比較像原住民所描述的那種惡魔。凱吉終於施展詭計：嘆口氣，放鬆身子，佯裝投降。凱瑞停止進攻的瞬間，頭部被凱吉賞了一記手肘，眉毛的皮肉因而破裂。

「你騙了我！」

「這麼做是為了讓你看清真相！我這是為了保護你，老金，在這個我們稱作

『家』，塞滿破碎夢想的廢料場，這片充滿資產階級幻想的汙穢草原，這個消費主義慾望的亂葬坑，這根吊在驢子眼前的霓虹蘿蔔——」

「你究竟在說些什麼？」凱瑞一隻眼睛已經腫得閉起。

「我說的是名流地位，王八蛋。身為公眾人物的鐵娘子。托爾克馬達式的刺刑，為了找到真正的自我。如果你在那個女人眼裡，只是一個能讓她達成目的的途徑？嘿，我只知道我聽說了什麼。她是個狠角色。我聽說她在不得已的時候，什麼事都做得出來。」

「我愛她。」

「這是你腦子裡的多巴胺在說話。」

「尼可，我從靈魂裡感覺得出來，這就是納奇茲引導我們前往的境地。我感覺到很強烈的平靜感。芮妮跟我地位平等，而且大家都認同她，現在她跟那位西班牙大爺在一起。那段感情給了我什麼？我們需要被愛、被觸摸。」

凱吉停定片刻，欣賞夕陽的火光和乳齒象的影子把自己的臉映襯得多麼完美。他接著開口：「我們每個人都得承受遺傳下來的原始痛楚。被猛獸吃掉的上古人類？他們至今依然在我們體內痛哭。你覺得我們為什麼在這個上古骨骸之地摔角？因為虛榮心？因為日子無聊？因為我們愛演戲？錯了！咱們在我這座黑沙暗影道場摔角，是為了對抗古老的魔咒！我只是想確認你是在受保護的情況下進入這場婚姻，兩隻眼睛都有睜大。」

「不需要，」凱瑞說：「我和喬琪看得見彼此的靈魂。」

凱吉還能怎麼辦？他已經使出了渾身解數。他吻了凱瑞的臉頰，不確定這代表祝福還是再見。

幾天後，在凱西・葛雷莫的住處，凱吉站在摯友身旁，參加了美拉尼西亞風格的靈魂儀式。凱瑞的一隻眼睛依然腫脹半閉，脫臼的小指以夾板固定。

凱瑞的女兒珍妮坐在前排觀禮，她的母親是凱瑞的第一任妻子梅麗莎。珍妮是真正的「好萊塢之子」，在七歲那年跟父親一起把手印留在中國戲院門口的濕水泥裡，對著無數攝影機微笑。跟大多數人相比，她對自己向來誠實，還曾在日記中描述名流的影響力——

> 年紀比我大的孩子們想當我的朋友，純粹是因為我爸。有些朋友是真的，有些是假的。我並不為此責怪他們，但我看得出真相。

她見過名聲給她父親的精神狀態造成什麼樣的負擔，見過能讓人自我膨脹的奉承諂媚，見過害怕被拋棄的強烈恐懼。上一部電影的賣座，只會逼得下一部作品必須賺更多。懷有身孕的她看著這場儀式。大概是因為肚子裡的孩子，她的心裡充滿希望，她也只希望父親跟喬琪在一起能真正地、永遠地快樂。

相較之下，喬琪是個孤單的新娘。

她的父親早已離世，她的母親聲稱生了病而無法千里迢迢來此。她的兄弟姊妹都沒出席。她唯一的來賓們是諸多史達林姊妹。第一位是飾演女主角奧克薩娜的演員凱布瑞絲・威爾德，她個性叛逆，很年輕的時候就嫁給了格林威治一家手工肥皂廠的高階經理；她在九一一恐攻事件後開車來到洛杉磯，身上只有少得可憐的贍養費，心裡只有「出了名再死」的決心。第二位是露娜絲卓・戴蒙特，她飾演奧克薩娜的忠誠副手奧爾嘉（這個角色的名字是在MySpace由觀眾投票決定，她後來聲稱她其實真的是來自克里姆林宮的間諜）。第三位是最年輕的史達林之女，演員的本名是凱希・梅修，曾是「曼非斯河女王」，後來被拔掉了這個頭銜，因為她用「福特探險家」這個假名拍了第一人稱視角的成人片。

極樂鳥在金籠裡嘎叫，一群美拉尼西亞孤兒唱歌，新郎新娘被撒上木槿花。凱瑞告訴《Us》雜誌，他在這時候覺得靈魂不再受肉身的束縛，然後他感覺到喬琪用手轉動他的臉，好讓攝影機捕捉這對新人接吻，而且拍到他比較好看的那一邊臉頰。

現場只有一名來賓祝福這兩人一切順利。

影星凱蒂・荷姆斯和她當時的丈夫參加了這場婚禮，那位男士是個超級動作巨星，因法律因素而不便在此公開他的本名。我們姑且叫他「雷射傑克閃電」吧。總之，她站在雷射傑克身邊。凱蒂這位深色眼眸的美女是在兩年前見到金，地點是威爾・史密斯的後院迷宮的第二十七個房間。他們倆就像《糖果屋》裡的漢賽爾與葛麗特，一起找到了走出迷宮的路，也因為共同經歷了苦難而變得感情要好。她注意到金和喬琪的吻顯得僵硬，新娘很快地把臉從新郎面前轉開、面向鏡頭，這就像某種不祥預兆。

凱蒂當時看著聖壇上的這對新人，心想：為什麼「假愛」這麼高調，為什麼「真愛」如此畏縮？她懷著難過的擔憂，對凱瑞微笑，看著他走過走道，而雷射傑克對他綻放價值十億美金的露齒笑容，還有走紅地毯那種伸出拇指的手勢。

※※※

金和喬琪沉醉於強烈的幸福感，因此決定想辦法永遠沉醉於這種感覺。他們來到帕薩迪納長壽中心，請工作人員分析他們的幹細胞構造，合成他們的蛋白質，進行客製化的療程，保證能讓他們倆一起活到二十一世紀的中後期。

工作人員向他們倆保證：年齡只是一種疾病，而疾病都能治好。

然而，一陣陰風吹來……

米歇爾・西維斯從《奧克薩娜》的拍攝現場消失了三天，再次出現時顯得有些恍惚，聲稱自己是被一個名叫譚・凱文的外星電視製作人綁架。不過洛杉磯的人們本來就常常出現精神崩潰。喬琪和大多數人一樣，以為他失蹤三天只是因為他換了藥。

※※※

她本來就想去造訪紐約，所以在那年的九月，馬里布婚禮結束不久後，凱瑞帶她去了紐約，算是度蜜月。他們倆下榻於蘇活區的美世酒店。金想像蘇活區在一九八〇年代全盛時期的模樣，想像所有殘存的塗鴉都是巴斯奇亞的傑作，諸多畫家、詩人和前衛音樂家在閣樓裡做愛，過著精彩、私密又放蕩不羈的生活。對喬琪來說，這個地方傳達的不是藝術方面的純粹感，而是強烈的存在感。美世酒店、格林酒店、伍斯特酒店……她走在街道上，完全沒想著這些酒店的藝術或產業歷史。諸多美麗的精品店傳達天堂般的氣息，狗仔隊每天早上都等著他們倆走出酒店，而且連日跟蹤。這成了她這輩子扮演過最精彩的角色，這是一場瘋狂的真人秀，只是她不用忍受沙蠅叮咬，不用挨餓。

在西普亞尼餐廳的露天座位享用午餐時，她意識到，只要在金・凱瑞面前喝水、吃沙拉，並維持基本的餐桌禮儀，就能輕而易舉地進入社群媒體劇場，被無數眼球看見。在幾百年前，你必須上戰場殺敵，或是在貨運業賺到大錢，才能加入上流社會。但在這個充滿奇蹟的現代美國，你只需要在適當場合吞下鮪魚塔塔就行。她的《奧克薩娜》同事們傳了一條伴隨愛心表情符號的連結給她，她打開連結，看到自己和金在露天座位用餐的照片，而且常常只是在幾分鐘前拍下。不久後，她開始上「蓋帝圖像」網站搜索關於她自己的最新相片，並精心安排隔天的《金與喬琪秀》的服裝。他們在唐人街一家餐廳吃晚餐，很高興地發現他們在日光燈底下還是被彼此吸引。他們去舒伯特劇院看了舞臺劇《戀馬狂》，以演員丹尼爾・雷德克里夫的來賓身分坐在前排。這位演員在更衣室接待了他們，親切地答應合照。喬琪伸出手指搖晃，假裝對他施加詛咒。夫妻倆在劇院外頭碰到蓋瑞・卡加瑞斯，這個人是凱瑞在創新藝人經紀公司裡的主要負責人。他邀請這對夫婦在隔天晚上跟他一起去嶄新又現代的佳士得拍賣中心。

※※※

那是個涼爽的夜晚，馬路因為沾染毛毛細雨而濕滑。他們倆打扮得彷彿要參加金球獎。夫妻倆坐進了凱雷德休旅車，音響播放著邁爾士・戴維斯的曲子《西班牙素描》。車子沿拉斐特街行駛，濕潤的路面反映路燈。凱瑞告訴喬琪，能在雨中的曼哈頓和她一起聆聽邁爾士・戴維斯，這是最完美的一刻。他們來到拍賣場，和卡加瑞斯及其第二任妻子贊朵拉坐在一起，看著富翁們搶奪寶藏。一幅《沃荷式的夢露》賣到五千萬美金。一流的標本製作師達米恩・赫斯特製作的一隻斑馬標本賣到兩千五百萬美金。霍克尼和勞森伯格的作品價格介於五百萬和一千五百萬美金之間。喬琪強忍興奮，看著一位俄國貴族和一對沙烏地阿拉伯雙胞胎拚命舉牌，爭奪一幅賣到八百萬美金的巴斯奇亞作品。凱瑞目瞪口呆地看著蓋瑞・卡加瑞斯花一千兩百萬買下一幅霍普的畫。這位經紀人能揮霍的現金似乎比凱瑞認識的任何明星都多。

這些黑暗財富究竟是從哪生出來的？

一幅芙烈達・卡蘿的自畫像拿出來拍賣時，喬琪不禁倒抽一口氣。

「妳喜歡這個？」凱瑞問道。

她向來喜愛卡蘿的作品，因為它無懼地面對女性主義，並勇敢地試圖掙脫畫家迪亞哥・里維拉的陰影。她點頭。

「妳想要嗎？」

「別說了。」

「我看得出來妳想要。」

「金！」

說完，凱瑞開始加入競標大戰，每次出價時都跟喬琪交換熱烈的咧嘴笑容。他的敵人包括來自達拉斯的石油商、來自日本的零售大亨，以及杜拜王族的代理人，都在爭奪可憐的芙烈達。價格從一百萬標到一百二十萬，再從一百二十萬標到兩百萬（德州佬在這時候放棄），然後標到兩百二十萬（日本的零售大亨在這時候放棄）。凱瑞的對手只剩杜拜王族的嘍囉，但他可是金・凱瑞，絕不能輸給天天砍掉小偷的手的暴君。

「有沒有人出價兩百八十萬？」拍賣師問。

金・凱瑞及其對手都接下了這項挑戰。

「兩百九十萬？」

凱瑞像舉斧頭一樣舉起手裡的牌子。

「三百萬？三百一十萬？」

東西是他的了。

媒體記者們從二十個角度捕捉了這一刻：凱瑞以不恰當的方式怒視遭到擊潰的對手。喬琪感覺置身天堂，獲得的這項禮物的價值比她整個家族數世代加起來的財產都多。他們倆靠在酒店套房的窗戶上做了愛，兩人都凝視窗外，城中所有窗戶都回瞪他們。金和喬琪都心想：就讓他們看吧，讓他們分享這一刻，看著我們迎來高潮，讓他們感受靈魂合一以及拍賣場勝利帶來的雙重刺激。他們倆都相信對方的狂熱誓言是真的——「我愛你／妳」，「我會永遠愛你／妳」，「我這輩子只愛過你／妳」——至少不是為了欺騙對方而說出來的。這一切都超出了他們倆能夢想的程度。喬琪也因此迷戀金，加上她認定婚後生活會充滿這種美好時光，所以發生接下來這件事的時候，她自我安慰，認為這只是文件處理上出了錯誤：兩星期後，芙烈達・卡蘿肖像被送到蜂鳥路豪宅；搬運人員打開木箱，把買賣證書交給她，上頭寫著這幅肖像的唯一擁有者是詹姆士・尤金・凱瑞。

第四章

那年秋天，米歇爾・西維斯死了。

《奧克薩娜》的第四季，也是最後一季，出現了關於外星人的劇情：喬琪飾演的娜迪雅・波馬諾瓦，在烏克蘭基輔市的一片甜菜園遇到了一道蟲洞。某種歌唱般的說話聲引導她進入其中，她來到蟲洞的另一頭，迎接她的是細瘦的光體生物，讓她清楚地看見關於她過去的幻象。她看到五歲的自己殺掉孿生姊妹，在大雪紛飛的寒天下鍛鍊耐力，然後她在十四歲生日那天動了手術；這個滿心恐懼的少女在一間蘇聯紅軍醫院裡，被一名外科醫師拿手術刀劃開肚臍眼下方。這道喚醒心靈創傷的回憶令她心跳加速，光體生物被迫結束這場相遇，把她送回地球。這場戲把TNT頻道的高層氣壞了，因為他們這時候正在跟名導演雷利・史考特的姪兒合拍一部太空影集。他們把西維斯大罵了一頓，說他哪怕只是安排史達林之女買個氦氣氣球，就等著去幫車輛管理局拍車禍教育片。

當天晚上，西維斯發現一位更高層的人士正在等他：星際真人秀的製作人譚・凱文。西維斯得知，凱文的部下們深受嚴重的「身材羞辱」所苦。這個宇宙給了他們很多恩賜，像是在銀河系的寧靜一隅獲得舒適棲地，而且他們的腦袋強大得在一百年間就從「車輪時代」發展到「量子物理時代」。但他們沒獲得美麗的外貌，而為了應對這個問題，他們掌控了「變身術」，能換上適合的形體，沉浸於逃避現實的幻想，而且避免給被他們殖民的民族帶來心靈創傷。為了西維斯著想，凱文選定的形體是一九一三年的牛津大學一名划船冠軍，這個人在索姆河戰役中被一枚克魯伯砲彈炸死，生前擁有濃密鬈髮和石膏般的肌膚，這等外貌引來他的同儕作詩讚美。

他把一隻強壯的手放在西維斯的肩上。「你一定比誰都能了解，最重要的是電視劇的大局。我們需要一個新的方向。」

桌上放著一把黑色的貝瑞塔手槍。「我只是需要一點時間。」西維斯哀求：「再給我一季的篇幅吧。」

凱文的答覆是放屁聲。

「求求你。」西維斯匆忙來到飯桌旁。這張桌子是由紅杉木製成，而這棵紅杉樹還是樹苗的時候，凱文用諸多民間傳說故事寫出了耶穌基督的神話。

「我有點子，」他解釋：「很多點子！」他把最後一部劇本攤在桌上，這張牛皮紙長達六呎，裡頭有上千個劇情，包括讓約瑟夫・史達林的女兒們前往遙遠的銀河系、逃離任何人的追蹤，直到尼爾森收視率調查把米歇爾奉為收視率之神。

「不是只有你，米歇爾。我們要減少地球的節目製作。我們要把這方面的工作交給內三角星人。」

「誰？」

「不重要。人類製作的節目已經不再受歡迎了。『滅絕』乃是宿命，這點向來不是祕密。我這是在幫你大忙，米歇爾。未來的日子十分黑暗。系統性的崩壞、烈火般的憤怒，還有幼兒食人行為。」

「幼兒？」

「就等他們長出牙齒。星際娛樂市場已經飽和了，想脫穎而出，就需要更多努力。」

「凱文。」

「什麼事？」

「讓我看看你真正的面貌。」

「我不願意。」

「求求你。」

「很久以前，我曾經在這裡向某個女孩揭露我的真面目。我至今仍感到後悔，我為此遭到了殘酷的誹謗。你們人類的審美觀非常狹隘。」

「求求你。我想看看——」

凱文只是瞪一眼，西維斯的好奇心和抗拒心立即消失。接著，這間公寓裡的音響啟動，音量持續提高，斯拉夫族的哭腔聽起來比沾染尿漬的雪地更悲哀。凱文開口：「米歇爾，拿起該死的手槍。」

西維斯把手槍拿在掌心裡，滿臉汗水。凱文用舌頭舔過完美的牙齒，接著冷冷地做出指示：「從椅子上慢慢站起來，走到窗前，別流露一絲恐懼。」

西維斯照做，站起身，走進一道突然湧入室內的明亮光線下。這道金光令人感到平靜，為他移除了他給自己帶來的重擔。他願意接受接下來會發生的事。這是命運。這令他如此舒適的一刻絕不可能傷害他——

「米歇爾・西維斯，你準備好接受臨別之禮了嗎？」

「我準備好了，」西維斯嗓音顫抖：「是的，凱文，我準備好了。」

他接受了最後一刻的意識，諸多虛假記憶湧進他的心靈，他描述它們的時候將其視為自己的過去。

「我看到喬琪……」西維斯呢喃：「我看到喬琪，她真美。」

「沒錯，她是很美。」

「她的臉離我很近。我感覺她的鼻息拂過我的皮膚，她柔軟的嘴脣貼上我的耳朵。她對我呢喃，跟我說她愛我……」

「沉浸於這一刻。」

「她愛我，」西維斯說：「凱文，我曾經被愛過。」

「沒錯！現在，把槍舉起來。」

西維斯照做，流下喜悅之淚，把槍口對準腦袋。

「她愛過我。」

「妙哉。」

「我曾經被愛過！」

「偉哉！」

接著，米歇爾・西維斯的腦漿飛濺在窗上，在陽光下烘烤了三天，鄰居們大多以為這是藝術創作而投來欣賞的目光。

第五章

是喬琪發現了這具屍體。

當時是某個星期三的下午，她和西維斯約好見面，討論關於「番外篇」的影集劇情。她在下午兩點零七分駕駛銀色保時捷離開布倫特伍德市，沿聖莫尼卡大道進入林肯市，然後來到威尼斯海灘。她在兩點二十四分經過公寓的前檯，在兩點二十八分走出電梯，進入西維斯的閣樓，而向來節儉的大自然正在他的遺體上孵育麗蠅。她被臭氣熏得作嘔，接著把視線從米歇爾的遺體移向他這顆受擾心靈留下的遺作，他未完成的交響曲，《奧克薩娜》的太空冒險的零碎劇情。喬琪原本希望自己能成為首要演員，能演出由她主演的外傳系列，但這都因為西維斯自殺而破滅。ＴＮＴ立刻取消了《奧克薩娜》。在第四季的尾聲，史達林的女兒們在莫斯科的下水道發現了父親的遺骸，並得知他為了控管自己的基因而早就給她們動了絕育手術。

觀看這個以生育為主題的完結篇時，即將邁入四十歲的喬琪感覺到強烈的母性。她跟金簽下《同居伴侶協議》的時候，已經簽字放棄了成為人母的權利，但現在這個相當自然的慾望讓她想奪回這個權利。某天晚上，她和金在蜂鳥路豪宅的後院露臺享用檸汁醃魚，人造瀑布的水流聲混雜了鄰居為了把豪宅改造成土豪宅而施工的鑿岩聲。

「只有我們倆一起生活，你不會覺得冷清嗎？」

金假裝因為鑿岩聲和水流聲的干擾而沒聽見她說什麼。「啥？」

「你難道不想要一個小女孩或小男孩？」

「我以為我們已經討論過這件事了，我以為我們已經把話說清楚了。」

「人是會變的，我已經變了。」

「妳想怎麼變就怎麼變。」

「可是？」

「可是妳不能逼我再當一回父親。」

「你有什麼權力拒絕讓我當媽媽？」

「這個權力是妳給我的。」

「什麼時候？」

「一開始的時候。我們已經約好了。」

他冷冷地瞪著她的時候，她想起在Google上見過的「藍莓九千型」，一臺來自日本、由鋼鐵和塑膠組成的性愛機器人，所擁有的嘴巴、肛門和陰道能做出先進的夾揑動作。它能嘆息，能含蓄呻吟，能放浪尖叫。東京的一名科技記者寫道：「機器人和人類遲早將在『恐怖谷』外頭那片流著油脂和蜂蜜的土地上共舞，分享著愛，這是處於所有心願和事實之間的反饋迴路。」這番話深深地烙在她心裡。

「我在你眼裡究竟是什麼？」她感覺雙手發熱。

「在這一刻？在這一刻，妳是想背棄約定的人，這就是妳現在在我眼裡的模樣。很多女人不想要小孩，妳說過妳也是其中之一。」他的口吻轉為懇求。「妳現在究竟在做什麼？」

沒錯，這很惡毒，但很誠實。這段感情的燃料是凱瑞對母愛的強烈需求，喬琪在一開始也努力提供。她如果要照顧自己的孩子，又怎能維持這種關係？但話說回來，她沒有自己的孩子，又怎能忍受這種關係？她駕車離開了家門，在露娜絲卓・戴蒙特位於帕薩迪納的住處待了幾天。對凱瑞來說，這是「母親對他的無盡接受」的相反，是冷漠無情的拋棄。他懇求她回家，有時候態度哀怨，有時候大發雷霆。兩星期後，現金即將耗盡的她回家了，但是「不信任」已經影響了兩人之間的親密關係。他開始數算她的避孕藥數量，並發現充滿焦慮的性愛害得他難以維持勃起狀態。他開始服用威而鋼，為了獲得高潮而努力衝刺，而喬琪會躺在他的身子底下，好奇地心想也許應該買一臺日本性愛機器人，讓她免於身為配偶所承受的重擔，這份重擔現在讓她覺得有強制性、千篇一律，甚至讓她覺得卑賤（就算她很抗拒這個字眼）。某一天，她從他的書房抽屜裡找出同居協議書，看到裡頭寫著除非她再待三年，否則分手的話她一毛錢也拿不到。看到這段文字，她突然覺得作嘔。

也因此，命運終於讓凱瑞嘗到一點她早已承受多年的折磨時，她感到幸災樂禍，而且一點也不為此感到愧疚。

※※※

他演得最好的兩部作品《楚門的世界》和《王牌冤家》，都遭到了奧斯卡金像獎的冷落。《娘子漢大丈夫》的製作是為了改變這點。這部電影描述的是真實故事：史提芬・羅素原本是忠誠的丈夫，在遭遇一起嚴重車禍後，發現自己是同性戀，因而拋棄了家人，追求一個充滿詐騙、欺詐和享樂主義的人生。他鋃鐺入獄後，愛上了一名獄友，他為了和對方一起在基韋斯特市生活，而假裝自己得了晚期的愛滋病。凱瑞為這部電影投入了大量的心血，竭力要求保留他飾演的角色進行肛交的一場戲，甚至違抗了創新藝人經紀公司的大眾心理學家提出的警告：「美國人很難接受雞姦這種行為。」該警告幾乎等於預測了《紐約時報》對這部作品的評論：「這部眾星雲集的電影出現的第一個同性戀性交場面，是凱瑞先生高調地進行肛交，這種攝製方向一定會自找麻煩。」

這部電影確實碰上了麻煩。

雖然這部電影的放映地區打從一開始就排除了美國的「聖經帶」，但該區域的復仇能力被嚴重低估。凱瑞成了瑞奇・萊爾斯二世在講道壇上聲討的對象。萊爾斯是新復興派的二十九歲牧師，穿上三吋高的鞋子後身高有五呎七吋（一百七十公分）。他的五小時廣播節目接觸到三百萬名美國人，他每星期都會憤怒地批評金・凱瑞如何給美國家庭帶來羞辱，宣揚通姦和離婚，並成了同性戀陰謀的共犯。電影發行商們雖然放棄了這部作品，但是瑞奇的追隨者們依然氣憤難耐，繼續加緊這場聖戰。某天凌晨四點十三分，監視器拍到一輛皮卡車在蜂鳥路豪宅門前停定，下車的三人都戴著滑雪面罩。他們用噴漆在他的大門上噴上「上帝痛恨同性戀」這幾個字，並朝著監視器說出《啟示錄》裡的經文：**我站在沙灘上，看見一隻獸從海裡上來。牠長著十個角和七個頭，每一個角上戴著王冠，每一個頭上寫著侮辱上帝的名號。**他們把好幾桶的染血內臟倒在他的車道上，然後迅速地把三頭豬（這些內臟的來源）的腦袋丟進他家的泳池。

「又是豬。」阿維・阿亞隆看著在水裡漂浮的豬頭。他是凱瑞的維安總管，以前待過以色列的特種部隊。「每次有人想傳達訊息，就一定會把豬當成工具。豬很髒，可是很聰明。你知不知道豬願意吃豬肉？」

整座豪宅的維安系統獲得了升級。阿維暫時搬進了池邊小屋，並透過他在以色列情報特務局的門路而取得了約斐爾，這兩隻裝有鋼鐵獠牙的羅威納犬日後將成為凱瑞唯一的朋友。這兩隻狗來到他家的時候已經受過訓練。「磕頭，」凱瑞唸出指令表上的文字：「磕頭！」兩隻羅威納犬在他腳邊嗚咽時，他露出招牌般的咧嘴笑容，覺得這兩隻狗確實對得起十萬美金的價碼，覺得有錢確實能使鬼推磨。他和喬琪開始樂於每晚的儀式：他們倆遵照訓練內容，把羊腿丟進院子，喊道「有入侵者！」，然後看著兩頭猛獸撕開羊腿，並計算牠們多快做出反應。

雖然這兩隻狗能透過襲擊基督徒的方式來保護凱瑞，但完全無法保護他免於電影業的襲擊。《娘子漢大丈夫》下檔時，片廠虧損了數百萬美金。現在輪到凱瑞學習何謂「無力感」。他這時候逼近五十歲，他的粉絲也逐漸老去。因為他擁有獨特才華，好萊塢沒辦法用平時的方式找人取代他，像是用艾瑪・史東取代琳賽・蘿涵，用李奧納多・狄卡皮歐取代瑞凡・菲尼克斯。話雖如此，好萊塢還是能進行「馴服」、「控制」和「懲處」。迪士尼和派拉蒙影業公司中止了預定的幾部作品，第三部作品也被索尼影業悄悄取消。儘管凱瑞的諸多經紀人為他宣傳，說他「從恆河到安地斯山脈依然受人喜愛」、他依然是個可靠的全球票房良藥，但片商對此充耳不聞。洛杉磯各地的電影業者對他的「預估產業價值」迅速下滑，他的經紀人溫克・明格斯和艾爾・斯皮爾曼二世因此安排了一場緊急的電話會談，討論如何應付這場所謂的「大麻煩」。

「我們需要重新擦亮凱瑞這塊招牌。」艾爾・斯皮爾曼二世表示。

「我們需要有企鵝或北極熊的電影，」溫克說：「人都喜歡動物。人類很懷念以前跟動物一起在叢林生活、在動物發出的聲音裡聽見自己的靈魂的那些日子。這就是為什麼《王牌威龍》獲得成功。」

「我認為他們喜歡的是那部電影裡的角色。」凱瑞說。

溫克・明格斯低聲道：「《王牌威龍》獲得成功，是因為主角艾司・范杜拉喜愛動物，就跟一般人一樣。他們在他身上看到他們自己對動物的喜愛。」

「我們需要老少咸宜的作品，」艾爾說：「而且事不宜遲。」然後他發出跟他父親一樣的嘆氣聲，他父親艾爾・斯皮爾曼一世是個心臟外科醫師，這種嘆氣聲表示情況危急，英勇措施也許能換來奇蹟。換作平時，這聲嘆息通常能讓凱瑞屈服，但在這一刻毫無效果，這令艾爾不高興。

「我什麼也沒做錯，」露臺上的大明星說道，這時約斐爾在他腳邊啃著羊骨頭。「我為什麼非得拍白痴的家庭片不可？」

「二世，你願不願意告訴他？」溫克問道。

「我願意。」艾爾說。

「那你就說吧。」

「拍家庭片等於向社會大眾道歉。如此一來，你才不用去拉斯維加斯演單口喜劇。」艾爾衝口道。

早年在拉斯維加斯演出單口喜劇的那些工作，總是讓凱瑞感到靈魂枯竭。他當時一直很害怕在那裡衰老死去。他常常在惡夢中看到自己被沙漠催老的臉孔，他現在又看到那幅景象：滿臉贅肉，滿嘴漂白過的牙齒，滿頭劣質植髮，為了賺錢而像男妓一樣試著討好去玩賓果的觀眾。

他僵在原地，心裡充滿恐懼。

「如果我是你，我會照他說的做，老金。你一定不想回拉斯維加斯去，為那些被遊覽車送進場子裡的觀光客、手裡緊抓著零錢包的老太婆表演。」

他心裡更加不安。你如果在這時候觀察他噴上仿晒劑的橘色臉龐，能看見他在擔心為賭場觀眾們表演。為什麼這幅景象如此清晰？這種結局是命中注定？他思索著這一切，嘴裡念念有詞。

「你在咕噥些什麼？」溫克・明格斯問道：「嗯？」

「金，你覺得現在會有人雇用你嗎？」

「如果小勞勃・道尼值得被雇用，我也值得。」

「道尼從來沒有在大銀幕上操另一個男人的屁眼！」

「飾演同性戀有什麼問題？」

「這麼做不符合商業效益，而且會給觀眾造成混亂。我有幾個高爾夫球友開始問我關於你的事情。」

「噢，是嗎？那些大叔長得可愛嗎？」

電話上出現喀啦一聲。

「二世？」溫克問，但對方毫無回應。「真有你的，老金。」

「我不想拍枯燥乏味的家庭片，溫克，這麼做到時候會變成宣傳大戰。我們現在這樣只是在轉移注意力，而——」

「我要進地下停車場了，訊號會被切斷。」

然後溫克・明格斯也消失了，只剩凱瑞獨自面對自己的恐懼。

他走出露臺，走過草坪，穿過深谷，來到用柏木搭建的祈禱平臺。他用蓮花姿勢坐下，約斐爾緊緊挨在他身邊。他閉上眼睛，向宇宙提出懇求：「引導我，讓我看見，使用我。」

就和他的許多祈禱一樣，這次祈禱也獲得回應。

※※※

兩星期後，經過連日下雨的一個晴朗夜晚，一輛一九八八年的富豪240旅行車來到蜂鳥路豪宅的大門前，低矮的淺藍色車身布滿鏽斑。喬琪這時在睡覺，而凱瑞獨自在客廳裡看著一部YouTube影片，描述「奶酪製作」在成吉思汗王國的崛起中扮演什麼樣的角色。阿維・阿亞隆聽見兩隻羅威納犬嗥叫，於是查看監視器，發現一名男子不斷嘶吼「這樣不安全！」並要求「打開大門！」。凱瑞也起身打量夜視攝影機前的人影。此人頭髮油膩凌亂，臉頰枯瘦，眼睛就像吸血鬼，只有他的嗓音表明了他不是四處流浪的毒蟲，而是查理・考夫曼，擁有變身術的電影導演，曾在《王牌冤家》中為凱瑞安排了他從影以來最好的角色。

「考夫曼？」凱瑞倒抽一口氣。「讓他進來。」

考夫曼進屋的時候，約斐爾咬牙低吼。神情緊張不安的考夫曼用兜帽遮住臉，避開玄關的監視器，要求在屋外談話，兩隻狗也跟著他們來到後院的露臺。凱瑞和考夫曼在浩瀚藍天下的一張柚木長椅上坐下，夜晚的空氣沾染了樹上腐爛芒果的甜膩味。「你有帶著手機嗎？」考夫曼問道。凱瑞從口袋裡拿出手機。考夫曼從他手裡一把搶過，用力丟進泳池，並要求凱瑞別出聲，直到手機沉到池底。

「老天，查理！」

「沒錯，你該懂得害怕，那些人很兇狠。」

「誰？」

「他們抓走了我的女傭瑪格妲。當年柏林圍牆倒塌後，她曾在柏林拍了一些隨地便溺的影片，你懂的，像是蹲在德國國會大廈旁邊，撩起裙子，釋放健康的金雨。很有藝術氣息的作品，就算那不算是藝術之作，老天，金米，她當時只是個孩子！她只是努力過日子，透過小便的方式奪回一小塊歷史之地。他們竟然拿這件往事威脅她，要她給我的寵物蝴蝶阿珍和阿丁下毒！我發現牠們的屍體漂在糖水裡，我用手指把牠們撿出來。牠們是如此的嬌弱，金米，我不斷對牠們吹氣，希望我的氣息能讓牠們死而復生。」

考夫曼停頓片刻，擦掉眼淚。

「查理，你到底──」

「他們破壞了我的硬碟，給我的房子動了手腳，所有的燈光閃個不停，我的音響還會播放理查・尼克森向心理醫生坦承作夢的內容的祕密錄音檔。你知道迪克・尼克森夢見什麼嗎？他夢見小時候的他從一個生鏽的鍬韆跳到遠方的威柏許貨運列車上，列車吹著口哨，向他保證他能離開老家、去任何地方。小迪克跳離鍬韆，飛過空中，似乎是飛向列車，然後他墜向一個他的影子應該出現卻沒出現的地方。那是虛無之地。這是他們向我傳達的訊息，他們說得非常清楚。這些人能讓你消失，把你的死法弄得像心臟病發，像自殺。把你吊在吊扇上，褲頭拉到你的腳踝處，把你的老二握在你手裡，還把好大一支勺子插進你的──」

「你在胡言亂語！」

「真的有人在追殺我！有隻怪物追著我跑！」

「查理！什麼樣的怪物？」

「很像《猛鬼街》裡的殺人魔克魯格！但是我不想再東躲西藏。我必須把他從我的夢魘裡揪出來，抓到大白天底下。這可是藝術啊，而且只有你能幫我。」

「幫你什麼？」

「在他殺掉我之前打倒他！」

「誰？」

在恐懼和沙漠之夜帶來的雙重寒意下，考夫曼渾身顫抖，鼓起勇氣說出折磨他的人的名字：「毛澤東。」

「毛澤東……現代中國的殘酷國父？」
「小聲點！」
「可是他早就死了啊。」
「他真的死了嗎？毛澤東，他是人類史上一齣最龐大、最致命的戲劇的導演。革命不就是這回事，金米？盛會、燈光、音樂、服裝、超大規模的華麗場景設計。這是究極的類別混合：愛情片、動作冒險片、謀殺懸疑片、驚悚片、青少年片……還有奇幻片。毛澤東曾承諾要終結所有的資產階級特權，他後來娶了一位性感的上海女演員。毛澤東害得數千萬老百姓餓死的時候，他懶洋洋地躺在泳池旁邊養肥養胖、寫些爛詩。這不就讓我們明白了所謂的隱藏循環？這些禽獸為什麼就是渴望美麗的事物？你去參加晚宴的時候有沒有獨自離席漫步？說你要去尿尿，其實是探索人家豪宅裡每一個房間？我每次都會這麼做。你知道好萊塢有多少人家裡掛著希特勒畫的風景畫？就藏在祕密的房間裡？我目前為止看過十七幅。你有沒有刮過濃密的鬍鬚？你下次刮乾淨之前，先試試看保留希特勒那樣的一小撮鬍鬚，然後你就會說出假的德文，在浴室裡像隻鵝一樣走來走去。我們每個人都有這種黑暗面，老兄！」
「查理，你究竟怎麼了？」
考夫曼掀開兜帽，開始描述他經歷過的苦難。

※※※

那年秋天，他的心理諮商師建議他去旅行，說這樣或許能讓他不再夢見小時候的他穿著牛仔裝坐在康尼島的旋轉木馬上，所以他答應跟歌星泰勒絲和藝術家傑夫・昆斯一起擔任上海雙年展的評審。之後，他們被帶去參觀中國北方各地的豪華大樓，同行的還有上海雙年展的主要贊助商的代表們，包括路易威登、摩根史坦利，以及中國人民解放軍。他們在河南的鄉下地區的山丘上健行時，碰上第一場春雨，結果被土石流團團包圍。一手拿著 iPhone 的泰勒絲試著用另一手挽救身上的璞琪圍巾，感覺腳拇趾卡在泥土裡。她試著扭轉，但無法掙脫泥濘造成的吸力。她低頭查看，發現腳拇趾是卡在一顆人類顱骨的眼窩裡。她嚇得發出完美的降E大調的尖叫聲，這道音符懸於空中時，她發現周圍有更多人類遺骸。肋骨和脊椎骨彼此糾結，大腿骨從地底突出，一隻隻手彼此抓握，都從液化的山丘地裡破土而出。

她這時候可不是在田納西州的納許維爾市老家，而是走進了一座源自中國大饑荒的亂葬崗，當時有四千萬人因為毛澤東的大躍進而餓死。

但是摩根史坦利、中國政府，以及路易威登都覺得「大批農民喪命」這種事不利於品牌形象，所以他們想個辦法掩蓋事實。泰勒絲願意拿「保持沉默」來換取「生意機會」：在長城上走秀，讓她的時尚品牌能進入中國市場。昆斯則獲准在北京的紫禁城的階梯上做個巨大的「翻轉彈簧」（Slinky）雕像。考夫曼得到了龐大的製片融資邀約，但只有他拒絕合作。他向來相信，電影能透過播放的順序和速度來模仿人生，兩者都是以迥異的諸多影像來形成統合的體驗。對他而言，亂葬崗的「重見天日」從各方面來說都是「死人騷擾活人」的表現，來自過去的某一刻篡奪了現在的這一刻。暴風雨的狂風颼然穿過枯骨空隙的時候，他聽見一陣來自過去的痛苦哀號對他說話、提出懇求：記得我們，查理！讓全世界知道，是哪個禽獸害我們死在這裡。軍隊的推土機很快會把我們輾回地底下，不要讓我們因此被遺忘！

他回到上海，下榻於和平飯店的時候，思索該如何透過電影來描述毛澤東的罪行，並寫下腦子裡出現的每個點子。「恐怖片」似乎是很適合的類型，就像《天魔》和《大法師》那種。如果毛澤東的靈魂獲得孵化……不，獲得重生？沒錯，就像一隻餓鬼，拒絕死亡，而是緊緊地抓住某個同樣陰森的現代人物？好主意。他吞下一顆贊安諾鎮靜劑，沿黃浦江散了步，幾小時後回到房間，發現裡頭被翻得亂七八糟，他的筆記型電腦遭竊，而紙本筆記簿上寫著的四個字似乎是有人模仿他的筆跡，應該是負責監視他的中國國家安全部特工所寫，這四個字是「沉默是金」。

他匆忙逃離，身上只帶著護照，連同腦子裡的靈感，這個靈感清楚地讓他看見他這項計畫案的規模，而且需要哪位明星。

「我需要你，金米，」他在此刻開口：「你必須當我的毛澤東。」

「你瘋了！」凱瑞嘶吼：「我如果扮演亞洲人，一定會被吊死！」

考夫曼已經解決了這個問題。如果用影星丹尼爾・戴路易斯那種入戲風格飾演毛澤東，只會造成漫畫般的怪誕效果。不過，如果透過漫畫般的怪誕效果來飾演毛澤東？這或許能完全傳達毛澤東的恐怖之處。考夫曼的毛澤東將在金・凱瑞這位心煩意亂的演員的心靈裡重生，這位擔心自己過氣的明星將探索曾經引導毛澤東的那些黑暗慾望：想被世人永久崇拜，想透過創造歷史的方式來名垂千古。他相信毛澤東這個角色將成為他的《蠻牛》級傑作，因此他敞開自己的心靈，接觸這位暴君的靈魂、慾望和虛榮，直到自己被完全吞噬。凱瑞雖然對此感到驚駭不已，可是……查理說不定真的能做到？這也許能成為傑作，成為讓他問鼎金像獎的途徑，讓影星湯米・李・瓊斯對他感到嫉妒。瓊斯從不承認他的能力，在一九九五年的《蝙蝠俠3》拍攝現場總是批評他像個丑角。瓊斯，那個滿身威士忌酒味，畢業於哈佛大學的混球，願上帝祝福他。

考夫曼拿出一張破舊的紙，把它攤開，劃掉第一行句子，寫下一句新的，然後朗讀：「金・凱瑞和查理・考夫曼坐在浩瀚藍天下，夜晚的空氣沾染了樹上腐爛芒果的甜膩味。鏡頭移向凱瑞。『事情是怎麼開始的？』他問道，嗓音夾雜悲劇性的天真。」

凱瑞閉上眼睛，腦子裡閃過許多想法，想像自己飾演毛澤東。他問：「電影要如何開場？」

「從饑荒開始。一個用電腦動畫製作的升降鏡頭一鏡到底，持續往上移，揭露大量的飢餓農民，數以千計，百萬，千萬。嬰兒、孩童、母親、父親、老人，他們顫抖地吞下最後幾口氣，一同唱著一首古老的收割之歌。這些是毛澤東為了餵養自己的惡魔夢想而吞噬的無辜生命。鏡頭慢慢上升，揭露成堆的屍體，上升的同時越退越遠，最終脫離這個場景，我們才發現這個鏡頭是在毛澤東臨死前的那雙混濁的眼球裡。他躺在一張鋼鐵製的手術臺上，身上接著呼吸器。這個鏡頭是公然侮辱『活著』這兩個字。」考夫曼放下劇本。「你最適合這個角色！不然還有誰能演？」他清清喉嚨，把視線放回紙上。「人在斷氣的時候，時間會變得錯亂，幾分鐘會變成幾百年，幾秒鐘會變成幾千年。死亡到來。我們從毛澤東的視角移開，看著防腐團隊把橡膠管插進他的動脈，給他灌進大量的福馬林。他被困在自己的軀殼裡。他不是活人，但也不是死人。某個處於肉身狀態之外的東西騷擾他，在這一刻擒住他。他發現自己無法逃離它的掌控。他像個被活埋的人一樣在自己體內尖叫，這時鏡頭從毛澤東那張腫脹、陰森又有名的臉上移開，移向……」

「移向什麼？」凱瑞輕聲問。

「移向你的臉……」

第六章

查理・考夫曼過著東躲西藏的日子。他逃離了平時住的平房，住進薩哈蘭汽車旅館，這是位於日落大道的一家老舊旅館，他在這裡把金・凱瑞的靈魂引向毛澤東的亡魂。

凱瑞在一九八二年來到好萊塢的時候，曾在這家旅館住了一陣子，他那時候只有六百塊美金、一箱衣服，以及一本二手的暢銷末日著作，宣教士何凌西所著的《已故的偉大行星地球》。該書的作者聲稱破解了聖經裡的密碼，得知幾個月後將發生核戰浩劫，迎來世界末日。凱瑞當時是坐在一張俯視旅館泳池、被太陽晒得扭曲的塑膠椅上讀完這本書。菸蒂和糖果包裝紙在惡臭的池水裡載浮載沉，附近的房間裡傳來妓女和嫖客有氣無力的叫床聲。有時候，他會因為寂寞而仿效。陪他在破床墊上滾床單的人有時候是譚美（頭髮漂白成金色，身穿白皮迷你裙，在喜劇俱樂部外頭當阻街女郎），有時候是薇琪（滿臉雀斑，來自蒙大拿州，在尖峰時刻的車潮中賺吃的同時希望能成為肥皂劇的明星）。有時候，他在旅館泳池上方讀著《已故的偉大行星地球》，身上殘留著薇琪的假香奈兒香水味。有時候，他抬起頭，想像上千枚洲際彈道飛彈拖著銀光劃過天空，彷彿能聽見它們下墜時發出哨音般的聲響。他準備迎接旅館的磚塊、他手上這本書的紙頁，還有他自身的皮肉被核彈蒸發，被沙漠之風吹向大海的那一刻。

萬物消失滅絕——他這個明日之星滿腦子古怪的幻想。但在他最淒涼的時候，他的笑話沒能逗人笑的時候，他害怕以輸家的身分回去加拿大的時候，他真希望世界末日到來，怎樣都好，只求能擺脫做明星夢所帶來的漫長折磨。

但是那些飛彈未曾升空，而金・凱瑞在這幾十年間只是持續成長，交出一個個賣座票房。

那星期，他進入薩哈蘭汽車旅館，以前那些日子已經遠離他的心思。考夫曼迎接他的時候，身上穿著一件連身睡衣，上頭印的圖像是一九五〇年代的影集人物「獨行俠」及其原住民搭檔「湯頭」。考夫曼對金做了松鼠般的點頭動作，接著轉向躺在床上的人影，那是一名肥胖的男子，身上的亞麻西裝原本如象牙般潔白，如今沾滿汗漬。在晨光下，這名男子戲劇性地吸了三口氣，接著把破舊的巴拿馬草帽的帽簷往上撥，露出一張有名的臉孔。

凱瑞倒抽一口氣。「霍普金斯……」

在毛澤東這件事上，安東尼・霍普金斯的參與可謂無比重要。他是好萊塢最早肯定凱瑞的演技的大人物之一，他讚揚《阿呆與阿瓜》是無懼地探索「格調的野蠻性，以及友誼的奇蹟」。他和凱瑞是在一九九八年的金球獎結緣，他們倆都意識到彼此是透過動物的靈魂來飾演角色：凱瑞飾演的艾司・范杜拉是依據某種高智商鳥類，而霍普金斯飾演的食人魔漢尼拔・萊克特則是鱷魚與狼蛛的混合體，擁有無限的耐心。他們倆自封為「野獸管理員」，從此成了莫逆之交。考夫曼邀請金・凱瑞飾演「準備飾演毛澤東的金・凱瑞本人」，並邀請霍普金斯飾演「金・凱瑞心中的理查・尼克森」。霍普金斯接受了這項邀約，並表示願意在準備過程中提供協助。對凱瑞來說，霍普金斯的出現把這間低級的汽車旅館變成了「宿命之地」。

「你說過我是『戲劇荒野的路易斯與克拉克遠征隊』,」霍普金斯開口:「然而,隨著年老而造成的無性生活,我不也算是你的薩卡加維亞(該遠征隊的原住民嚮導)?我是這麼認為的。我抱在懷裡的孩子,叫做『藝術』。我的乳頭分泌的乳汁,叫做『技藝』。既然如此,讓我們橫越這片邊疆的荒野吧。讓我們找到我們的美麗太平洋,我們的……」

他打個呵欠,然後似乎忘了自己有說話。他手裡拿著一杯勃根地葡萄酒,杯緣沾染脣印。金不禁好奇,霍普金斯是因為什麼原因而又開始喝酒。

答案是:因為某個女人。霍普金斯在去年冬天為耶魯大學的戲劇系指導《泰特斯・安特洛尼克斯》,因而愛上了伊莉絲・伊凡,這位女詩人所著的《被劃上傷痕的心》曾榮獲普立茲獎。她的第一任丈夫查格斯・史丹頓是登山家,在喜馬拉雅山死於雪崩。她的第二任丈夫是考古學家,為了一個年紀比她大的女人而拋棄她。她從此揚棄了愛,她認為愛只是個源自生理需求的計謀。這點在霍普金斯出現的時候改變了。他們倆在她的教務套房裡度過那年的冬天,一起泡在熱水裡,看著鉛玻璃窗外的暴雪呼嘯而過。霍普金斯覺得自己這輩子是為了接受她的觸碰而做準備,而到了隔年的四月花開季節,他認為餘生都該和她一起度過。他買了一枚藍寶石訂婚戒指,還訂了去馬斯蒂克島的機票。在約克街的普萊詩服飾店,工作人員幫他量尺寸、製作這套象牙白的亞麻西裝,他希望能穿著這件衣服娶她;他在店裡的三面鏡前縮起鮪魚肚,這個鏡子把他折射成無盡的幸福。他只希望能和她共度幾個季節。在燦爛陽光下,這一切顯得極為可能，但他下跪求婚時，他的老骨頭背叛了他，大腿骨和脛骨吱嘎作響，關節疼痛難耐，整條腿難以支撐他的體重。他在她面前倒下時，他懇求整個宇宙倒退五秒鐘。她親吻他的額頭，這是她以哀悼者的身分給他的吻，而非情人的身分，這令他難過極了。他抬起頭，看到她眼裡充滿「害怕失去他」的恐懼，她說話時淚水滾過嘴脣，「噢，東尼，我不能，我真的很抱歉……」

他搭乘國鐵離開了紐哈芬市，咒罵自己是該死的蠢蛋。該死的蠢蛋，你被自己這把老骨頭給害慘了。人生有規定一定會讓你獲得多少次愛嗎？沒有。那你在胡思亂想什麼？你以為她會照顧你到你老態龍鍾的時候？她會幫你換尿布？該死的蠢蛋！他大聲咒罵，害得站在餐車裡的至少一名乘客以為自己遭到霍普金斯的責罵。

「我們有很多事要完成，」此刻，他對凱瑞說道，一半的心思仍沉浸於愛情的回憶所帶來的痛苦。「咱們開始吧。」

凱瑞在霍普金斯身旁坐下，考夫曼則是打開平面電視，播放一部影片。這是細心安排的政治洗腦的第一段，最近有人把這部毛澤東饑荒的影片寄給他，連同一張字條，上頭寫著「你在臺北有許多朋友」。

查理把播放速度放慢到六十四分之一，希望凱瑞能完全吸收毛澤東犯下的謀殺案的每一格畫面。這一天，他們三人在特大號的床墊上躺了六小時，看著電視上的人間煉獄。鏡頭揭露飢餓的人們操作粗劣的熔爐，排隊領取貧瘠的米糧配給，持槍的男子們在周圍巡邏。一間間簡陋小屋裡擠滿孩童，他們奄奄一息得連瞥向攝影機的力氣也沒有。畫面上不斷出現人造的地獄景象。凱瑞對中國的歷史一無所知，因此很快地感到納悶，搞不懂這些人為何受苦。

「原因是地震？水災？戰爭？」

「更糟。」霍普金斯啜飲手裡的葡萄酒。「原因是一個夢想，一個宏大的計畫！毛澤東把所有穀物都給了俄國，為了換取資本商品、槍械，以及原子能源這種不可靠的希望。他將土地收為國有，逼農民把犁田的工具熔成鋼材。他希望中國能在財富和地位方面超越俄國。他希望家家戶戶的廚房裡都有收音機，車道上都有汽車。史達林為了俄國工業化而安排了一場大饑荒，毛澤東也如法炮製。他以為這麼做能換來人間天堂。」

「烏托邦，」考夫曼開口：「比聖經裡的蛾摩拉城還恐怖。」

「沒錯，」霍普金斯說道：「毛澤東保證給中國帶來『大躍進』，讓人民脫離封建制度！他從沒說過他要怎樣達成這個目的。」

「他做了什麼？」凱瑞問。

「中國在各方面都很窮，唯一不缺的就是『人』，」霍普金斯說：「所以他吞噬了人民，把性命當成原始燃料。」

讀者您也許還記得，維斯瓦納坦大師曾教過凱瑞如何看見自己氣場的顏色。考夫曼讓他看見毛澤東在數千萬人死亡的同時做了什麼的時候——影片上揭露這位暴君在上海花園宴會上跟身穿綾羅綢緞的年輕女藝人們一起跳舞，大啖豬肉和威士忌，抽著他喜愛的香菸——凱瑞覺得靈魂遭到汙染，玫瑰金的氣場變得黯淡。

「他竟然根本不在乎老百姓的死活。」凱瑞驚呼。

「掌權者向來不在乎！」霍普金斯說：「看看人民面對死亡的時候，毛澤東過著什麼樣的日子。老百姓挨餓的時候，他在莊園裡過著酒池肉林、縱情聲色的生活。」

看著螢幕上的毛澤東和諸多情人一起跳舞的時候，恐懼在凱瑞的心中翻騰。影星希斯・萊傑為了飾演小丑而失去了自我。影星菲利浦・西摩・霍夫曼被自己所飾演的《推銷員之死》的威利摩・羅曼一角拉進了虛無之境。凱瑞認為萊傑是英年早逝的傑出演員，可是霍夫曼？菲利浦・西摩・霍夫曼？他能做到一些霍夫曼做不到的事，可是霍夫曼……光是這個名字……他彎起腳趾。霍夫曼是個藝術家，低調的傑出，堪稱神奇，充滿深度的改變。霍夫曼是個偉大的演員，也許是馬龍・白蘭度和勞勃・狄尼洛那種等級。霍夫曼，陳屍在紐約西村一間公寓的地板上：這名男子擁有一切，卻還是覺得這個人生令他難以忍受，所以他不斷用藥物自我麻醉。此刻，凱瑞想起古代那些「平面地球」的地圖，海水和不幸的船隻滾落邊緣，怪獸在邊緣地帶戲耍。他不禁懷疑，也許那種地圖表達的其實不是地理學，而是人的內心。待在溫暖的海面上，別偏離通商航路。

召喚毛澤東的惡靈，這麼做實在瘋狂。但是……那些獎勵。霍夫曼飾演的作家楚門・卡波提。丹尼爾・戴路易斯飾演的林肯。他們贏得的盛讚。甜美的名聲、母親的接觸、口交般的愉悅肯定。此刻，他對「偉大地位」的渴求壓過了恐懼，因此看不見電視螢幕上的悲慘人生。他看到自己穿著光鮮亮麗的亞曼尼燕尾服，翻領很薄（他這時候已經瘦了十公斤），出席未來的一場奧斯卡儀式。全世界都對他的結實體格感到驚嘆，這時候在會場前方的大銀幕上播放著他飾演的毛澤東片段。他在與會人士當中看到湯米‧李‧瓊斯，下巴有兩層肉的那人神情憔悴，癱在座位上，因為凱瑞演技精湛而氣得怒火中燒。就像電影裡常常出現的情節，在凱瑞的大腦分泌多巴胺的這一刻，門外傳來敲門聲。

「誰？」考夫曼把手伸進枕頭底下，抓出藏在裡頭、裝有象牙握柄的柯爾特左輪手槍。他小時候每晚觀看《荒野大鏢客》影集，所以愛上了這種武器。他撫摸手槍的彈匣，再次看到小時候的自己坐在康尼島的旋轉木馬上，他的老處女阿姨菲歐娜在一旁看著他，她的母性本能湧向他。小天使查理露出燦爛笑容，從槍套裡拔出玩具手槍，朝瑞奇和喬許‧克史鮑姆開槍，他們倆是某個牙醫被寵壞的兒子，取笑他穿二手的冬季外套，砰砰砰，這場旋轉木馬大屠殺獲得成功，而且——

「門外他媽的究竟是誰？」考夫曼邊說邊抓緊手槍。

「誰……？」霍普金斯把勃根地葡萄酒喝完。「或是什麼？」

「誰。人才會敲門。既然是人，就該用誰。」

「可是那個人代表什麼？那個人可能帶著什麼？在戲劇裡，還有在人生裡，有些人是『誰』，但大多數的人只是『什麼』。格薩爾也明白這個道理。」

「好吧，」考夫曼說：「門外是誰或什麼？」

「在這一刻？」霍普金斯說：「是持續緊繃的氣氛！但再過片刻，等我打開門，揭露門外的誰或什麼，那麼，查克，你會發現我為我們這個偉業帶來了朝生暮死的短暫事物，一種感同身受，還有，沒錯，一種異想天開，但也帶來了一絲悲哀。金米，你躲進廁所裡，我們不希望你這張出名的臉龐搞砸這件事。」

「你的臉也挺好認的。」

「別擔心，」霍普金斯說：「我會戴上一副友善的面具。」

凱瑞挪步進入廁所，霍普金斯開了門，發現外頭是藍尼・韋恩加坦，為「霓虹龍飯館」送餐的三十一歲外送人員，捧在手裡的四份歡樂家庭餐流出的油脂滲過了紙袋。

「你不是中國人。」霍普金斯說。

「我叫藍尼・韋恩加坦。」

「你們網站上的照片上全是中國人員工。」

「那些是庫存照片。」

「庫存照片是啥？」

「有些人會把自己的照片賣給別人，不在乎被如何解讀，也不在乎真相。」韋恩加坦在聖塔克魯茲大學修過「符號學」。

霍普金斯覺得自己成了不實廣告的受害者。他把一張乾淨的五十元鈔票塞進韋恩加坦的手裡，然後在對方面前甩上門板。

「你原本想找個中國人進來？」考夫曼問。

「是又怎樣？」

「這麼做也太粗枝大葉了。」

「找白人飾演毛澤東的人是你。」

「我是把毛澤東的亡魂投注在一個白人體內，而且我把這兩者當成魔王的化身，一個沒有種族、沒有性別的世代吞噬者。而你是利用服務業來試著讓一個真正的中國人來目睹這件事。」

「既然動機這麼單純，那又有什麼問題？」

「我們活在一個持續崩壞的多種族龐氏騙局社會，需要一個受到高度監控的文化環境，以免爆發混亂。這就是問題。」

「你才活在一個持續崩壞的多種族龐氏騙局社會，需要你說的那種東西，」霍普金斯又給自己倒了一杯勃根地葡萄酒。「而我——我是英國人。至於剛剛那個中國送餐人員，他是猶太人。你想害他失業？」

「什麼？」

「你歧視猶太人！」

在廁所裡，凱瑞已經開始跟毛澤東交戰。

這位明星一開始試著採用安全的印象派風格，只在外表上重建暴君。他讓眼睛顯得扭曲，並在口腔裡塞了衛生紙，試著重建毛澤東那種臃腫感，但這只是讓他看起來像亞洲版的艾德・麥馬漢。然後他用水把頭髮往後梳，露出邪惡的露齒笑容，但這只是把麥馬漢變成隆納・雷根。埃薩倫的一名怛特羅祕教導師教過他「靈魂是透過舞蹈說話」，所以他開始模仿毛澤東在影片上跟上海後宮女孩們互動的模樣，在鏡子前跳舞，雷根和麥馬漢立即消失，丑角成了召喚逝者的亡魂。後宮。他和喬琪的親密關係仍因為對彼此的不信任而受到影響。他的皮肉露出毛澤東的笑臉，他覺得即將勃起。他也享受這個過程——直到他在鏡中看到自己被煤灰般的霧氣包圍。他的氣場！玫瑰金的光輝完全消失，如今成了煤灰。他再次感覺到印象派笑匠常有的恐懼：「自我」的王座上不僅空無一物，而且根本不是王座，只是一張吱嘎作響的長凳，被一萬個屁股壓過而破舊不堪。在這一刻，金在哪裡？金是誰？如果金只是數十億陌生人的心靈產物，那麼「金」又是什麼？「金」是「金從這一刻延續到下一刻」。那麼，這些失去的時刻又算什麼？他驚慌得閉起眼睛，用「文法」這支閃亮長杖馴服心中的混亂——「我是金；金是我；我是我」。但這些東西怎麼可能既相異又相同？他想在純然的鏡中倒影裡找到立足點，但裡頭不是「他」也不是「我」。裡頭只有毛澤東的幽靈，露齒而笑，做出挑釁。他絕望地用水潑臉，希望能稍微洗掉身上的黑影，但是毛澤東只是笑得更開心，就像電影《獵屍者》裡的演員蓋伊・羅爾夫。他被自己的倒影嚇到，就像一個戴著恐怖的萬聖節面具的小男孩。霓虹龍飯館的食物香氣飄來，喚醒他強烈的飢餓感。

「來吧，金米！」霍普金斯說：「開飯了！」

他回到外頭，發現霍普金斯正在翻找每個塑膠袋。

「他們忘了給幸運籤餅，」他厲聲道：「這些野蠻人！」

「他們不是忘了，」考夫曼語調狂熱：「而是預言都用完了。我們來到了遊戲的終局，各位牛仔，我們每個人都是。現在只剩最後一步：徹底的毀滅。毀滅生命、愛情、語言和物種。在某個地方，一切已經結束了。文字都被遺忘了。這個人生只是個邋遢的閃回記憶。」

「我寧可要邋遢的閃回記憶，也不想要死氣沉沉，」霍普金斯說：「咱們開動吧。」

他們享用蝦仁炒飯和蔬菜壽喜燒，電視上繼續播放大饑荒的恐怖畫面：瘦骨如柴的老人、腹部水腫的兒童、從天而墜的成堆死麻雀。凱瑞以不尋常的飢餓感吞下撈麵，這時畫面上是某人用手持攝影機拍下的三名重度飢餓的男子，他們每走一步都無比辛苦，渾身只剩筋腱和皮膚，動作就像悲劇性的牽線木偶。

「我靠。」凱瑞咒罵，因為手裡的劣質塑膠叉斷成兩截。

「用你的手！」考夫曼厲聲道：「用手抓東西吃！餵養你體內的貪吃鬼！」

於是凱瑞用手指抓起油膩膩的麵條，塞進嘴裡。霍普金斯歡呼：「你狼吞虎嚥的時候，他們在挨餓！就跟毛澤東一樣，農民們吃掉自己孩子的時候，他在上海跳舞。」

也許是因為蝦球撈麵不新鮮，又或許是霍普金斯太早開口，他這番話（他把演員跟話題分開來了）把毛澤東的魂魄從凱瑞的塑膠皮肉裡趕了出去。此刻，凱瑞體驗到一種令人作嘔的顫抖感受，他只想趕緊逃離這場邪惡的降靈會。他試著用羅傑尼希大師傳授的吐火技巧去除這種感覺，這個技巧在一九九〇年代後半可靠地洗淨了他身上的業障，讓他充滿來自宇宙的歡笑，但在今晚沒發揮效果，他吐的每一口氣只是把黏糊糊的麵條吐到電視螢幕上。食物黏在農民的像素臉龐上，讓兩個世界之間的空間變得模糊。

「我看不下去了，」凱瑞說：「這種場面實在太恐怖。」

「我可以打電話給強尼・戴普，」考夫曼開口，刻意等了一秒，然後用殘酷的話語做出結論：「我們都知道強尼把海盜傑克・史派羅演成什麼樣子。」

「夠了！」凱瑞不僅害怕演不了毛澤東，也害怕被戴普搶走這個機會。「我正在努力嘗試，但這真的很嚇人。你們知不知道我為了把我的氣場提升成輝煌的金色而付出多少努力？我造訪了能量漩渦的地點，出席了在馬里布市舉辦的記憶檢索大會，參加了長達七天的亞伯拉罕希克斯密集講座，喬琪還花了一大堆錢買水晶。而現在？現在，我的氣場就像一團毒霧，懸在一條毒溪上，一群小孩子在溪裡玩耍，這些天真無邪的孩子們手裡拿著廉價的塑膠玩具。我的氣場現在就是這副模樣，查理。我不是不想表現得像個專業人士，我只是為我的人性感到擔心。」

「人性？」考夫曼回話：「人性在巴格達遭到地毯式轟炸，就為了讓你能在你的別墅裡享受暖氣。人性在剛果的礦坑裡死得緩慢又痛苦，就為了讓你能擁有一支閃閃發亮的新 **iPhone**。人性在洛杉磯南區那些其實算是勞改營的監獄裡，被獄卒用槍托毆打，這時候的你忙著吃藜麥、在瑜伽課上盯著女人的屁股瞧。人性？人性是人們對自己說的故事，好讓他們把快樂建立在別人的痛苦上的時候能擺脫罪惡感！你，你這個推銷虛假的逃避主義的小販！大明星。你哀悼你失去的人性？他媽的有點遲了吧。」

他朝凱瑞的臉嘶吼，吐出的鼻息太過惡臭，凱瑞因此掐住他的喉嚨。常常在生小病的考夫曼為了自衛而吐出痰液。霍普金斯站在床上，把蝦球撈麵丟到他們倆身上，挑釁道：「你們比西西里島的街頭流浪兒還糟！」

這種辱罵在他小時候的戰後時期有其效果，但現在毫無殺傷力。霍普金斯失去平衡，抓向凱瑞，凱瑞則是緊緊抓住考夫曼，這三人連同麵條和髒話一同倒在地上。就連住在薩哈蘭汽車旅館的其他無賴也受不了這三人，憤怒的捶牆聲傳來，緊接著是某個姦夫的氣惱嗓音：「安靜點！」

「抱歉。」三人異口同聲，突然靜止下來。

「毛澤東正在塑造歷史，意思就是透過血肉，」霍普金斯邊說邊從考夫曼的頭髮裡抓出一隻小蝦。「這種事雖然令人不悅，不過洪水不也是耶和華安排的嗎？毛澤東也覺得自己有資格這麼做，他也在塑造一支民族。」

「你必須壓住你的同理心，」考夫曼說：「你做得到嗎？」

「我正在試，」凱瑞說：「我覺得自己就像個禍害，感覺就像他控制住了我，就像他想吞噬我，你懂嗎？他想把我和其他東西一併吞下。」

「讓他進入你心中。」

「我很害怕，查理。」

「你是應該害怕，」霍普金斯說：「毛澤東對你來說根本不算陌生，其實對任何美國人來說都不算陌生。宗教之死。社會最高的目標就是滿足工業配額？為了市場所需而犧牲人命？掌管國家、大權在握的菁英階層不用面對任何責任？毛澤東不就是現代資本主義之父？他不就象徵著名流在這種資本主義世界的地位？這種人是焦點的轉移，是聲東擊西之計，是個始終面帶笑容的虛假天神。路克——他就是你的父親。」

「你從哪兒獲得這些想法？」

「黑暗的夜晚。」

凱瑞瞪大眼睛——這些訊息令他難以消化。

「別在他的腦子裡灌輸《星際大戰》，」考夫曼說：「否則我們會獲得一位亞洲絕地武士。」

「放輕鬆點，恰吉小子。」霍普金斯咬牙道。

「別對我說教。至於你？你只是個唸臺詞的，只是個木偶。是我跳進人類墳坑裡找出那些臺詞！」

「噢，恰吉小子，」霍普金斯說：「少對我們說大話。」

「我從不說大話，而且別那樣叫我。」

「你們兩個，」凱瑞說：「別再吵了。」

「恰吉查克！」

「再這樣叫我試看看。」考夫曼把手伸進枕頭底下，握住柯爾特手槍。「再叫我一次恰吉，你就會——」

「兩位，別再吵了，我說真的——」

「是誰啪啦啪啦跳來跳去，」霍普金斯開心地唱起小曲：「是哪個查克成天嘰嘰喳喳？」

查理害怕失去對自己這項計畫案的掌控，於是從枕頭底下抽出柯爾特手槍，對準霍普金斯，對方衝過來試圖將他繳械。兩人扭打時，查理的手指因為沾染醬油而濕滑，在扳機上滑了一下，子彈激射而出，擦過凱瑞的肩膀。這聲槍響令大夥愣住，耳裡嗡嗡作響。金觸摸傷口，沒感到恐懼，只覺得少許疼痛，一種令他暈眩的刺激感。他意識到，這是他這輩子第一次強烈地覺得自己活著。他臉上出現扭曲的咧嘴笑容。

「毛澤東的靈魂確實與我們同在，」霍普金斯說：「咱們今天就忙到這兒吧。」

他和凱瑞離開了這裡，留考夫曼獨自一人待在這個令人傷心的房間。

有那麼一陣子，他只是躺在毛毯上，用呼吸讓自己平靜下來。然後他拿起床頭櫃上的一個小盒子，小心翼翼地打開，躺在裡頭的毛茸茸棉花上的，是阿珍和阿丁的屍體，他深愛的蝴蝶。他溫柔地撫摸牠們的翅膀，想像自己的傑作裡的一場戲，數位視效團隊要如何讓這些生物起死回生，牠們會如何從他的手指上振翅飛過這個房間，翅膀在日光燈底下閃閃發亮。

※※※

對凱瑞來說，他不會擁有這種平靜，無論是真實的還是想像出來的。

在家裡等著他的，是迪士尼一個尚未定名的「培樂多黏土樂趣工廠計畫」。他平時會對這種東西視若無睹，但這次不一樣，這封信標示著「最高優先」，是創新藝人經紀公司寄來的，這家公司是位於加州沙漠的一個大規模的「文化再加工」設施。蓋瑞・卡加瑞斯還附加了一個手寫的字條：

嘿，金，

傑克・布萊克、裘德・洛、安東尼奧・班德拉斯、凱蒂・佩芮、柔伊・莎達娜，還有衛斯里・史奈普，都有收到這封信的副本。成龍也在考慮。你知不知道這在亞洲意味著什麼？這是你的好機會，能讓你證明你能跟其他人和諧共處。我最喜歡你！

凱瑞曾經以勝利之姿進入羅馬，而現在……為孩之寶玩具公司拍長篇廣告？他處理了肩膀的傷口，然後爬到床上，在喬琪身邊躺下，墜入混亂思緒，進入夢魘版的某一道回憶，他當年是在納奇茲・古許大師的協助下抗拒這道回憶的歸來。

※※※

四十年前，他的家人在多倫多郊外的泰坦輪胎廠工作，住在一個以前負責移除野地石塊的工人住過的小屋裡。此刻，他回到這棟屋子。現在是寒冷的冬季，他的腳邊是骯髒的雪。他父親柏西・凱瑞原本當了三十年的會計師，後來被他的姊夫比爾・格菲斯開除，全家人因此當起清潔工。在柏西・凱瑞的辛苦人生中，「比爾・格菲斯」這個名字成了殘酷命運的同義詞。「操他媽的比爾・格菲斯。」收到的支票跳票時，他會這樣咒罵。「操他媽的比爾・格菲斯。」照鏡子注意到頭髮愈加稀疏時，他會這樣嘆氣。

在這個夢中，凱瑞接近這間可悲的小屋，窺視難以禦寒的窗戶裡頭，看見母親凱薩琳正在把洋蔥和芹菜揉成絞肉團，這是家常菜，材料是在過期的前一天從迪彼埃特羅超級市場用特價買來的。從一段距離外，這道菜的味道常常能騙他以為這是牛排。

他呼喚她，但她沒反應。

他轉身背對小屋，面向工廠的灰色外牆，工廠的泛光燈劃開暮色。他知道工廠正等著他去上班。

他走過空無一人的停車場，凍得渾身顫抖。他從卸貨區進入工廠，打了卡，走進工人的更衣室，套上清潔工的工作服，穿上柯迪亞克鋼頭工作靴，再戴上黃色的橡膠手套。他找到拖把和滾輪式垃圾桶，把這些設備推進廁所，他每天的工作都是從這裡開始。來自牙買加的工人們會故意在小便斗裡拉屎，為了自娛，也為了折磨他。他用戴著橡膠手套的手捧起一大坨屎，再用清潔劑刷洗瓷器表面，呼吸時差點沒吐出來。

這時他聽見愉悅的叮噹聲，好像來自一輛冰淇淋車。

聲音越來越響亮，彷彿在呼喚他。他追蹤聲源，進入一條昏暗的走廊，來到一扇鋼鐵門前，門外是工廠區域，他的父親和哥哥在這裡工作。但在此刻，門外的景象跟幾年前十分不同。門外不再是泰坦輪胎廠，而是培樂多黏土樂趣工廠，所有的機器都被塗上了糖果般的色彩，吐出的大團亮粉在彩虹燈光下閃閃發亮。

「金米！」聽見父親的聲音從上方傳來，他抬頭查看，只見父親被困在一個巨大的亮粉紅色漏斗裡，兩條腿被彩虹色的巨大刀片打成肉泥。柏西・凱瑞雖然被刀片砍到腰部，神情卻依然愉悅，就像天主教的殉道者，目光始終聚焦於天堂。

「反抗啊，爸！」金呼喊，累積了幾十年的痛苦宣洩而出。「你為什麼從不反抗？你為什麼帶我們來這裡？你為什麼輕易放棄？」

「在樂趣工廠工作不算太糟。」柏西回話，聳個肩。

「它正在砍碎你的腿！」

「別他媽的用那種口氣對你爸說話！」另一個熟悉的嗓音從一段距離外隆隆傳來。凱瑞轉身看見自己深愛的大哥約翰被困在一臺類似的機器裡，腰部以下也被剁碎了。

「他媽的不開心的只有你，金。你和你那些不安都他媽的去死吧。你他媽的那些壓抑怒火和該死的貧困。真他媽可悲。我們他媽的就像瘋狂的妓女一樣拚命為你祈禱，我向他媽的上帝發誓。」

「你把我形容得真惡劣。」凱瑞說：「我很幸福，我夠幸福了。我的日子過得還不賴。我拍了一些好電影，我有個很好的同居伴侶——」

「你就他媽的繼續對我炫耀吧！」

「老天，你真的滿嘴『他媽的』。」

「你是誰？我他媽的老媽？」

這將是兄弟倆最後一次對話。約翰在漏斗裡上下彈跳，最後一次說出他喜愛的髒話，接著如軟泥般消失在工廠的管道裡。

「你能不能把我的菸拿來？」柏西喊道，這時刀片正在劈砍他的大腿骨。「我真的很想來一支。」

「他們炒你魷魚的時候，你為什麼不去告他們？」

「好人不打官司，兒子。」柏西說道，這時刀片正在劈砍他的骨盆。「操他媽的比爾・格菲斯！」

「這跟比爾・格菲斯沒有關係。你原本能活得更精彩，你擁有才華。你為什麼任憑他們奪走你的人生？你為什麼不反抗？」

柏西聳肩。「從某一天開始，我的人生就是變得黑暗。」

「所以你就這樣放棄了你的夢想？」

「我沒有放棄任何夢想。」柏西開始喘不過氣。「你有一次逗我笑得太用力，害得我牙齒都掉了下來。從那天開始，我開始為你懷抱夢想。」

凱瑞突然對自己的憤怒感到慚愧，於是爬上漏斗，坐到邊緣上，朝父親的手伸手。但是齒輪把柏西往下拉，只露出脖子以上，動脈的血噴得到處都是，沾染整個漏斗。身子打滑的金徒勞地尋找施力點，但是牆壁太斜也太滑。凱瑞掉進了樂趣工廠，被鋼牙輾碎了骨頭，拉到膝部，然後是腰部，工廠裡令人厭煩的音樂聲越來越大聲。他徒勞地抓向周圍，但無法脫身。鋼牙嚼到他的肩部，接著是頸部。

然後他眼前一片黑。

這個夢境按照自身的扭曲邏輯回到了小屋，工廠成了廚房，他和他父親現在成了被絞碎的人肉，連同洋蔥和芹菜在一個巨大的煎鍋上嘶嘶作響，被他母親用鏟子拋來拋去。

「媽！是我！關掉爐子！」凱瑞尖叫，但他的話語成了油脂沸騰的吱叫聲。

「她聽不見我們，兒子，」他身旁的一團肉說道：「她正在承受痛苦。」

※※※

滿身大汗的凱瑞在被單底下掙扎哀號，弄醒了身旁的喬琪。如果是一個月前，她會叫醒他，擁抱他，用說話聲讓他脫離夢魘，但在此刻，這份愛已經被他們倆對彼此的蔑視所汙染，所以她只是看著他掙扎嗚咽，著迷地甚至滿足地欣賞大明星如此無助的模樣。

第七章

凱瑞醒來後，發現喬琪已經出門，和凱布瑞絲・威爾德一起去上劇本創作課。

他不記得樂趣工廠這件事，只覺得被某種威脅淹沒。他之所以能從中逃脫，是透過一則佛家教誨：「心靈不可靠，只是一池充滿錯覺的臭水。」當然，這種想法有個問題：因為世上每一個心靈都彼此連結，所以臭水只會越來越臭，也越來越深。

他起床不久後，拿著咖啡站在廚房裡，這時他的公關希西・博斯發來電子郵件，警告他：有一支利用「深偽技術」（deep-fake）製作的影片一夕爆紅，值得擔憂。在朝鮮半島的某處，有個高科技變態將凱瑞的五官女性化，讓他擁有鴉羽般的烏黑長髮，還給這張女性臉孔接上兩個搞亂倫的蕾絲邊孿生姊妹的肉身。這對姊妹在這支高清影片中表現得熱情洋溢，一天內就換來一千萬個點閱。他點開連結，看到影片裡兩個數位版的女凱瑞正在激烈交媾，害他有點想把手伸到浴袍底下。

他擦了厚厚一層睫毛膏的眸子何其嫵媚，他塗成鮮紅的嘴唇何其飽滿，他長在兩個女人身上的四隻淚珠形乳房何其對稱，他的嬌喘和呵笑何其矜持靦腆。這算是跨性別的性慾被壓抑許久後終於獲得釋放？抑或只是自慰的自戀心態的強烈表達？希西雖然擔心品牌形象遭到重創，但凱瑞自己對盜版、侵權和儲存這支影片之類的問題毫不擔心。他著迷地看著這支影片，陶醉感壓過這種新次元帶來的怪異感。他想像自己跟女版凱瑞躺在一起，騎在彼此身上，穿越色情片的新紀元。凱瑞一點也不想控告任何人，只想鑽進電腦螢幕，想愛撫，想被愛撫，想跟女版的自己結合，享受究極的「完整」。他和她們將輕而易舉地看懂彼此臉上的表情，毫無隱藏，無須表演。

我將被完全地瞭解。

電影作品上一次如此完全地捕捉他，已經是好幾十年前的事。他把咖啡忘在一邊，對著螢幕手淫，在筆記型電腦的光芒照映下以打樁機的氣勢擼管。要不是某個想法突然占據他的腦袋，他原本真的會迎來高潮。如果這對南韓的蕾絲邊金・凱瑞能在一夜之間獲得一千萬點閱，那麼他，真正的金・凱瑞，用自己的才華做了什麼或是沒做什麼，還很重要嗎？他這輩子為了「建立」及「控制」一個公眾形象而拚了老命。此刻，他不僅被捲進一支素人製作的色情片，而且是兩個他一起表演，沒獲得任何形式的酬勞。

彷彿察覺到他的「自我」的表面出現裂痕，螢幕上跳出一支彈出式廣告，為他介紹一個能帶來療癒的好康商品，讓他看見他這輩子見過最美妙的快餐珍饈：溫蒂的蜂蜜奶油雞肉比司吉。油炸的餅皮表面是以夢幻般的高清畫面拍攝，麵包鬆軟酥脆。他只想大啖這些比司吉，想把它們浸在兩種新的沾醬裡——勁辣烤肉醬，還有蜂蜜芥末醬——醬汁滴過整個畫面的時候，背景的福音合唱團高唱這兩種醬汁的名稱。

他急忙跑進保時捷裡，嘴邊掛著口水。

他高速駛過蜂鳥路的時候，腦子裡有個聲音向他擔保：只要服用兩個溫蒂早餐比司吉，他就能恢復正常。

但他來到得來速窗口的時候，另一個內心之聲從一個更危險又急切之處升起——

「給我五個蜂蜜奶油雞肉比司吉。」

他在這裡尋求的不是慰藉，而是麻木，想完全地（就算短暫地）逃離思緒和情緒。他緩慢行駛於日落大道的時候，吞下其中兩個沾滿勁辣烤肉醬的三明治，然後在薩哈蘭汽車旅館的停車場上再吞下兩個三明治，這次沾滿蜂蜜芥末醬。之後，他慢慢走過池邊，進入考夫曼的房間，在床墊上一屁股坐下，準備吃掉最後一個比司吉。兩種沾醬各剩一盒，他撕開錫箔紙，陷入「該選甜味還是鹹味」這場古老的拔河之戰。他想從這最後一小塊人間天堂裡獲得所有快感，所以他輪流把三明治浸於兩種醬汁，享受味道上的體驗，也享受（在一開始）獲得大幅強化的「個人自由」的感受。下一口要選勁辣烤肉醬，還是蜂蜜芥末醬？在這世上所有受造物當中，只有他知道答案，這個想法給他帶來令他沾沾自喜的安心感。他原本百分之百確定要選蜂蜜芥末醬，但過了一秒後，他手中的比司吉改變了路線，迎向勁辣烤肉醬。是什麼樣的力量把一個人的行為跟意志力分開？是什麼樣的力量使得金・凱瑞在上午十點零三分二十八秒改變了自己在半秒前決定的沾醬計畫？

是命運嗎？還是混沌？如果是——那麼他究竟是什麼？或是誰？

他決定選擇他原本不想要的沾醬，就為了證明自己確實存在。

「吃下去，你這個蠢貨……」他喃喃自語，把比司吉移向蜂蜜芥末醬，動作慢得就像一隻貓準備撲殺獵物。

「一切還好嗎，金？」旁觀的考夫曼開口。

凱瑞以眼神告訴他：沒有任何事情能被保證。

「我們快完成這個步驟了。」霍普金斯說：「你應該還記得，毛澤東的任務是破除過去。他要把中國改造成有尊嚴的世界強權，不再是受殖民主義剝削的鴉片窟。追尋這個目標的方式非常殘酷，但從長遠來看，如我們每天所見到的，這個目標達成了。」

他喀啦一聲按下遙控器，開始播放今天的影片。

平面電視上出現一部彩色的國家宣傳片：中國軍隊和共產黨官員們聚集於戈壁沙漠，戴著特殊的眼鏡，很像一九五〇年代的美國青少年去汽車戲院看立體電影時戴的那種。凱瑞在油脂食物造成的恍惚狀態下躺著，看著螢幕上的人們看著某一處，他們的期待催化了他的期待，一個中文嗓音開始倒數「十……九……八……」。數到零的時候，畫面上出現一道奪目閃光，然後是一團扭曲的蕈狀雲。

「中國的第一次核子彈爆炸，」霍普金斯低語：「毛澤東終於坐上了核子強權的席位，跟杜魯門和史達林平起平坐。把他的勝利當成你自己的感受吧，金。」

接下來是強制觀看的核爆廢墟的場面。凱瑞看得著迷不已，就像三歲小孩初次目睹怪獸卡車的大集合。一間間臨時搭建的小屋全數蒸發，爆炸引發的衝擊波將電桿攔腰折斷。一群小山羊被關在籠子裡，毛皮柔軟得讓他想把牠們全部領養回家。他愜意地看著牠們吸奶，牠們的眼睛宛如嬰兒——直到牠們全被碳化。然後士兵們湧進引爆點，上千名懷有犧牲奉獻精神的臨時演員們為攝影機擺姿勢，英勇得無視帶有毒性的輻射塵。凱瑞想像他們死的時候渾身布滿水泡。他失去了毛澤東風格的那種冷漠，而是為那些人哀悼，他們曾經跟他一樣脫離娘胎，渾身嶄新，拿起從天而落的羽毛。畫面上出現大結局的時候，他全身的氣場為之凍結：在這個靈感來自好萊塢西部片的場景裡，上千名騎手和馬匹戴著防毒面具和防紫外線護目鏡，這支悲劇的騎兵隊全速衝向化為亡魂的那一天。他感受到一種恐怖的險境。「對惡魔的描繪」會從哪一刻起變成「惡魔本身」？

「關掉電視！」他嗥叫：「我不想利用這種題材，我連試著瞭解都不願意。」

「這是現代中國的誕生，」考夫曼說：「連同現代資本主義的誕生。」

「這是一場鬼哭神號的大屠殺。」

「懦夫，」霍普金斯怒罵：「勇敢點！」

「我不是懦夫。」

「那就把影片看完！」

「我是說真的，東尼，我很想吐。」

「因為你吃了噁心的早餐。」

「原因不是溫蒂……」考夫曼說：「而是演員。他被自己陳腐的道德虛榮心綁住了。我們原本應該去找強尼・戴普，或是克里斯汀・貝爾。貝爾天不怕地不怕。」

「那就打電話給他！我才不想讓這種邪惡力量進入我心裡。」

「可是它已經進入你心裡了，」霍普金斯說：「從古老回憶裡發出尖叫。兩百萬年來的強姦和謀殺被儲存在你的每一顆細胞裡。」

「我現在覺得不舒服。」

「因為毛澤東在你心裡造了窩。」

「唉，看在耶穌的份上，東尼，我真的很害怕。」

「勇敢點，」霍普金斯說：「撐下去。」

最終儀式因此展開。電視上出現毛澤東最重大的犯罪行為：**文化大革命**。

※※※

接下來的三小時，他們看著數千萬中國青年崛起，搭乘火車離開鄉間，浩浩蕩蕩地進入城市。學生們焚書，推倒雕像，甚至將任何美學設計來自比毛澤東更早期時代的建築物夷為平地。這種行為上演於各個城市的廣場，他們對自己認定的特權繼承者們進行虐待和殘酷的批鬥，他們瘋狂地相信今日犯下的罪行能扭轉古人犯下的錯誤。凱瑞覺得全中國似乎有一半的人沉浸於文化狂熱，另一半則是恐懼地畏縮顫抖。

「任何人都做得出原子彈，」霍普金斯說：「但是控制數千萬人的心智？把他們改造成願意侍奉你整整十年的喪屍？這才是真正的魔法。到了一九六六年，年老的毛澤東變得疑神疑鬼，成天擔心有人密謀推翻他。他的妻子毛夫人曾是著名的上海演員，現在成了他征服中國文化的搭檔。夫妻倆下令，在中國上映的每一部電影，都必須把他詮釋成強大的英雄。」

「真的嗎？」凱瑞問。

「還不只呢。他們命令所有印刷廠印製他的肖像，數量高達數十億。每個城鎮都有群眾為他歡呼，朗誦他的語錄，揮舞他的肖像。」

「這很有吸引力吧？」考夫曼說。

「我在《摩登大聖》上映後也曾獲得這種待遇。」凱瑞愁悶道：「我當時有自己的公仔模型，數量有好幾百萬，被卡車司機們送去世界各地。我的臉——我的臉！——龐然巨大，出現在無數看板上。就連非洲的馬賽遊牧民族也認識我，雖然我不太清楚為什麼。我那時候跟我女兒一起去肯亞參加狩獵旅行，他們給了我一把小弓和箭，邀請我朝白蟻丘放箭。」

「那部電影在戲院裡放映了很長一段時間，」考夫曼說：「我去看了三次。」

「我也是，」霍普金斯說：「肯尼斯・布萊納也是。」

凱瑞很想回到那段日子，他真的很想重新獲得那種奉承諂媚，那種力量，業界的狂熱，還有緩解——無論多麼漫長或短暫——能讓他擺脫明星地位的灰色來世，影星約翰・巴里摩和貝拉・洛戈西已經進入的黯淡陰間。

他緊緊抓住霍普金斯這番話，彷彿這是能讓他獲得救贖的鑰匙。

「毛澤東說，只有年輕人能拯救中國，而且只有消滅他的敵人才能拯救中國。對中國青年來說，他變得比披頭四、滾石樂團和呼拉圈三者加在一起還有名。他們為他聚眾遊行，遵從他下達的命令，消滅所有反抗勢力。想像一下那種大權在握，金米？」

「哪個片廠老闆敢惹我生氣，就會被送去橘郡的勞改營。」凱瑞的眼睛突然閃閃發亮。「在城鎮廣場鞭打所有律師。要求每個影評人跪下。用狗仔隊自己的相機吊帶把他們吊死。我的遊行隊伍經過時，我將欣賞他們的屍體，看著他們吊在帕利塞德區每一棵棕櫚樹上。」

「沒錯！接下來，把這變成毛澤東風格！」霍普金斯下令：「說出來：『我，毛澤東，號令天下！』你說這句話的時候，順便模仿鄉下的中文腔。」
「我，毛澤東，以意志力命令……」
「你這種口氣是在冒充中國人！這是逃避！我想聽見毛澤東的靈魂透過你說話！」
「我，毛澤東……」
「更低沉點！」霍普金斯掐住凱瑞的襠部。「沒錯，在你的陰囊裡感受聲音共鳴！」
「我，毛澤東，」凱瑞隆隆道：「能以意志力終結一切！」
凱瑞站起身，大步來到窗前，窺視百葉窗外的中庭泳池。他想起自己第一次嘗試當明星，那是幾十年前的事了，他當時十八歲，跟父親柏西一起在多倫多的國家廣播學院門口排隊，這所學校保證能把任何繳得出八百塊錢、願意花一個下午上課的人打造成新聞主播。父子倆存夠了現金，開了七小時的車，和其他三百個笨蛋一起排了不知道多久的隊，其中包括鬥雞眼的口吃人士，還有想當氣象播報員的臉部抽搐人士，這些靈魂完全缺乏魅力，比電影《奇蹟度假村》裡的那些人還悲慘。幾年後，他變得有名，國家廣播學院在《好萊塢報導》刊登了全幅廣告，對他表示恭賀，還聲稱當年騙走他和他爸那筆現金後他才獲得第一次演出的機會。他還記得父子倆當年在寒冷的城中人行道上嘲笑自己被騙。
我們是不是每個人心中都沉睡著「大鬧一場」的衝動，一個暴力的孩子等著被生下來？
此刻，這個怪物控制住他。
凱瑞走進露臺，想像無數毛澤東青年軍聚在下方，歡呼他的名字，要他下樓來到日落大道上，成千上萬的同志擠在這條路上，都剛被洗完腦。《埃及豔后》裡的場景感染了這個幻想：他們把他搬到一張鑲有珠寶的轎子上，兩個蕾絲邊女版凱瑞跪在他的王座旁，身上是皮革頸環和金鍊，埃及奴隸的打扮，在半高潮狀態下對他發出溫柔呼喚。凱瑞對部下們發出有力但陳腐的命令——「邁向榮耀！」——這引發了人們的狂熱情緒。

他的青年軍形成了一隻巨大的人類拳頭，橫掃城中，對他使命必達。他想像他們進入伯班克市，湧過華特迪士尼製片廠的大門，破壞辦公室，燒掉培樂多黏土樂趣工廠計畫的所有文件，然後（在令人激動的特寫鏡頭中）從冬眠艙裡拔下華特・迪士尼的腦袋，像海灘球一樣拋來丟去。凱瑞洋洋自得，拍手叫好，他現在唯一的煩惱是，該看著迪士尼的腦袋在太陽底下腐爛？還是把金幣擲向為他表演特技的空中飛人？

然後，他的追隨者們推倒了七尊小矮人的雕像，發現底下是一座祕密實驗室，裡頭到處都是變種的米老鼠俱樂部成員，包括一群「富尼塞洛」白老鼠，以及用作藥物實驗的「卡比」黑猩猩（富尼塞洛和卡比都是早期的米老鼠俱樂部成員）。「小老鼠」和「大老鼠」之間有著微妙差異，而「大老鼠」和「蝙蝠」之間有著更微妙的差異。這些孩童經歷過各式各樣的基因改造，他們從鋁製的貝思糖果餵食槽裡抬起頭，朝陽光嘶吼，亮出獠牙，因為在地底待了好幾年而皮膚透明，臉上布滿汙垢。這些人獲得解放後（可是他們真的自由了嗎？），加入凱瑞青年軍，成為恐怖的精銳部隊，啃咬洛杉磯警察局鎮暴警察的臉部皮肉，殺出一條路，讓其他人攻進羅迪歐大道，掀翻每一輛豪華車，朝時髦的精品店投擲汽油彈。新聞直升機在上頭盤旋，髮型整齊的記者們都為自己的房價貶值而嚎啕大哭。這時凱瑞大軍拐進好萊塢星光大道，朝創新藝人經紀公司的總部逼近，然後在這裡停頓，都盯著主人。凱瑞舉起一隻強壯的手，威嚴而緩慢地指向那棟建築物，然後點個頭，說聲「別放過任何一人」。他的忠誠追隨者們衝上前，身穿亞曼尼西裝的經紀人紛紛如老鼠般逃向屋頂。被包圍的蓋瑞・卡加瑞斯做出哀求：「我真的為培樂多黏土樂趣工廠那件事感到抱歉，我實在不該試著說服金・凱瑞這種偉大的藝術家參加那種跟龜頭垢沒兩樣的垃圾計畫。原諒我！」

「才不要。」凱瑞答覆。

「求求你！」

「恕難從命。」

卡加瑞斯卑躬屈膝，但是凱瑞用手指塞住耳朵，發出語無倫次的聲音。他的爪牙把可憐的蓋瑞・卡加瑞斯從屋頂丟下，然後在風中揚起一面巨大的絲質旌旗。金・凱瑞和毛澤東的臉孔完美融合，印在這個中國紅的旗面上，沒人看得出兩者之間的差異。

查理・考夫曼搭機前往東方，相信臺灣有個億萬富翁因為對毛澤東還是「很不爽」而樂意為他的計畫出資。

他在出國前鼓勵金每天去逛極端馬克思主義的留言板，並拜託自己的朋友卡瑞・艾文斯指導他模仿毛澤東的腔調。卡瑞・艾文斯精通各地方言，他的曾祖母是溫妮芙瑞德・瑪麗・伊莉莎白・艾文斯女士，著名的語言學家兼軍情六處的三重間諜（其丈夫是格爾瓦斯・亨利・艾文斯），在他小時候會用廣東話責備他。此外，他還叫這位明星至少增胖十四公斤，而且拚命抽菸，盡量接近毛澤東的肺氣腫狀態。而最具殺傷力的要求，大概就是要他想像並吸收考夫曼在電影裡拍攝的死亡場面。

所以，每天早上，凱瑞不再默唸具有療癒功能的祈禱文，而是躺在床上，清空思緒，集中身為演員的能力，把自己跟瀕死的毛澤東結合在一起。他清楚地注意自己的呼吸，祈禱時閉著眼睛，很快就感覺到注射防腐劑的管子插進他的靜脈，聽見醫療團隊在他周圍輕聲交談。某些日子裡，自憐之淚會流過他的臉頰，他想像考夫曼的劇本裡最後一個鏡頭，毛澤東的眼睛跟他自己的雙眸融合在一起，暴君和明星合而為一。對這部分的成果還算滿意後，他進入自己最喜愛的準備工作：增肥。

喬琪對這整項計畫表示支持，因為她希望他變成快樂的毛澤東就能填補他心中的空洞，也因為她純粹想看好戲。早餐時間，在她的旁觀下，凱瑞吞下烤起司培根三明治，連同浸在楓糖漿裡的法式吐司。許多晚上，他會在西好萊塢的「小門」餐廳用餐，猛灌陳年葡萄酒，把法式蝸牛和鵝肝當成前菜享用，再吞下裹以培根的菲力牛排、松露薯條，以及多菲內焗烤馬鈴薯。有些日子，他會以毛澤東式的貪婪食慾吃下五個、六個甚至七個溫蒂雞肉比司吉三明治。現在的他不用擔心身材，也不在乎手指變得臃腫。「是否該選蜂蜜芥末醬」的這種難題，跟著以前那個優柔寡斷的金・凱瑞一起消失了。沒錯，現在的他還是他自己，但他也是毛澤東，而且他一天比一天更加明白，名流和暴君之間的共同點向來就是強烈的食慾。然後，他會搖搖擺擺地走向泳池，兩隻約斐爾在他身邊蹦蹦跳跳，舔掉他臉上和手指上的砂糖和油脂。他坐在池邊，欣然地把牠們的飢餓當成愛。

接著，心滿意足（肚也滿）的他會在泳池裡慵懶地游幾圈，把泳池想像成黃河，每一個戶外喇叭和水下喇叭都播放偉大的共產黨演說。他聆聽托洛斯基的演講時，稍微更瞭解美國有多麼殘酷——

「原本應該以文化排泄物的形式在正常的社會發展中被國家生物排除的一切，如今都從喉嚨裡狂湧而出；資本主義社會正在吐出未經消化的野蠻主義。」

有時候，他讓泳池的噴射水流按摩背部的同時，思索馬克思主義。

「在資產階級社會中，資本具有獨立性和個性，而活生生的人卻沒有獨立性和個性。」

有一天，他在午餐時間吃了菲多利餡餅，結果整個腹部痙攣。他擔心自己會有生命危險，因此拚命挪向池邊，心想如果現在就死在這裡，會給人們留下什麼樣的印象。

在這一刻的危機裡，凱瑞和數千萬人一樣，被毛澤東的思想改變了他看待自己和看待世界的方式。

「被推翻的資產階級，試圖透過文學和藝術之類的旁門左道來汙染社會大眾。」

他竭力爬出泳池的時候，心想：培樂多黏土這種玩具，不就是腐敗又失敗的資本主義兼帝國主義的社會把自己的排泄物當成肥料？打從人們出生的那天起就害他們變笨，拿黏土這種垃圾剝奪了他們在真正的夢想和生活中獲得真實靈魂的機會。如此一來，「培樂多黏土樂趣工廠」不就只是惡劣地慶賀勞工階級遭到剝削？他熟悉工廠，沒人會在工廠裡獲得樂趣。人們在工廠裡揮汗如雨，淪為奴隸，彎腰駝背，不斷遭到鞭策，人們成了物品，製造出一大堆毫無意義、不會讓任何人快樂的塑膠垃圾，這些垃圾汙染了海洋，也破壞了食物鏈。

現代世界就像一輛著火的巴士，高速衝向懸崖邊，由瘋子掌控方向盤。他自己也不清高，而是共犯，他這個過動兒在巴士的座椅上表演單口喜劇，大夥被他逗得笑個不停，因此沒注意到大難臨頭。

車速越來越快，來不及煞車——

突然間，迪士尼尚未定名的培樂多黏土樂趣工廠計畫成了惡魔的工作，而且現在冒犯了他，因為這違背了革命的原則。突然間，溫克・明格斯、艾爾・斯皮爾曼，還有蓋瑞・卡加瑞斯都成了階級罪犯，活該遭到可能會有的報應。突然間，他知道如果自己被毛澤東附身，他就一定會毀了好萊塢，而且這場戰爭必須從迪士尼的培樂多黏土計畫開始打響。

他的代表們越來越常打電話騷擾他，要他加入這個以玩具為主的可憎計畫，就算考夫曼跟他保證過：「我只要打一場牌就能獲得拍毛澤東傳所需的資金。」喬琪彷彿開始扮演起毛夫人，對他提議把她的四十歲生日當成陷阱。他們倆一起在蜂鳥路豪宅的後院安排了一場以中國為主題的派對，這棟豪宅成了舞臺，凱瑞的毛澤東將在這個舞臺上給迪士尼的培樂多黏土樂趣工廠計畫做出致命一擊。

※※※

派對的當天晚上，凱瑞為了紀念加拿大老家而種下的一棵棵楓樹，都被綁上了由聯邦快遞在兩天內送達的湖南櫻花。他的泳池裡放了一種更高級的鯉魚，金色和琥珀色的身軀在陽光下閃閃發亮。一支中國式的弦樂四重奏樂隊演奏收割之曲。賓客們來到這裡，由雜耍演員迎接，以為自己只是被一位深愛妻子的大方明星邀來此地；這個男人出於自己的理由，花了大錢，決定把位於布倫特伍德市的豪宅改造成氣派的上海莊園。

五星級貴賓們在草地上談笑，迪士尼主管們也在場走動，旁聽他們談話。

「我愛上妳了。」導演昆汀・塔倫提諾對喬琪說。

「愛上我？」

「沒錯，因為《奧克薩娜》。下水道那場戲。史達林真是個王八蛋。妳和那支電鑽。你們怎麼有辦法讓那麼血腥的場面登上有線電視臺的基本頻道？」

「米歇爾在最後一刻換掉了影片。」

「唯恐天下不亂。」

「沒錯，他後來就是因此而死。唯恐天下不亂的心態，還有關於外星人的那回事。」

「他相信有外星人？」

「我希望他相信。他有次離開了拍攝現場整整一星期，走了八十哩路，進入聖蓋博山，為了跟某個人會面，他認為對方創造了人類這個物種。」

「我每一集都有看。」

「《奧克薩娜》？」

「沒錯。我超愛蘇聯那類劇情。該死的納粹在二戰期間殺了兩千萬個俄國男人，這就是為什麼俄國女人那麼美，因為倖存下來的俄國男人能挑三揀四。當地的女人覺得自己過了二十四歲就開始走下坡，然後開始塗抹那種銀色的化妝品和其他那些狗屁。老天，這件事到現在還令他們不安，這就是為什麼俄國人成天疑神疑鬼，這就是為什麼他們派了那個土耳其佬去殺掉教宗。我一直在想那個土耳其佬和教宗那件事。梵蒂岡擁有兩架飛碟，霍華‧休斯說他曾經坐進其中一架，那是他變成神經病之前的事。嘿，史達林真的有在迪克西紙杯裡尿尿嗎？還是那只是虛構的？」

「迪克西紙杯？」

「不一定是迪克西這個牌子啦，天知道俄國有什麼牌子的紙杯。就叫它共產黨迪克西紙杯吧。那整個關於私生女兒的故事，妳的起源故事。我操，我真的好愛妳。」

洛杉磯，這個建立於金陽和大獎的城市，需要居民對魔法充滿強烈信仰。少許的精神錯亂是「人類過濾過程」的第一階段。他說話的時候，她在他臉上看到他就是因為這種精神失常而從錄影帶店員工變成了傳奇人物，而現在，透過短暫的感染，他讓她看到這整條路走得非常值得。昆汀・塔倫提諾竟然認識她……昆汀・塔倫提諾竟然是她的粉絲。

「我覺得這點很有可能，畢竟他是個瘋子。」塔倫提諾精神抖擻。「瘋子就是喜歡大膽行事。蘇聯、喬叔叔（「喬叔叔」是西方媒體對史達林的暱稱）、俄羅斯祖國母親。我一直在想這些事，一直在考慮這些東西。妳我應該開個會。」

「開會？」喬琪問。

「我看中妳了。有個角色，唐娜薇風格，很棒的角色。她是個願意吃掉自己孩子的女惡魔，但她需要這種殺手本能，因為一群狼人想奪取她所在的礦業城鎮，但他們不只是該死的狼人而已。他們是個比喻，象徵著工業經濟崩壞後的經濟掠奪！」

「沒問題。」她不確定該不該把他這番話當一回事，但目前很樂意相信一個真正的職涯機會也許終於要降臨在她身上。「能飾演（play）這種沉重的人物，會很有趣。」

「我可不玩遊戲（play），親愛的。」說完，他對她拋個媚眼，轉身離去，去追尋從旁經過的一盤迷你漢堡。

在草地的另一頭，尼可拉斯・凱吉正在騷擾納奇茲・古許。

「有個拍賣會將在上海舉行，到時候會競標一把石器時代的斧頭，還有一具劍齒虎的骸骨。看到這種東西，給我引發了很瘋狂的幻象，也許是回憶，天知道是什麼。我認為我活過好幾個人生，納奇茲，我認為我很長一段時間一直在拯救人類。」

「我很期待聽你描述。你應該找個時間去我那間平房找我。」

「可是這件事很緊急。」

「我來這裡其實只是為了享受這場派對。」

「你知不知道劍齒虎有多大？想像我的兩側各有一頭劍齒虎。我穿著一條毛茸茸的兜襠布，我的上半身是波浪般的肌肉，我在這一刻全身只有百分之七的體脂肪，我手裡握著一把巨大的石器時代斧頭。然後，我在荒野漫步，遇到……天啊，這道幻象真的很嚇人。我遇到——」

「外星人？」

「你也夢見同一個夢？他們的太空船是流線型，黑色的，體積很小，好像在執行偵查任務。他們的身體就像準備出擊的大蟒蛇。我的兩頭劍齒虎一心想保護我，所以做出攻擊，可惜被外星人發射的紅色等離子光束殺掉了，不過我也對這種光束免疫。只不過，我現在毫無恐懼。我他媽的進入狂暴模式。」尼可的眼球突起。「我拿著斧頭朝他們劈砍，血肉橫飛。」

「咱們再喝一杯吧？」

「我殺了他們，納奇茲，我把他們全殺光了，至少地面上那些外星人。太空船升空了。它持續上升的時候，有個聲音在半空中響起，對我說話。」

納奇茲嘆口氣，成了雞尾酒會的人質。「它說了什麼，尼可？」

「它說：『時鐘不再滴答作響的時候，我們會在馬里布與你相見。』」

※※※

晚宴在花園裡舉行，一張能坐五十人的長桌上擺滿了梅花和蓮花。安東尼・霍普金斯在凱瑞旁邊的首位就座。在霍普金斯的旁觀下，大明星凱瑞用手把食物塞進嘴裡，吞下乳豬的肉塊，絲毫不在意自己的雙下巴沾滿酸梅醬。接著，一根軟骨從凱瑞嘴裡飛出來，黏在霍普金斯這身白西裝的衣領上；自從伊莉絲那天在耶魯大學拒絕了他的求婚，這件西裝就再也沒洗過。他忍無可忍。

「你這副模樣是在模仿你演過的《鬼靈精》。」他俯身責備凱瑞，因為這件外套如今必須送洗而火冒三丈。「拿起叉子，像個國家元首一樣吃東西。」

凱瑞愣住，乳豬的一隻耳朵還卡在食道裡，他心中的不安助長了毛澤東風格的怒火。首先，他對霍普金斯大為惱火，因為對方竟然在他的同儕面前責備他。他為了保護自己的尊嚴，而認定安東尼這麼做是因為嫉妒他，嫉妒他的才華、他的年輕。但接著，這個多疑情緒因怒火而沸騰。也許霍普金斯其實想找他麻煩？想讓他難堪？也許其他人都是共犯？也許他們想利用這個說詞來詆毀他的演技？凱瑞才不是毛澤東，他們會這麼說。他只是鬼靈精。沒錯，等奧斯卡金像獎頒獎那天逼近的時候，他們會用這種方式讓他拿不到他該拿的獎。這些王八蛋。他掃視全桌，觀察每一張臉孔，尋找背叛的跡象。然後，正如他的怒火很快變成多疑，這個多疑也很快變成對勝利的欲求。一股龐大的意志力在他心中成形，他決心讓霍普金斯和其他人明白，他不只是個好演員，更是這個世代最優秀的演員。他原本已經計畫好發表一篇混雜馬克思主義的舉杯致詞，批評美式資本主義、吸血鬼般的帝國主義，言詞犀利得將嚇壞迪士尼主管們、他的階級宿敵，這種人打垮了他的父親，而他自己要是沒逃離多倫多那間工廠，也會被他們打垮。現在，他決定讓他們難以呼吸現場的空氣。他從椅子站起，乾燥的沙漠之風吹得楓葉窸窣作響。他舉起酒杯，露出惡魔般的咧嘴笑容。

「美國是一個持續崩壞的法西斯龐氏騙局。」

全桌人都安靜下來，把銀叉放在瓷盤上。

他把自己想像成一頭巨龍，嘴裡噴火——

「這個國家不照顧病人，不照顧窮人，不保護孩童。這個國家拋棄老兵和老人。美國信奉的上帝就是個騙局，是當年那些四處掠奪的殖民者發明出來的，為了把針對原住民進行的種族滅絕合理化。這個野蠻的神祇祝福了一支野蠻的族群，原諒美國在越南朝嬰兒投擲燒夷彈，讓五十萬名伊拉克人面臨饑荒。而同桌有哪位花了五秒鐘稍微考慮這些事？沒有，我們用正面的自我價值強化來忘掉這種事。我們甚至不照顧我們的同胞。每天花十五小時為我們化妝、弄頭髮和準備衣服的那些人，必須向片廠催討六、七次才能拿到酬勞。他們哀求的時候，有人從他們的錢裡抽走了利息。而且是哪個王八蛋規定他們每天必須工作十五個鐘頭？」

溫克和艾爾面面相覷，希望這只是一場惡作劇，納悶凱瑞什麼時候會回歸老少咸宜的風格。凱瑞俯視同桌的群星，他的同儕：傑克•尼克遜、他的摯友諾亞•埃莫里奇、海倫•米蘭女爵士，以及布萊德和安潔莉娜。接著，正如真正的毛澤東會做出的舉動，他在指控罪名的同時，拿出獲得救贖的機會。

「我們曾經是藝術家，我們一度純潔！但我們，我們每個人，被轉移了注意力，為了獲得名聲、舒適生活和陌生人的肯定而讓步。我們每天追求『重要性』這種空泛的東西，而他們利用我們害怕失去重要性的恐懼來圍捕我們。來自馬來西亞的髒錢，來自沙烏地阿拉伯的髒錢，我們全都願意收下。事情是從哪裡開始出錯？我們唱歌跳舞，不是為了娛樂眾人，而是為了讓人們不會注意到這個資本主義機器的齒輪正在碾碎眾生，這個機器沒有理念，只有貪婪和暴力。咱們也就承認吧，好萊塢是槍械製造商有過最棒的宣傳公司。真令人噁心的文化。」

「可是藝術之美又該怎麼說？」卡麥蓉・狄亞茲問。

「你們如果看得見美感，就沒有理由侍奉醜惡，沒有理由協助詐騙集團，煽動慾望，承諾一切但什麼也不拿出來。你們在電視上拿出什麼表現並不重要，因為人們太害怕、太寂寞，他們看電視是為了聽見人類的說話聲，為了覺得自己並不孤單。他們身心俱疲得只要每四年有一場足球錦標賽就能讓他們安分。這不是社會，而是一套謀殺靈魂的體制，而且歷史會對我們的共犯行為做出嚴厲批評，因為我們是明知故犯。這些主管——」他以毛澤東風格對迪士尼團隊點個頭。「他們可以說自己這麼做是為了侍奉金錢之神瑪門，但我們這些藝術家沒辦法說這種話。我們現在都成了東德的編劇，和政權狼狽為奸！審判之刻終將到來。我們正在破壞這顆星球。這種事不可能持續下去。」

李奧納多・狄卡皮歐向來贊成這類想法，於是以《大亨小傳》的姿態舉起馬丁尼，歡呼道：「全球暖化是地球為了消滅病毒而發燒！」他對凱瑞展現的勇氣深感著迷，所以一點也不在意某件事：凱瑞完全進入毛澤東模式後，說話開始帶有廣東腔。

「美國的公民迷失了方向，甚至不知道自己是工廠的豬。從搖籃到墳墓，一輩子都被下藥毒害。遭巨債綑綁，未曾擁有自由。自由？呸！這片土地到處都是看不見的圍籬，我們都是囚犯，在電影之夜觀看卡普拉的作品。但沒有任何事情能持續到永遠。歐洲的君主們把年輕子弟丟去索姆河的壕溝送死，正如我們把蔣介石推進海裡。你們以為美國會是個例外？你們以為這個時代，這不再是消費時代而是飽食時代，會永遠持續下去？不會的……」

「我們以每小時六千哩的速度繞著太陽轉，而且沒人操控著這該死的星球！」蓋瑞・布希的嗓音從林子裡傳來，他出於自己的理由而爬在一棵八十呎高的松樹上。

「另一場危機很快就會出現，」凱瑞說下去：「資本主義這場騙局終將瓦解，人們將奪回自己的權利，到時候會出現暴力的動盪。你們應該自問：我站在哪一邊？是人民那一邊？還是億萬富翁那一邊？我向你們保證，那些富翁的走狗的腦袋遲早會被插在棍子上。革命就此展開。所有偽神都將難逃一死！」

他的同儕為他熱烈歡呼。凱瑞現在是他在YouTube上看到的毛澤東，這個毛澤東站在中國共產黨全國代表大會前，領受無盡的愛戴，這種奉承諂媚讓他不只是個凡人，而是成了通往渴望和夢想的途徑。這是喬琪幾星期來第一次以欽佩目光凝視他，然後她對侍者們點個頭。侍者們快步進入廚房，端出致命一擊：兩個大型蛋糕，二分之一比例的米老鼠和米妮，都被插在鋸齒狀的巧克力矛桿上，從傷口裡流出來的覆盆子糖漿聚成血泊。

來賓們歡呼得更大聲。就算這兩個蛋糕不是表達暴力革命——畢竟這是富翁們的聚會——也表達了他的藝術品味和叛逆膽量。影星珍・芳達終於明白這一切只是一場表演，因而發出尖銳的歡呼聲；她上一次發出這種聲音，是跟越共一起拍照那次。演員蘿拉・弗林・鮑爾帶著原始性慾咬牙道：「我想割開他。」

金在演講的時候，凱西・葛雷莫一直輕輕發出「嗯」聲來給聲帶暖身，此刻他舉起酒杯，吐出莎士比亞的臺詞：「讓海克力士做他能做的！貓會喵喵叫，狗會擁有愉快的一天。」

「媽的，凱西！」納奇茲・古許厲聲道：「別妨礙人家享受他該得的這一刻。」

「我又怎麼了？」葛雷莫抗議：「難道他就該霸占這整個晚上？」

凱瑞現在清楚知道自己辦得到，他拿得出毛澤東風格的吸引力。他以十足的浮誇心態想著，也許他飾演的毛澤東是個序曲，將給他帶來更偉大的歷史角色。隆納・雷根曾贏得白宮大位，但跟他相比，雷根只是個僵硬的臨時演員。迪士尼主管們不敢跟褻瀆米老鼠的蛋糕靠太近，因而紛紛起身，露出工作狂的恐懼神色，逃往露臺。這時眾多演員拍下血腥蛋糕的相片上傳，引發轟動。

「你做了什麼？」溫克開口，不敢把視線放在蛋糕上太久，以免想起跟尼加拉瓜有關的回憶。凱瑞冷眼瞪他，覺得沾沾自喜。

「這個變態竟然這麼喜歡這種鬼東西。」艾爾・斯皮爾曼二世開口。他是這個業界的支柱，雖然對此感到驚駭，但他一碰上壓力就會想吃東西，所以他盯著從米妮的頭部傷口流向乳房的覆盆子糖漿。

「他瘋了。」溫克邊說邊抓住艾爾的胳臂，起身跟上迪士尼主管們，向他們保證這只是金安排的「安迪・考夫曼風格的把戲」，他們以後會對自己的孫兒說起這個故事，而且一、兩個令人怵目驚心的蛋糕不應該影響生意。

他們才剛離開，一道震耳巨響就從莫哈韋沙漠隆隆傳來，聽起來像巨大的金屬板彼此摩擦。人們一整個夏天都聽見這種聲響。威爾・史密斯的兒子傑登・史密斯最近成了「地平說」的信徒，他認為這是宇宙風沿著地球的邊緣震動，就像單簧管裡的簧片。蓋瑞・布希如今爬到了松樹的頂端，指向獵戶座，喊出另一種論點：「沒錯，地球是繞著太陽轉的行星，但他們不讓你們知道的是，宇宙本身騎在一隻鬣蜥蜴的背上，朝反方向游泳！我很久以前就從那隻老蜥蜴身上跳下來了。」

「一群蠢貨，」蘿拉・弗林・鮑爾嗤之以鼻，那陣聲響再次傳來。「圍牆倒塌的時候，才能揭曉哪些是真的，哪些出自想像。」

她可能是對的。

喬琪請來賓們安靜下來，因為她安排了一個特殊的娛樂節目，這是為了滿足她和凱瑞的快感和需求。大夥走向屋子，地面燈光轉暗，露臺成了舞臺。接著，一名體態豐腴的金髮女子從屋裡出現，她的藝名是海倫娜・聖文生，但在每個人眼裡，她儼然就是瑪麗蓮・夢露轉世，昆汀・塔倫提諾甚至懷疑這名女子是立體投影。她開始唱起準備好的兩首歌，分別是《放棄愛情》和《鑽石是女孩最好的朋友》。她的每道音符、每個舉手投足都恰到好處，彷彿已逝歌姬被召來此地引導她，逐漸增強的歌聲令大夥陶醉不已。她裝有亮片的馬甲掉下，露出流蘇胸罩，接著胸罩脫落，露出貼上水鑽的豐滿乳房。海倫娜興奮地甩動這項資產，看得令人精神恍惚，也證明了有個偉大的東西超越了政治：藝術性的永垂不朽。

「有些男人追著我跑。」夢露在大銀幕上初次登場時這麼說道，邀請數百萬嚼著爆米花的美國鄉巴佬滿足心裡湧出的性幻想。從此之後，他們再也沒辦法把視線從她身上移開。他們在夢露身上看到自己最醜惡的一面，在她年輕時就奪走了她的生命。但在這裡——墓穴前的大石滾離，她斷氣的地點離這裡只有幾條街——她就在這裡。夢露歸來，全彩的維納斯，以不死型態綁住每個人。她要讓他們產生一種荒謬的希望：以為自己如果夠幸運，能以某種方式永遠活下去。

平時只有少數來賓會在晚宴結束後留步，但今晚幾乎每個人都留下來，在舌尖放上搖頭丸，大灌香檳，一窩蜂地吞噬米老鼠和米妮的蛋糕血肉。有些人用手舀，昆汀・塔倫提諾則是砍下米老鼠的左耳，看著覆盆子糖漿從傷口裡湧出，開心地咯咯笑。屋子各處的喇叭播放一九四〇和五〇年代的歌曲，像是湯米・杜西、安德魯斯姊妹、貝西伯爵，還有艾拉・費茲潔拉，這些旋律讓每個人籠罩於天真無邪的氣息，陌生人把彼此當成情人，在豪宅的陰暗處親熱，其中一對情侶發現喬琪跟年輕的夢露模仿者共飲香檳。喬琪如欣賞畫作般端詳這女孩的臉孔，判斷哪部分是真正的美，哪部分只是靠化妝品和遮瑕膏，甚至判斷她真正的聲音聽起來究竟像什麼。

「妳打哪來？」

「西好萊塢。」

「在那之前呢？」

「哎呀！」

女孩把香檳灑在乳溝上，發出輕笑聲。灑香檳和咯咯笑讓喬琪做出決定：這個夢露不只是個亡魂，而是祈禱獲得回應。她以掠食動物的靈巧動作把嘴脣壓在女孩的胸口上，舔掉乳溝上的瓊漿玉液，感覺這副肉體默許她這麼做。然後她牽著女孩的手，帶對方來到按摩浴缸所在，凱瑞扮演的毛澤東赤裸地漂在裡頭。喬琪看著海倫娜的眼睛，脫下自己身上的凡賽斯晚禮服，讓它掉在地上，感受年輕女子以視線來承認她的美。

「來游泳。」

海倫娜再次脫下外衣，這次有點缺乏自信。她走進浴缸的時候，感覺金和喬琪盯著她。

「主席先生，」喬琪露齒而笑：「容我向您介紹偉大的瑪麗蓮・夢露。」

海倫娜發出窒息的輕笑聲，在噴射水流中來到他身邊，在他耳邊呢喃，嗓音變得嬌柔：「我喜歡擁有核子彈的男人。」

「妳可以吻他。」喬琪說。

海倫娜靠向凱瑞，她的臉龐活似真正的瑪麗蓮。他看不出那位已死女子和浴缸裡這名女孩之間有什麼差別。他內心裡的聲音想著：在這裡，在他的懷抱裡，無論自然還是不自然，這一定就是毛澤東向來想要但無法擁有的：西方世界所製造出來最偉大的性感象徵。

※※※

三具濕漉漉的肉體倒在主臥室的乾淨床單上。喬琪主導這場相遇，在海倫娜騎在現代中國的國父身上時引導她的髖部。

「跟我說我是個好女孩。」海倫娜呻吟。

「妳是媽咪的好女孩。」喬琪邊說邊抓住她的喉嚨。

凱瑞看著這一幕，對這其中的巧思感到驚奇。好萊塢外國記者協會，或甚至奧斯卡影藝學院，能否瞭解他透過這個角色所傳達的無懼和傑出？接著，他感受到一絲毛澤東風格的多疑：查理・考夫曼會試著搶走所有功勞，外行人總是搞這種屁事。他到時候該不該在奧斯卡頒獎臺上感謝那個忘恩負義之輩？按規矩，他應該感謝對方，但是規矩對毛澤東來說算什麼？而且到頭來，毛澤東對金・凱瑞來說有什麼意義？

他原本會沉浸於這種存在主義的混亂狀態，但因為他嘴裡含著海倫娜的乳頭，所以他的腦子裡一點也沒有這類擔憂。

他射精的時候，渾身痙攣。

完事後，他們躺在床上，身上沾染彼此的汗水，以四四拍的節奏呼吸，都對這場相遇感到喜悅，但是海倫娜的喜悅最為強烈。

※※※

她是在科羅拉多州的格蘭德萊克市這個小鎮長大。她的繼父是個有暴力傾向的酒鬼。她在放學後為了避免回家，會跑去鎮上的圖書館看老電影的錄影帶，一開始只是隨便挑，但不久後開始選美國美女，像是桃樂絲・黛，還有諾瑪・珍・貝克，而後者就是日後的瑪麗蓮・夢露。看到諾瑪・珍・貝克的作品時，她徹底愣住。諾瑪這個女人擁有強大的力量，時刻散發的嬌弱氣質讓男人對其百依百順。她會暫停錄影帶，研究每一格畫面，把數小時的對話內容牢記在心。

她晚上在西夫韋超級市場當收銀員。某天夜晚，她值大夜班，外頭下著大雪，她在大玻璃窗上看到自己的倒影，這個夜晚成了一部經典作品的場景。她成了那位明星，完美地被這一格畫面捕捉，一個來自小鎮的夢想家在一顆雪景球裡。無數觀眾看著這一幕，她感覺到他們的注意力帶來的暖意。她挺起胸，仰起頭，聽見他們的掌聲，還有被她迷住的阿兵哥們對她吹口哨。在這一刻，她知道自己注定要成為大人物。她用亮粉紫色墨水筆在超級市場的棕色紙袋上寫下神聖宣言。

我將

一、成為成功的演員，深受世界各地的媒體喜愛——成為不同凡想的人物（她寫了錯字，把「不同凡響」的phenomenon拼成了fenomenon）

二、嫁給有名的電影明星，生小孩

三、擁有兩棟房子和一個馬廄！

此刻，赤裸地躺在金・凱瑞身邊（她向來喜愛他的電影），欣賞著喬琪的梳妝鏡上成堆的紅色卡地亞盒子，她知道自己的夢想即將成真。

第九章

接下來的一星期，海倫娜在金和喬琪的邀請下回來了兩次。她把自己駕駛的韓國現代汽車停在大門外頭，好奇他們要再過多久才會給她專屬的大門通行碼。

喬琪原本沒打算讓這種相遇發生第二次，但經過多方考慮後，察覺到這帶來什麼樣的機會，這讓她能擺脫金的毛澤東規模性慾。而年輕的海倫娜，無論她是什麼樣的人，都將獲得一場有趣又刺激的活動，能嘗到峽谷區的魔法。

但她也立下兩條鐵律：金只有在她許可的情況下才能見到海倫娜，而且海倫娜只能以瑪麗蓮・夢露的身分走進蜂鳥路豪宅的大門。「我的意思是，妳得戴上那頂該死的假髮。」這項規矩至關重要，這能讓喬琪覺得自己是讓一個卡通人物——而非競爭對手——爬上她的床。

這兩條規矩獲得同意後，遊戲繼續進行，每個人都滿意。有時候喬琪扮演色情片導演，指示金和海倫娜該採取什麼樣的體位、說出什麼臺詞。第三次幽會是發生在某天下午，海倫娜在完事後擦掉他肚皮上的毛澤東穢物，喬琪對她這麼做感到同情，所以允許他們倆一起坐在蒸氣室裡。之後，海倫娜趴在他的胸膛上，兩人都處於交媾後的喘氣狀態，一同掃視他掛在壁爐上的全景風景照：湖南農民們，毛澤東的鄉親，蹲在一條霧靄繚繞的山谷裡種田。

「這張照片上是什麼？」

「是我的家。」

「跟我說說它的模樣。」

「這個嘛……」他打量照片上的場景。「那裡很多霧？那是一個充滿霧氣的地方。至於當地的人民？他們都是霧氣農夫。」

「我想跟你一起去那裡。」

「我會帶妳去。」

「你保證？」

「當然。我帶妳去參加當地的春季霧氣節。他們一定會很喜歡妳。我們一起搭我的駁船逆流而上，他們會把妳當成女神，每個人都會對妳揮手，朝妳灑花。」

「那樣真美……」她說。

兩人凝視彼此很長一段時間。接著，他依然維持四目交會的狀態，打個漫長又低沉的嗝，以眼神表示，妳覺得我打的嗝怎麼樣？她爆出笑聲，欣賞他突然上演的胃部喜劇，這讓她覺得自己窺見了他特殊的一面，他們倆分享了毫無戒備的真實一刻，而且這種時光在未來的日子裡會經常出現。她渴求更多這種親密接觸，她興奮地意識到，這將是他們倆第一次在喬琪不在場的情況下這樣互動。她抓住他，輕聲道：「我想要你。我想趁她不在的時候要你……」兩人再次親熱，一同發現了這個刺激的事實，這是喬琪訂規矩時沒預料到的灰色地帶。她做出決定：這一定就是那種東西的感受，她以前未曾體驗過的真實感情。

這不只是打砲，而是超越打砲。

※※※

開始對《海倫娜秀》感到厭煩的喬琪接了電話，聽見一名女子說：「請稍候，昆汀•塔倫提諾想與您通話。」

他告訴她，在派對上的談話讓他的想法成了構想。這些構想彼此相遇，而且「打砲不戴套」，因而孕育出某個美麗的東西。

一個關於復仇雪恨的故事。

「我們該讓女人暗殺總統了吧？」他問。

「呃？」

「奧斯華殺掉了甘迺迪，布斯殺掉了林肯，欣克利差點殺掉了雷根。為什麼只有男人能享受這種樂子？我所謂的樂子不是當總統，而是當個沒有靈魂的變態。二十、三十年後的未來，某個貪吃鬼靠作弊贏得大選，而他周圍那些歧視女人的嘍囉腐敗得什麼也做不了，直到我的女孩決定殺進白宮。」

「她是誰？」

「她就是天殺的報應！」塔倫提諾以瘋狂口吻喊道：「她是叛逆的純然雌激素。她將為世界各地的女人出一口氣，燒掉整個內閣，然後扭斷那個操豬者的脖子。這是報復。我就大膽地直說吧，其實每個人都知道女人比男人更聰明也更堅強，但她們這兩百萬年來卻必須為沒用的男人吸老二、刷地板。她是天殺的天神之怒，她名叫莉莉絲，在夏娃出現前的第一個女人，懂嗎？所以呢，我們看到他媽的聖經劇情，這算是他媽的公眾領域，如果影評人找我們麻煩，我們就叫他們去吸惡魔的懶趴！」

喬琪震驚無語。她知道這位導演讓約翰・屈伏塔再次走紅，提升了鄔瑪・舒曼的地位，也讓布魯斯・威利再次受到歡迎。這件事真的正在發生？她不禁好奇。她自己將能獲得晉升？

「我不能在沒有加密的電話線上討論這件事。我們已經說出一些關鍵字了，就連『關鍵』這個字也是關鍵字。操。我現在在棕櫚泉，妳下星期能來這兒嗎？」

「沒問題。」

那天晚上，她看了《追殺比爾》和《黑色終結令》，與其說是做功課，不如說是做夢。她的注意力常常從電視上的畫面移向腦子裡的諸多想法，她把自己扮演的莉莉絲想成復仇者，狂噴子彈殺掉邪惡的男人，毫不留情地扭斷他們的脖子。

那個星期，她在太陽升起前已經站上跑步機，而且採取了一種特殊的生酮飲食，六天內就瘦掉兩公斤。她向阿維・阿亞隆學習以色列軍用格鬥技，而且透過回想不堪往事的方式來讓她扮演的角色充滿怒火。令她咬牙切齒的對象包括米歇爾・西維斯、「好運男」戴倫・迪利，甚至還有凱瑞。她知道自己這輩子都是為了這一刻而做準備，所以這輩子經歷過的一切都是值得的。

完美。

但就在她要前往棕櫚泉的前一天，她站在藥物櫃的鏡子前，看到一條皺紋。

一條新的皺紋。

就在鼻子底下。

這是對她的美貌的冒犯，是衰老的痕跡，但她在好萊塢打滾了二十年，清楚知道該怎樣對付。她來到馬可斯‧曼德爾醫師的診所，安排了平時那種臉部填補治療。這位醫師是好萊塢的菁英人士首屈一指的醫美專家。

「就這條皺紋，」她對他說：「把它填補起來。給我瑞絲朗玻尿酸。」

「瑞絲朗玻尿酸會造成皮膚通紅，」他依照最近參加過的一場藥物行銷講座所學到的，開始推銷「薇薇登」，這是經過美國食品藥品監督管理局核准的新藥，而且利潤極高。「妳的身體會把瑞絲朗玻尿酸視為外來物質，但是薇薇登完全天然，是用真正的人類膠原蛋白培養製成。」

「他們從哪弄到真正的人類膠原蛋白？」

「應該是車禍受害者。」他停頓片刻，恭敬地為車禍受害者默哀，接著一派輕鬆地說：「據說，車禍造成的強烈恐懼，會引發大量的神奇荷爾蒙。瑞士人把這些荷爾蒙全部採集出來。我們很幸運，能活在這種時代。」

「薇薇登？」

「艾希頓‧庫奇是最早加入的投資人之一。」

他用手指擦過額頭。無比光滑的額頭。

「我上星期開始改用這種藥，做出來的成果不再有塑膠感。妳瞧？」

他把診療室裡的放大鏡拉到自己面前，這立刻造成一種陰森的扭曲效果——馬可斯‧曼德爾的球狀大臉彷彿色瞇瞇地盯著她——但也提出了無可爭辯的證據。曼德爾的中年額頭看起來就像嬰兒的肥嫩大腿，不紅也不腫。

沒有挨針的任何痕跡。

「成分天然。」

「天然？」

他的額頭上甚至看不到任何毛細孔。

「身體會吸收薇薇登。」

這是醫學奇蹟。薇薇登竟然挑這時候問世，這是令她難以置信的好運。這證明了她的演員生涯將透過塔倫提諾之手而起死回生。

「那就給我薇薇登。」她聳個肩，彷彿只是把上一代 iPhone 換成下一代。曼德爾要她坐下，接著把針頭插進她臉上那條皺紋，針扎所造成的疼痛保證會讓她重返青春。

「魚尾紋怎麼辦？」

「我原本沒打算處理，但你既然提了就一起做吧。」

「額頭呢？」

「打一點點就好。」

搞定了。曼德爾很快地做完療程，而且沒說明術後該注意什麼，因為薇薇登這種尖端科技的結晶不需要任何術後注意事項。她在下午兩點左右回到蜂鳥路豪宅，收拾了一包過夜的行李，丟進保時捷，然後駛進沙漠。

※※※

她離去後，凱瑞吃了兩個烤起司三明治配一小瓶番茄醬當午餐。

然後他拿著一筒品客洋芋片走進健身房，坐進高壓氧艙，加壓氧氣令他精神抖擻，耳機裡播放毛澤東朗讀自己最有名的演說之一：《全世界人民團結起來，打敗美國侵略者及其一切走狗》。凱瑞已經把演說內容牢記於心，他在完美時機做出中文的嘴型，看起來簡直就像這篇演說是出自他自己的嘴：「美帝國主義屠殺外國人，也屠殺本國的白人和黑人。尼克森的法西斯暴行，點燃了美國革命群眾運動的熊熊烈火……」

他在這裡待了一小時，重複播放演講，並做出誇張的姿勢和手勢。如果從外頭窺視他，這座尼龍帳篷看起來就像即將孵出生物的繭。凱瑞毛澤東隆隆道：「美帝國主義看起來是個龐然大物，其實是紙老虎，正在垂死掙扎。」

他聽見前門傳來電鈴的叭吱聲。

電鈴又響了兩次，節奏凌亂，表達不耐煩。

他匆忙地離開高壓氧艙。

他走過廚房時捏住鼻孔，吐氣三次，讓顱內卸壓。電鈴再次響起，這次更為漫長，要求獲得注意。

他擔心又是基督徒來找他麻煩，因此考慮打電話通知阿維・阿亞隆。也許是查理・考夫曼從臺北回來了？難道考夫曼把生意談砸了？溫克和艾爾都氣他拒絕了培樂多黏土計畫，這兩人一定會把握這個危機，一定會逼他接受更糟的工作，就因為他們辦得到。因為演員這種工作，無論地位多麼崇高，終究是勞動階級，而他這幾個月扮演毛澤東如果有學到什麼，就是資本家總是剝削勞工，用獠牙咬住工人的脖子。他要反抗到底，他要發動屬於自己的革命，打垮這個腐敗的制度，這套體制欣然接受貴族的錢，這些貴族拳頭染血，掠奪自己的人民。他要帶這項計畫去找名導演索德柏，靠自己籌措資金，擺脫任何人的控制。光是提早在巴爾幹半島販賣放映權，就能籌到拍片所需的資金。還不止。他們要創辦自己的片廠，完成勞勃・瑞福的未竟之志。他們要捍衛全球勞動階級的尊嚴。也許是因為高壓氧艙灌進他腦子裡的氧氣，也可能因為純粹的激動情緒，總之他又嗅到泰坦輪胎廠裡的汗水味和臭氧味，能感覺到未曾消失的孩童般的飢餓。沒錯，就是這樣。他和索德柏，或是任何一個搭檔，要重建查理・卓別林的夢想。

電鈴再次叭吱作響，格外漫長，要求他——

來者不是考夫曼。

凱瑞在廚房的監視器螢幕上看到海倫娜・聖文生，她跑來給他驚喜，身穿緊身藍色牛仔褲和白色襯衫，這是瑪麗蓮・夢露在《亂點鴛鴦譜》裡的造型。他跟她說過這個週末不見面，而且喬琪會出城。她一臉期待地盯著面向馬路的監視器，眼睛在夜視鏡前變成綠色，金色鬈髮看起來就像鎂塊打出的火花。她為什麼不請自來？往好的方面想，她只是想緊抓名流不放，但如果往壞的方面想，她有可能精神異常。但對名流來說：「精神異常」本身就是一種春藥。那雙奶子，被夜視鏡映成惡魔綠光的可口奶子。強大的「淫慾黨」在他的心智國會裡崛起，以大嗓門壓過戒急用忍與理性之聲。他別無選擇。

大門甩動開啟。

※※※

凱瑞把海倫娜壓在玄關的牆壁上。

解開了她的襯衫鈕扣。

把她的牛仔褲和淡紫色內褲往下拉，接著匆忙地把手伸到自己的肚皮底下，解放一柱擎天，然後從她身後進入她體內。她先達到高潮，然後輪到他。

「我還想要。」她溫柔呼喚。

他帶她進入主臥室，她走在他身後，僅有一步之遙。趁他沒看到的時候，她用兩人的性器分泌物把一隻手弄濕，然後像巴蘭欽芭蕾舞者那樣攤開五指，邊走邊摸過牆壁、窗簾，最後是落地窗。他想整晚持久，於是從存放藥物的床頭櫃裡拿出兩顆威而鋼吞下，然後提出請求。

「妳能不能扮演《熱情如火》裡的瑪麗蓮？」

「我帶來的衣服都掉在玄關的地板上了。」她瞟向喬琪的衣帽間。「也許喬琪有適合的衣服？」

凱瑞默許。

她來到衣帽間前，打開門，強忍驚呼。她跟三名室友一起住在一間公寓裡，而這個衣帽間比她那間臥室還大。喬琪似乎有數不盡的衣服，都掛在嵌入式衣架上，如藝術品般打上燈光。三支長桿掛滿走紅毯用的晚禮服，它們渴望被觸摸，被穿上——被欣賞。她撥開一件件絲綢和雪紡紗，期待後面出現玻里尼西亞島的海灘。

「妳找得還順利嗎？」

「嗯。」

她拉開五斗櫃的抽屜，跳進如同海洋的五彩絲衣，每一件都跟她每個月的房租一樣貴，跟她買的仿冒品或廉價衣物完全不是一個檔次。黑色的性感睡衣如液體般流過她的身軀。她套上一雙價值上千美金的高跟鞋。這些東西是出於命運的安排而屬於她？它們一直在恭候她的到來？她回到臥室，整個人經過改造——但這樣還不夠。凱瑞突然換上導演模式，打量她的方式就像名導演希區考克在選角時那樣打量影星黛碧・海倫。他指向喬琪的梳妝鏡，接著他自己也來到這裡，站在她身後，以飢渴的眼神盯著鏡子。

她擦上粉底，但這不是他想要的。

他拿起厚重油膩的遮瑕膏，抹在她的臉上，再把她的嘴唇塗成紅色，接著點下那顆有名的痣。然後，他發現她的額頭上有一道反光的疤痕，這是他以前沒注意到的瑕疵。

因為夢露沒有這種疤痕，所以他用遮瑕膏輕觸這一處，想讓夢露的亡魂身上不再有這個女孩的蹤影。可是這道疤太厚，無論傷口如何造成，顯然癒合不佳。他再次按壓這一處，動作輕柔但充滿決心，而且節奏加快。與此同時，海倫娜・聖文生想起十二歲生日那天，喝醉的繼父偷瞄她一個朋友持續發育的胸部，她後來鼓起勇氣在這件事上追問他，結果被他推向壁爐，她的太陽穴被壁爐的磚塊邊緣劃傷。如果去醫院，醫生一定會追問，所以她只是拿了ＯＫ繃貼上，繼父也只是對她咕噥一聲抱歉；後來的那一星期，她的頭部一直感到抽痛。

而現在，那個痛楚以幻痛的形式歸來。她覺得疤痕周圍出現灼熱高溫。這個悲慘回憶令她脈搏加快。她把指甲掐進掌心皮肉，希望能用這一處的疼痛來穩住自己，繼續表現……

海倫娜趴下，睡衣裙襬被撩起，凱瑞從後面衝撞她的身子，她為之皺眉。這個交媾動作雖然跟剛剛在玄關的時候沒分別，但現在讓她覺得不自在。她的肌肉繃緊，四肢想縮成球狀。她從他身子底下掙脫而出，退到床頭板旁邊。

「我不喜歡用這種方式做。」

「什麼方式？」

「我被當成瑪麗蓮・夢露。」

「我知道妳不是瑪麗蓮。」

「你真的知道？」

「嗯，妳是海倫娜・聖文生。」

「我也不是她。」

「那妳是誰？」

她的嗓音顫抖，他覺得她好像不太肯定這個答案：「瑟莉絲蒂。」

「瑟莉絲蒂？」

她看得出來喬琪並不愛他，而且她打從心底知道自己能愛上他。她曾想像能跟他一起過著什麼樣的日子，如今也開口描述這種生活。她把自己的夢想獻給他，就像把紙花獻給火山。

「你有沒有想過搬去聖塔芭芭拉？你會喜歡那裡。那裡真的很好，我知道雖然那裡有限水規定，但還是可以養馬。這頂假髮好悶熱。」她解開髮夾，把手指伸進假髮底下，脫下假髮，放在床上。她真正的頭髮是黃褐色的短髮造型。他驚恐地瞪著她的頭髮，不再把她視為讓他逃離日常生活的途徑，而是把她視為日常生活的爛事之一，一個心靈破碎的膽怯孩童來到這裡，來到他的床上，她懷有夢想，想獲得資助，也許想要他的錢，也許想要他的時間，而且她跟他之間沒有絲毫避孕措施。他沉默不語，尋找出路。

「我愛你。」她鼓起勇氣開口，這幾個字在這種地方是危險字句。

「看在耶穌基督的份上。」凱瑞意識到她的妄想症有多嚴重。他最好把話說得再清楚不過。他用殘酷的溫柔語調說下去：「這跟愛情一點關係也沒有，親愛的。」

「愛情確實跟她一點關係也沒有。她根本不愛你。」

「誰不愛我？」

「喬琪。誰都看得出來。」

「別把她牽扯進來。」

「是她把我牽扯進來。」

「我們已經違反了規定，海倫娜。拜託……」

她反駁的時候，語調彷彿表達溫柔的人只會承受自己的痛苦：「那不是我的名字。」

他放在腳凳上的手機震動。兩人的眼睛掃向手機發光的螢幕，看到是喬琪打來的。凱瑞拿起手機，走進走廊。瑟莉絲蒂旁聽他們談話，他的嗓音突然變得溫柔。然後她轉身，在臥室落地窗上看到自己的倒影，再次為自己感到驚豔。她不是失落的人，也不是痛苦的人，而是一部戲裡的明星。沒關係。她感覺現在有百萬人在觀看，這一切都是由一隻敘事之手引導，它帶她來這裡，給她這身神奇的衣服，一定有其理由。宇宙的慈悲令她痛哭，她意識到她將在這個場景證明自己的愛，方式是讓他看到某個事實：如果沒有他，她就活不下去。在這個場景，他將意識到他愛她——

凱瑞結束了通話，沒回到臥室裡的女孩身邊，而是決定去沖個涼。他擰開水龍頭的時候，做出決定：他要給她叫輛車，用最溫柔的語調建議她離開。他會找到適當的話語來給她臺階下，告訴她這不是任何人的錯。之後如果有必要，他會換掉手機號碼，讓拿到這個舊號碼的幸運兒去收她傳來的簡訊。他用毛巾擦乾身子，站在梳妝鏡前進行每晚的例行保養程序，這是耗時二十分鐘的過程：修剪眉毛，給額頭輕輕擦上古銅粉，遮掩粉刺。最後，他擠出友善的微笑，回到臥室，發現他放在床頭櫃上的處方箋藥瓶全被清空。翻白眼的瑟莉絲蒂僵在床上，沾血的唾液從嘴邊流到白金色的假髮上，這齣戲大功告成：她是完美的瑪麗蓮•夢露，最後的一道夢隨著她的鮮血流進布倫特伍德市之夜。

※※※

喬琪入住棕櫚泉的萬豪酒店，預約了隔天上午的皮拉提斯課，想容光煥發地出現在塔倫提諾面前。

她在接受注射治療後，覺得臉部發熱，有點浮腫，臉頰和額頭泛紅，但她把這歸咎於沙漠的乾燥空氣。她睡覺時戴著冰涼的凝膠面具，冰箱裡放著明天早上要用的小黃瓜。她醒來後，發現自己成了某個不值得羨慕，而且在這時候尚未被發現的族群一員：她是每一萬人裡會對薇薇登產生嚴重不良反應的那一人。

她的臉蛋，她賺錢的工具，如今看起來就像吸飽雨水的棒球手套。針頭扎過的部位瘀青腫脹，她的嘴、臉頰和眼皮（有一邊下垂）大多麻痺，整張臉看起來就像廉價塑膠，無法向這個世界傳達任何情緒，無法傳達她的驚恐，也無法傳達她的罪惡感。她接受了手術，結果被牢牢地困在自己體內，她原本希望透過這個面試而改造的自己。

她打電話給曼德爾醫師，兩人在電話上朝彼此咆哮，但勢不均力不敵，因為滿臉瘀青的喬琪在說話時感到疼痛，而皮膚科醫師認為自己是個十全十美的藝術家。

「你說過這種手術不會產生不良反應。」

「我說的是這種手術完全天然。」

「你說這種手術比瑞絲朗玻尿酸更好。」

「對大多數人來說，是這樣沒錯。」

「對我來說不是。」

「那麼，妳當時應該繼續使用瑞絲朗玻尿酸。」

「去你媽的。」

「妳說什麼？」

「你這個王八蛋。」

她急忙跑去 CVS 藥妝店，買了可的松和苯海拉明，但是這些藥丸只是讓她昏昏欲睡，對薇薇登造成的不良反應不僅毫無效果，還在她體內深處引發大量的組織胺。

她跟塔倫提諾約的午餐是下午兩點。她打電話過去，想推遲一天。他的助理說他明天早上要去華盛頓勘景，而且他為了見她而預留了一整個下午的時間，他很少這麼做，他在使用時間方面向來非常嚴謹。

她不能放過這個面試機會。

他現在下榻於艾斯飯店的套房。她開車前往該飯店，一路上咒罵自己太好騙。她母親的嗓音從她的脣間飄來，對她嚴厲苛責：妳當然搞砸了這件事，妳成事不足敗事有餘。她放下遮陽板，避免被其他駕駛人看到她的臉。接近該飯店時，責備變成自我鼓勵，她用自己的嗓音安撫自己：妳能搞定，他是個藝術家，他會明白的。他入住的是靠近泳池邊的套房，他和選角指導以及私人助理在房間裡，私人助理是個年輕的金髮女郎，她看到喬琪的時候，臉上失去虛偽的笑容，而是倒抽一口氣，深怕對方有傳染病。

「我在過敏。」喬琪咕噥。

「別擔心！妳看起來氣色很好！」女孩以虛假的暖意回話，帶她來到泳池邊的餐桌前，桌上放著瑪芬蛋糕、牛角麵包、咖啡、茶，連同一架高清攝影機。

一段距離外，昆汀・塔倫提諾躺在一張面向太陽的休閒椅上，操作一架低飛於泳池上方的空拍機，在筆記型電腦上看著泳客們的即時反應，嘴裡發出爆炸音效和咯咯笑。

「昆汀，」助理喊道：「昆汀！」

他把空拍機開回來降落，然後轉身，試著看清楚朝他走近的喬琪。

這時她背對太陽，逆光的她在他眼裡逐漸變得清晰，在幾秒後成了悲慘的人影。然後他看到了：臉龐瘀青腫脹，因為可的松而表皮反光，完全失去了傳達表情的能力，完全沒傳達出他因為《奧克薩娜》而迷上的那種情緒感染力。他意識到這是怎麼回事——值得上八卦新聞的整容災難。他見過這種狀況。為什麼有些人就是熱愛整容？他思索這個問題時，兩人寒暄幾句，享用綠色果汁，讚美沙漠的空氣多麼令人平靜。但是她的眼睛追蹤他的眼睛，他打量她的肌膚，尋找扎針的位置。她有點希望自己臉上這副模樣能幫助他想像打鬥畫面，她也注意到他的鮪魚肚正在考驗他的襯衫鈕扣有多牢固，她不禁心想：為什麼男人可以發胖，女人就不行？

「那麼，妳想看看劇本嗎？」

「當然。」她勉強回話。

「卡莉，能不能拿一份劇本給她？」

他看著桌上的攝影機，拿起它，按下錄影鈕，把鏡頭對準喬琪，這時助理送上劇本。

塔倫提諾說：「翻到第七十二頁，《圍攻國庫》。」

她翻動紙張，這一頁是用大寫字體描述屠殺場面，這些文字簡直就像從頁面上對她做出襲擊：砍下腦袋，肚破腸流，活生生剝皮，臉部皮肉被抓開。苯海拉明給她帶來明顯的副作用。她逼自己記住所飾演的角色叫什麼名字，並試著記住臺詞。

昆汀拿著亮著紅燈的攝影機拍攝，掃過擺放著糕點的托盤。她想像自己這張臉被上傳到網路，人們蜂擁點閱，淹沒了她這輩子所有的努力。她使盡了詭計、說盡了謊話才爬到這麼低的棲息處，她沒辦法想像趴在雨林的地面上。

塔倫提諾對她做出指示的時候，她突然覺得頭暈目眩，彷彿往下墜——

「盡量把臺詞說得貼近現實，但也別忘了，這婊子正忙著剁掉一堆人的老二。」

喬琪低頭看著劇本，看到這個角色的名字——莉莉絲。

昆汀描述場景：「室內。晚上。美國國庫。莉莉絲快步經過印鈔機旁邊，手持烏茲衝鋒槍狂噴子彈，往四處投擲手榴彈。她射殺警衛們，心中充滿復仇慾和狠勁。警衛們的鮮血噴灑在面額十元、二十元和一百元的紙鈔上。」

「我喜歡這種場面。」喬琪說話時，震驚地發現自己的聲音含糊不清，知道這一切被永久記錄在攝影機的記憶體裡。

「她來到國庫祕書薩伯斯坦的辦公室，」塔倫提諾說，然後把鏡頭湊到她面前。

喬琪低下頭，看到名字：國庫祕書薩伯斯坦。

「好，開始唸吧。」

她的臉不算完全癱瘓，而是腫脹而且受到藥物影響，可是這個——就算她處於絕佳狀態，唸劇本也不是輕鬆的工作。她的眼睛掃向前方。這疊紙上是塔倫提諾風格的天才之作，引述的聖經經文，臨死前的雋言妙語。這些臺詞，還有這個角色，是她夢寐以求、這輩子為之努力的一切，她卻連「祕書」（secretary）這個字都唸不出來

「Thhheck-wa-tawwy……」

塔倫提諾把鏡頭拉近，稍微咧嘴而笑。她對自己說：用意志力戰勝一切。

「Thhheck-way-tawwy……」

她喝一口綠色果汁，假裝只是因為口渴而狀態失常，這是演員經常會碰上的挑戰。她再次嘗試，但徒勞無功，她的嘴唇完全背叛了她。然後狀況變得更嚴重；她感覺綠色果汁滴過下巴，看到塔倫提諾看著綠色果汁滴到她的亞麻襯衫上。洛杉磯這個城市充斥著清晰的夢想，建立於沙漠，由奇觀照亮，但深受「突然消失於世人眼前」這種恐懼所擾。此刻，這種恐懼占據她的心靈。

她掉下眼淚。

塔倫提諾把餐巾紙遞給她。

「其實呢，我還沒確定該如何處理這個角色。」他說。

他轉向年輕的助理，他這張布滿皺紋的中年人臉龐露出不悅的表情，助理知道這個表情的意思是「攆她走」。

然後他回頭對喬琪說：「妳很勇敢。」

她回到旅館，收拾了行李，開了兩小時的車橫越沙漠回家，想回到金的懷抱，需要他對她說船到橋頭自然直。

※※※

她後來回想起來，總覺得房子裡乾淨得過了頭。浴室整潔得彷彿在暗示著什麼，洗手槽裡沒有牙膏痕跡，架子上掛著乾淨的小毛巾，床單（通常只在星期三換掉）既乾淨又熨過。清潔人員在週末來過？不可能。接著，她在走廊地毯上看到一個閃閃發亮的斑點。她俯身撿起，發現這是一片閃亮的假指甲，小小的爪子，棉花糖般的淡粉紅色。

她走進廚房旁的書房，把門在身後鎖上，心裡混雜希望和驚恐。她在桌上型電腦前坐下，點開「布倫特伍德居家監控系統」的圖示，裡頭的文件夾儲存著過去幾天的錄影檔案。她快轉畫面，尋找蜂鳥路豪宅的大門監視器畫面。

長達數小時的影像。

然後，畫面上出現一個模糊的女子身影。

她暫停畫面，予以放大。

她發現那是她選定的性愛娃娃，海倫娜‧聖文生。

大門甩動開啟。

她看著年輕的假夢露走進門裡。

她切換到玄關的監視器。

看到凱瑞抓住她，淫蕩的會面，兩人進入主臥室。她快轉畫面，然後放慢，發現朝向馬路的監視器被救護車的光芒淹沒。救護人員們匆忙進入屋內。這幾分鐘宛如死亡。然後螢幕上是躺在輪床上的海倫娜，她被送進救護車時微微搖晃，靜止的皮肉被夜視鏡映成綠色。

但令喬琪驚訝的不是這場幽會，令她恐懼的不是看到女孩躺在輪床上，而是一條生命在這裡多麼容易遭到吞噬。她酸苦地意識到，她自己正處於這個過程中的某處，她在這裡的夢想不會成真。

她回到客廳，看到他本人。

他對她露出招牌般的親切笑容，但他那雙浮腫的眼睛背叛了他。他繼續埋首於熱巧克力聖代，繼續觀看這個下午的節目，歷史頻道的《亞特蘭提斯之謎》。旁白描述古代的亞特蘭提斯人可能是利用一種無比強大的水晶球而獲得用之不竭的能源，甚至獲得超能力。一群探險家相信，不規則的電磁讀數表示這些能源球是在希臘聖托里尼島附近一條海溝裡，但他們負擔不起尋找能源球所需的先進潛水艇。凱瑞看著節目時心想：他至今獲得的明星光環，都是為了扮演一個更偉大的精神歷史角色？這個宇宙正在透過電視機對他說話？讓他看到他真正的命運不是演戲？

他舀起一匙香草冰淇淋，淋上巧克力醬，然後戳向一顆馬拉斯奇諾櫻桃，接著失去了耐心，直接把冰淇淋送進嘴裡。甜美的糖分滲進他體內，他繼續幻想。

宇宙是不是交代他一項任務，要他用他的財產從聖托里尼島的海底找到亞特蘭提斯的能源球？旁白說道，能源球也許讓亞特蘭提斯人從布滿峭壁的這座島上升空，進入純粹以能量組成的國度。他們沒死，而是成了永生者，光體生物。他率領隊伍找到能源球之後，是不是也會成為那種生物？這個想法真令他安心。他終於能擺脫「日益精進」這份重擔。他將成為純然的能量，綻放永恆之光。他等不及組建隊伍，因此開始在手機裡尋找菲利浦・庫斯托的電話號碼，這時手機震動，表示收到信件，是喬琪寄給他（她也給自己寄了副本）的監視器檔案。他沒注意到她站在走廊裡。他抬起頭，看到她瘀青浮腫的臉龐，驚訝得瞪大眼睛。

「發生了什麼事？」

「你問我發生了什麼事？」──

「呃？」

「你如果告訴我你那個幹砲玩具發生了什麼事，我就告訴你我發生了什麼事。」

「什麼幹砲玩具？」

「你不記得了？」

「親愛的，我最好幫妳聯絡醫生。」

「去看看你該死的信箱，毛澤東。」

他把手機解鎖，看到新信件，打開──

看見海倫娜躺在輪床上。他感覺耳垂灼熱，感覺自己的心智國會換上受害者心態，指控喬琪把一個瘋丫頭帶進他們的生活，而另一個心態是羞愧的天主教徒，對他說他犯下了肉身之罪，差點毀了他建立的一切，他必須認罪，否則會被丟進地獄火湖。這兩個心態都對他說出的這幾個字表示同意，他這幾個字是：

「她沒事。她沒死。她──」

「哈，」喬琪說：「所以皆大歡喜囉。」

受害者心態站起身，拒絕忍受這種挑釁，需要把某些話說清楚。「是妳發現她！」

「你說什麼？」她原本以為他會道歉。

「是妳把她帶進我們的家門。妳建立了妳知道我一定會違反的規定。」

她察覺到這可能是事實，也察覺到這已經不再重要，這個問題不需要獲得解決，她不禁露齒而笑。

「是妳他媽的陷害我！」

「你不需要繼續忍受我的背叛。」

「喬琪，對不起……」

「別道歉。」她走向他，用雙手捧起他發抖的腦袋，撫摸他的頭髮，彷彿他是第一天上幼稚園的孩童。她說明：「我給你一項提議，好過任何律師會給你的提議，而且我希望你不會笨到拒絕。」

她輕拍他的臉頰，然後轉身離去。他跟在她身後，來到玄關，懷著投降的心態，口乾舌燥地看著她關掉室內警鈴，然後從鋼琴上方拿起芙烈達・卡蘿的自畫像。

「薇薇登。」她說。

「啥？」

「是它把我的臉搞成這樣。瞧，我向來信守承諾。」

然後她拿著畫作，走出門口，把畫放進凱瑞的銀色保時捷的行李廂，然後駕車駛離車道。她來到聖莫尼卡的總督酒店，選了一間能俯視海洋的房間。她坐在小小的陽臺上，芙烈達在一旁的椅子上陪伴她，她啜飲粉紅葡萄酒，想著未來的美好時光。

第十章

在那星期，八卦小報爭相報導金和喬琪分手的消息。凱瑞、溫克・明格斯和艾爾・斯皮爾曼二世在蜂鳥路豪宅見面，討論目前面對的各種危機：金和喬琪的公開分手、關於劈腿的傳聞、對華特迪士尼企業的嚴重羞辱，以及（這是最近才得知的消息）北京某些高官對他越來越關注。

溫克・明格斯身高兩百公分，九十公斤的體重全是戰士級的肌肉。他在一九八〇年代是綠扁帽特種部隊的成員，在中美洲到處搞破壞，而且從那時候就維持油頭綁成馬尾的髮型。當年的老布希做出經典的「美式反覆無常」的舉動，把曼紐・諾瑞嘉將軍的地位從「傀儡」改成「賤民」，在中美洲的溫克因此命令手下把幾個巴拿馬人的遺體繪製成巫毒娃娃，再用直升機把他們丟進梵蒂岡大使館，就為了把諾瑞嘉將軍嚇得現身。

然而，作戰所造成的創傷影響了他的神經系統。他的左眼會不自覺地眨動，一同吃午餐的夥伴們還以為他想讓他們知道什麼祕密。他就是因為這個原因而贏得「溫克」（Wink：意思是「眨眼」）這個外號。他很喜歡這個外號，他向來討厭自己的本名「艾迪」。

「老天，金，我們合作得這麼愉快，」他邊說邊打量蜂鳥路豪宅的環境。「看看我們建立了什麼。現在有很多人認為你是瘋子。」

他們在害怕，凱瑞心想時，菸灰飄過前臂。害怕我，害怕這門生意，害怕失去他們握有的權力。

「你觸怒了諸神，金，」艾爾說：「《娘子漢大丈夫》、米老鼠和米妮蛋糕，還有那該死的女孩。我們真的碰上很棘手的局面。」

蓋瑞・卡加瑞斯這時人在義大利阿瑪菲海岸，透過電話參與這場會議。凱瑞正想追問艾爾是如何得知海倫娜一事，這時卡加瑞斯的嗓音從電話的擴音機傳來：「金！是我，蓋瑞。我們想討論能用什麼方式幫你。你也知道創新藝人經紀公司還是很喜歡你。溫克和艾爾真的表現得很好，而且……」

凱瑞心中波濤洶湧，漸退的毛澤東式多疑激起了原始的生存本能，他竭力回想昔日的自己會如何處理這個狀況。接著，他感到驚慌失措，因為他意識到自己根本不知道答案，而且他對其他事情也沒有答案。毛澤東說宗教只是餵給大眾的毒藥。他在扮演毛澤東的時候，覺得這個說法似乎合理，但現在的他同意這個說法嗎？他在這個過程中失去了上帝？還是聖父看他表演看到一半就起身離去？溫克和艾爾說話時，金倉皇地尋找任何能定義自己的回憶——

我記得我三歲的時候，在安大略省的奧羅拉鎮騎腳踏車，不用輔助輪，鄰居們全都驚奇地看著我。

我小時候很討厭花椰菜，它讓我想吐，但後來不會了。

我小時候常常被打屁股。「他如果不聽話，揍他就對了。」他們會這麼說。

爸媽對每個人說：「你如果覺得有必要，儘管揍他。」這聽起來像在開玩笑，但其實不是開玩笑。任何照顧我的人都可以揍我。

珍娜阿姨是拿一條老舊的風火輪玩具車的軌道揍我——

我十一歲的時候，每個週末都會喝茫得趴在水桶前嘔吐，還對哥哥約翰和他的朋友們豎起大拇指。隔天早上，我醒來時發現自己赤身露體，躺在瑪提・卡普拉他家的娛樂室的水泥地板上；他們把我的衣服脫光光，就為了開玩笑——

我十三歲的時候，溜進汽車電影院看《大法師》。

我在哈爾頓區演講比賽贏得了冠軍，父親坐在前排用力拍手，結果上排的假牙掉到下排牙齒上，而且——

姊姊派翠西亞邀請我品嘗她攪拌的蛋糕麵糊，但那其實是壁紙糊，我吐了出來，我們笑得——

我在十五歲那年被一個二十五歲的纖瘦金髮女孩破處，做的時候國際牌的四聲道音響正在播放冥河樂團的《大幻象》專輯，而且——

回憶之流讓路，被洪流般的諸多衝動取代。

我想跑進峽谷。

我想拉屎在褲子上，看他們多久才會注意到。

我想折斷艾爾又肥又短的手指——這根手指正在指著凱瑞的胸口，粗野的艾爾說道：「人們曾經愛過你，金。」

「曾經愛過？」

艾爾是在紐約的高級郊區斯卡斯代爾鎮長大，是艾爾・斯皮爾曼一世的獨生子。

他一直尋求身為心臟手術先驅的父親的肯定，但總是事與願違。他以高材生的身分從他父親的母校哥倫比亞大學畢了業，進入政界，在簽訂《大衛營協議》的期間擔任卡特總統的員工，但這個前途似錦的職涯提早終結，因為他向華盛頓特區一名臥底警員買了三公克的海洛因。他雖然靠家人認識的門路而逃過牢獄之災，但政界職涯就此告吹。他在一九八三年逃向西方，一開始嘗試表演單口喜劇，宣告失敗後成了經紀人，以偉大的電視製作人伯尼•布里斯坦為學習的對象，獲得了一群演藝人士投入其麾下，把他捧上了洛杉磯社會的最高層。

「蔚藍海岸那些人認為你是瘋子。」

凱瑞咬緊牙關，想像艾爾在假高尚的布倫特伍德高爾夫球俱樂部毀謗他。

「中國有些人也有同感。」

「中國……？」凱瑞雙手發麻，感覺不只面對一個陰謀，更覺得即將遭到批評。他們知道他要演毛澤東？是喬琪跟他們說的？

「我不太明白你的意思。」

「我們相當確定你明白。」

「我們都知道你要演毛澤東！」溫克衝口道：「少裝了，老金！」

「考夫曼要我保密。」

「考夫曼！」艾爾厲聲道：「考夫曼從頭到尾都被耍了。臺北那個億萬富翁根本不存在，那個人的身分完全是由國家捏造的！他們從一開始就騙了他。」

「這是一場騙局，金，」溫克對他眨眼。「他們擁有一切，包括一個如今絕對不會重見天日的大綱。這部該死的電影想把斷氣前的毛澤東和四千萬挨餓的農民當成開頭畫面，這些悽慘的窮苦人被當成祭品，而這種畫面——」他面紅耳赤。「會害我們失去整個亞洲市場！你瘋了，你知道嗎？」

「每個人都這麼說。」艾爾說。

長久以來，他這些經紀人常常用「你是瘋子」這句話來操弄他。此刻，他因為他們這樣觸碰這道傷口而勃然大怒。

「我要你們離開。」

「大家冷靜點，」蓋瑞・卡加瑞斯說道：「咱們做個約定。好嗎，金？就跟以前一樣。我們忘掉這件事，拿水泥蓋掉它，把它做成減速丘，然後你幫我們一個忙，把你為了飾演毛澤東而準備的情感、勇氣和演技收集起來，放在莫瑞斯・西蒙斯這個可能更具挑戰性的角色身上。」

「莫瑞斯・西蒙斯是誰？」

「他是能讓你重獲美國人青睞的門票，」艾爾說：「他是《數位3D版飢餓河馬》的主角。」

※※※

這部電影將是仰賴電腦動畫的暑期大作，而且不只如此：這套系列作品是以一個深受喜愛的一九八〇年代桌遊為依據，孩童在這個遊戲裡模擬「餵食動物」的刺激過程。創新藝人經紀公司的數據科學家們聲稱這部作品絕對賺錢，研究資料顯示它將在所有年齡層取得商業成功。幾個A咖演員為此毛遂自薦，但關鍵的「五歲到十歲孩童」的相關數據顯示金・凱瑞是最適合的人選，他們將透過龐大的宣傳活動來把他塑造成受歡迎的父親角色，重返美國人的心中。

「把肯尼・洛勒根寫的那幾頁劇本唸給他聽。」

「別唸故事給我聽，我又不是小鬼。」

「先耐著性子聽我們說完吧。」艾爾嘆道。

深受好評的編劇肯尼・洛勒根以「米奇・布朗奇沃特」為筆名，寫了三頁大綱。溫克・明格斯從古巴襯衫的前口袋掏出大綱，清清喉嚨，開口——

「莫瑞斯・西蒙斯，四十八歲，住在芝加哥的廣告業務，羅斯代爾這個高級郊區的驕傲居民。他因為失去了梅里韋瑟公司這個最重要的客戶而被廣告公司解雇。梅里韋瑟公司製造『人造衛星、公共廁所和所有相關產品』。如果莫瑞斯留不住梅里韋瑟，那麼這個世界就不想留住莫瑞斯。這是很大的問題。」

凱瑞依然準備好為演戲而獻出生命，他想像對溫克的腦袋揮拳、放倒對方，但他「向錢看」的那一面對溫克和艾爾的專業態度與合作精神感到欽佩，加上他們保證能透過這部電影讓他重返昔日的吸金地位，他不禁感到好奇。這個心態讓他平靜下來。

艾爾翻開自己的劇本，接著道：

「每天早上，莫瑞斯假裝去上班，但其實是開車去隔壁的麥克倫鎮。他好幾天都躲在麥克倫鎮的圖書館裡，閱讀他母親以前為他朗讀過的童書。有一天，他發現一本叫做《進入河馬王國》的書。他看得愛不釋手！他想把這本書借回家，但是圖書館員說這不是圖書館的書，她不知道這本書從哪來的，所以他可以拿走這本書。怪了。有一天，他回到家的時候，發現一名身穿三件式西裝的年長男子（可以把他想像成山繆•傑克森），這個人站在他家的信箱旁邊，把手裡的信遞給莫瑞斯，說道：『告訴我，莫瑞斯：你還記得怎樣做夢嗎？』莫瑞斯問對方怎麼知道他的名字，但男子突然消失在一團旋轉彩虹裡。一個好管閒事的鄰居（是個胖子）看著莫瑞斯對空氣說話，鄰居的表情表示：這傢伙徹底瘋了！莫瑞斯拆開信，文字是用神奇的彩虹墨水寫的，內容說他贏得了去河馬王國狩獵的旅行。他就是在那本神祕的圖書館書本裡看到河馬王國。」

「多麼令人好奇的巧合。」艾爾說。

「我已經愛上這個故事了。」蓋瑞•卡加瑞斯說。

「到了晚上，」溫克說下去：「他把《進入河馬王國》的故事唸給兒子札克和女兒茉莉聽。這個故事描述河馬女王建立了河馬王國（可以把她想像成海倫•米蘭女爵士），她以慈悲心腸統治所有河馬。莫瑞斯告訴孩子們，他要前往河馬王國，去見到那些神奇的卡通動物……」

他們說話時，凱瑞覺得心中的毛澤東變得越來越小，覺得這個惡魔正在鬆手。他想起在 YouTube 上看過的一支影片，毛澤東的遺體躺在水晶棺材裡，歷史的軸心成了令人毛骨悚然的紀念品。

溫克說道：「莫瑞斯的太太黛妮發現他被革職。她拿這件事質問他，把他罵得一無是處，逼得他必須踏上這場旅程。他遵照那名年長男子的指示，吟誦：『河馬！河馬！

河馬！』然後一團旋轉彩虹把他帶進河馬王國，這個世界充滿由電腦動畫繪製的叢林動物，這些動物遭到土狼女王的威脅（可以把她想像成蒂妲・絲雲頓）。她竊取他們的水源，害他們缺乏漁獲和農作物，威脅他們神聖的芒果樹林，也就是黃金芒果的家園。」

金用雙手抱著腦袋，溫柔地搖晃時，艾爾說下去：「莫瑞斯運用自己的廣告能力來團結所有動物，一同對抗土狼女王。他們重新鼓起勇氣。他對自己重燃信心。事情出了差錯，然後變好，然後變得很差，然後變得很好。莫瑞斯・西蒙斯拯救了河馬王國！他看到妻子的照片。他回到家，手提箱裡裝滿黃金芒果，還有四隻面帶微笑的小河馬。」

艾爾的語調變得溫柔。「那些小河馬後來怎麼了？」

「我們會看到牠們長大。」溫克說：「隨著續作在每年暑假上映。」

「價值數十億美金的電影系列，」蓋瑞・卡加瑞斯說：「隨著續作在每年暑假上映。」

「藍尼・隆斯坦將負責執導，」艾爾說：「他是千禧世代的喬治・盧卡斯。他在電腦動畫方面是大師。你很幸運，他是你的粉絲。他從小看你的作品長大，他想讓你變得再次偉大。漢堡王想成為贊助商之一，推銷一種特別的三明治——」

凱瑞進入心靈深處，閉著眼睛——

他回到十二歲那年的某一天，拿著薩克斯風放學回家。他父親很久以前曾擁有自己的管弦樂隊，這時從沙發上跳起來，拿走樂器，開始吹奏一九二〇年代的曲子《再見，黑鳥》，這是他最喜歡的歌，他把它演奏得更緩慢也更性感。金的母親來到他身旁，說話時滿臉微笑。她舉起雙手，彷彿表示，想不想跳舞？

他把手放在她的手裡，兩人開始在女低音的輕柔歌聲下轉動身子，彼此手牽手，跳舞時唱道：「這裡沒人愛我，沒人瞭解我。噢，他們都對我訴說不幸的遭遇。鋪好我的床，點亮燈光，我今夜很晚才會回家。黑鳥，再見……」

他眼帶淚光，回到所在的露臺，聽見溫克說——

「你的生活方式很燒錢，例如海倫娜‧聖文生這回事。也許她很上道，但也許她不上道。我認為你也知道，再這樣下去會有什麼後果。」

「別說了。」

「再這樣下去，你會置身於一個無數霓虹燈都難以照亮的黑暗之地。」

「拜託你，」凱瑞哀求：「我不想拍這部戲。」

「拉斯維加斯，」艾爾開口：「許多比你更優秀的人都淪落到那種下場。」

凱瑞在露臺椅上縮成一團，懷念著關於母親的回憶。

「幻影飯店的邀請需要簽約，每星期表演十場。你需要這筆錢，你別無選擇，只能接受。」

「人們是去那裡玩，不是專程去見你。」

「你將住在公寓裡，你的左鄰右舍全都會來敲你的門，想跟你一起自拍，因為你還有名氣，你只是負擔不起有圍牆的住處。」

「我說了別再說了。」

「和妓女發生空虛的性關係。她們說你很特別，不需要戴套。砰！搞出人命了，你得付贍養費！申請個人破產的法律訴訟害得你被扣薪水。你吃的食物是從五元自助餐店買來的，放在保麗龍盒裡。你欠黑幫錢，但你玩了一場悲劇的基諾彩票，輸掉了最後一點現金。」

「他們用球棒圍毆你。」

「你被埋在沙漠的坑裡。」

「看在耶穌的份上！」

「你沒別的路可走了，金。」艾爾說：「你惹毛了TPG。」

「TPG？TPG是誰？」

「德州太平洋集團。」

「TPG是創新藝人經紀公司的母公司。」

「就像SLP和WME的關係。」

「或是UTA和PSP。」

「GMO！DOA！TMI！ESP！PCP！DVD！ICU！哈哈哈哈哈！」

金在縮寫轟炸下發出瘋狂的非基督徒笑聲，試著用暈眩的腦子理解無法理解之事，這時沙漠之風把大量灰塵吹過後院。

接著，一道尖銳的高音貫穿他的頭顱，感覺像是耳鳴，但強度提升數倍，音量波動，震耳欲聾。他懷疑自己可能成了微波武器的受害者，因為坐在露臺椅上的溫克和艾爾顯得遙遠，彷彿導演史匹柏突然搞砸了這場戲的鏡頭聚焦。「我的經紀人應該站在我這一邊吧！」凱瑞氣惱地做出結論。

「你應該把這想成合作關係，金，」蓋瑞・卡加瑞斯說：「太陽餵養太陽系，太陽系餵養太陽。」

「沒錯，」溫克同意：「太陽餵養太陽系，太陽系餵養太陽。」

凱瑞面向艾爾，尋求解釋，卻得到同樣冰冷的主張：

「太陽餵養太陽系，太陽系餵養太陽。」

「你們究竟哪裡有毛病？」

他被他們的空洞眼神嚇到，感覺頭顱裡有無數小拉鍊被拉上再拉開。他站起身，開始退回屋內。

溫克和艾爾也站起身，無腦地挪步跟上。

「太陽餵養太陽系……」

「離我遠一點！」

他覺得口乾舌燥。後院成了悶熱的莫哈韋沙漠。

「太陽系餵養太陽……」

形體和人影波浪起伏，就像波希風格的畫作……

「太陽餵養太陽系……」

溫克和艾爾朝他伸手，「太陽系餵養太陽……」他費勁地回到室內，把門在身後鎖上，惡魔之風吹來的沙塵把隔熱玻璃弄得模糊，他們倆的吟誦聲因此聽起來更為陰森。他只想要水，冰涼的水。

他走進廚房，電視正在播放本地新聞，氣象播報員達拉斯・萊因斯的臉孔彷彿經過完美雕鑿，金色頭髮傳達少年般的青春，深棕膚色表明他週末都在猛獁湖的丘地度過，他就像判讀都卜勒雷達的道林・格雷，他的工作其實無關於預測天氣，而是安撫觀眾。他就和其他氣象播報員一樣是個說書人，在氣象讀數顯示世界末日將至時哄全城的孩子們安心睡覺。

「整個星期的氣溫都會超過攝氏三十二度，而且預計不會下雨。這對洛杉磯居民來說是好消息也是壞消息，因為聖塔安娜風正在從沙漠吹來，而這種高溫再加上容易發生森林大火的季節，各位都知道這意味著什麼。您最好今晚就給屋頂灑些水！而且準備好緊急行李。現在把時間交給播報體育新聞的唐・切弗里爾。」

「唐・切弗里爾？」凱瑞回想以前在哪聽過這個名字。這時大電視失去了高清畫質，螢幕上出現布滿雜訊的一九七〇年代的彩色影像，一名身穿寬領運動外套的男子宣布：「各位，波士頓棕熊隊成了一九七〇年史丹利盃冠軍，因為那個名叫博比・奧爾在延長賽中做出了奇蹟般的進球。」

他如痴如醉地看著螢幕上的德瑞克・山德森把球餅傳給超人般的博比・奧爾，這是凱瑞小時候最喜愛的曲棍球英雄。奧爾從側邊把球餅打進球網，然後像個做飛翔夢的男孩一樣滑過冰面。這段慢動作畫面似乎從電視裡飄散而出，讓他的心跳和呼吸放慢。

廚房裡充斥著炸洋蔥圈和絞肉團的熟悉氣味，這時他的手機開始唱起《再見，黑鳥》，他沒有設定這個鈴聲，但無法抗拒。他接起電話，看著自己的拇指彷彿自主地按下「接聽」鈕。

他把這令人心神不寧的裝置湊在耳邊。

「喂？」

「嘿，賈斯柏！」一個熟悉的嗓音，過分熱情地友善，嗓門有點太大，似乎因為說話者耳聾。「你正在看曲棍球嗎？」

「喂？」

「我平時是怎麼叮嚀你和你哥的？」

「打身體。」

「打身體！絕不能讓別人越過你的界線……」

「爸——」

「撂倒對方！」

「爸！」

「嘿，我跟你說個好笑的笑話。兩個傢伙走在路上，其中一人說——」

「別說了。」

「其中一人說，Heywaaa……」

「爸，別說了。」

「他說，Heeyyweeeeeeaaaulllaaghh……」熟悉的聲響從手機裡傳來。他父親會先在電話答錄機裡說個很常見的笑話，然後留下輕躁狂的尖叫聲，再以失語症收尾。凱瑞害怕基因擁有預言效果，深怕自己遲早會被送去父親柏西承受折磨的地方。在這一刻，淚水流過臉頰，他窺視玄關，看到溫克和艾爾正在熱切地看著他，看到他似乎終於出現精神崩潰的模樣。

※※※

他吸了一碗印度大麻，希望能獲得平靜，也差點如願以償。

峽谷裡的土狼群開始發出尖叫，慶賀獲得大餐，這讓他出現「普夫努」反應。

他小時候曾經和堂哥湯姆玩一種叫做「血腥瑪麗」的遊戲。「血腥瑪麗，血腥瑪麗……」他們在祖母那間廉價公寓的樓梯上這樣吟誦，試著召喚惡魔之魂。有一次，在第三次吟誦的時候，樓下傳來令人血液凍結的尖叫聲，他被嚇得頭髮倒豎。他給這種感覺發明了一個詞彙：普夫努。土狼的狂熱嗥叫嚷他感受到不同於平時的普夫努。這讓他為自己的小命擔心。他因此回想起來，幾年前，他的女兒珍妮晚上會跑來找他，顫抖害怕地說她臥室裡有個東西。

靈媒說那是一名女性拓荒者的亡魂，那人在西班牙統治時期墜入深谷，斷了一條腿，進入休克狀態，醒來後發現獨生女兒失蹤，然後聽見小女孩的尖叫聲混雜於遠方的土狼享用大餐的呼嚎聲。

「她的頭髮是黑色混雜灰白，她正當著你的面尖叫，」靈媒告訴他：「她想把你嚇跑。她失去了自己的女兒，現在想要你的女兒。」

聽聞這個說詞後，凱瑞自己也開始感覺到這個亡魂的存在，而且總是把這個女性拓荒者的幽靈想像成瘋癲的南茜・雷根。

今晚，這縷鬼魂來找他。

他在床上翻來覆去，夢見他給了喬琪她想要的所有孩子，不是一、兩個，而是十幾個。他是能應付一切的那種男人。嬰兒們睡在同一條走廊外的育嬰室裡，數量可觀的嬰兒，可以說是一「窩」。他起身查看他們的時候，聽見惡魔的喘息聲，就像鼻孔噴張的公牛——呼哼呼哼。

喬琪正在睡覺，靜止的身影因擔憂而凍結。

他快步前往育嬰室。

他用肩膀頂開門。

門只開了大約十五公分的縫，就遇到了強大的阻礙。

他透過門縫，看到南茜・雷根的鬼魅黑眸，如刀刃般的利牙因咬了他孩子們的皮肉而沾染血跡。她衝撞門板。他只聽見嬰兒嚎啕大哭，聽見皮破肉綻之聲，一具具幼小的屍體被她甩到牆上，像雞翅一樣被啃得只剩骨頭。讀者您得瞭解，她正在吃他的孩子，他和喬琪生下的寶貝孩子，喬琪幾星期前離開了他，帶走了他的芙烈達・卡蘿，還不回他的電話——

一星期過去了，兩星期過去了，然後一個月過去了。

三十年前，在丹吉菲爾德喜劇俱樂部，一個可能殺過人、名叫東尼的酒保用一根指頭戳向凱瑞的胸膛，賢明地對他說：「你擁有神聖的火花，你必須保護它。」

此刻，他想起這句話，擔心自己感到恐懼是因為火花已熄。

他的每個夜晚都心神不寧，每個白天都缺乏平靜，被團團塵埃和永無止盡的施工噪音汙染。在深谷對面，一個名叫米凱爾・斯文亞科夫的俄國貴族買下並剷平了四間平房，把土地合併在一起，蓋了一棟房子，這麼做純粹為了洗錢。斯文亞科夫的數十億髒錢看不見盡頭，他的施工也一樣。這個工程的初期階段是在半年前結束，成果是一座造型囂張、混雜紅色鋼鐵的黑色金字塔。凱瑞當時以為結束了，結果工人和重機械再次來到現場，開始建造一座龐然大物，增設了水族館、迪斯可舞廳、能停十輛車的車庫、從不停止運作的流水設施，以及一座擁有莫斯科大劇院風格的列柱小屋的屋頂泳池。斯文亞科夫在這些設施的門口販賣門票，這個娛樂事業的活動一天比一天惡劣，以挑釁的方式表達這個王八蛋就是屬於這裡。打樁機、鑽岩機和挖掘機發出如雷轟鳴，完全不給凱瑞絲毫平靜。

他的心靈越來越像混亂的巴爾幹國會，「反河馬」派系把自己的藝術專案的失敗怪在「挺毛澤東」派系上。還有一個派系叫做「這一切都是喬琪害的！」，他們認為他的前女友最近把一個劇本賣給了凱薩琳・畢格羅，《綜藝》雜誌認為它值得拿奧斯卡獎，該派系並展示照片：她開心地參加一場倫敦晚宴，坐在歌星湯姆・威茲和加拿大總理賈斯汀・杜魯道之間。這項新聞撼動了整個國會，孕育出「遭到背叛幹部會議」，但該會議其實是「嫉妒聯盟」的傀儡，而該聯盟其實只是用來掩飾「被拋棄陣線」，該陣線被發現其真面目後匆促地把自己改名成「需要披薩陣線」。他的大門裝有特殊的加熱接收口，他每星期會有幾次透過這個設備來接收覆以大量佐料的大型披薩，連同撒了特多糖粉的肉桂棒。他會像個野孩子一樣快步前去領取，為了避免跟人類接觸而先等外送人員開車離去，他有時候穿著絨毛浴巾，但更多時候什麼也不穿。他總是快步回到屋裡，因為擔心吃嬰兒的南茜・雷根。然後，他會在狼吞虎嚥的時候忘掉所有恐懼，直到食物吃完，他的心智重新回到牢騷不斷的狀態。

我身上沒有一顆細胞跟七年前一樣。

那傢伙跑哪去了？

原本那個我……

如果他消失了，那我是什麼？

他不禁好奇：以前那些自己都跑去什麼地方了？他的亡父是不是就是在凌晨時分從那個地方打含糊不清的電話給他？他會接聽這些電話，因為他如果不接聽，如果柏西從陰間撥打「受話人付費電話」給這個兒子，他把所有夢想都投注在其身上的兒子，卻被兒子轉進語音信箱，父親會作何感想？

所以凱瑞會接聽：「喂？」

「Whaffagua？WHAFFAUGUA？」

「爸，對我說話。」

「Afiggity cakkagey ploppo！」

「說話……」

「AFIGGITY CAKKAGEY PLCPPO！！」

※※※

隔天下午，他收到尼可・凱吉傳來的簡訊。

我剛在倫敦的蘇富比拍賣場標到一把六世紀的長劍。你真的得看看它的精緻作工、尊貴和工藝。老兄，那些沙烏地阿拉伯人真的很有錢，我為了贏得這玩意兒而煞費苦心。這可是王者之劍，金米。我能不能在你的馬里布住處躲一陣子？

為什麼？

有些來自異世界的王八蛋跟我有過節。

沒問題，凱瑞答覆。儘管住吧。

他倒回床上。柔軟的床單，冰涼的枕頭。他打開Netflix，讓它的溫暖光芒掃過他，讓它的演算法引導他。

第十一章

現在，我們回到第一次見到金・凱瑞的那一刻。

他看了一部紀錄片，該節目聲稱有確鑿證據指出，地球的外星人主宰很快就會歸來，將這顆行星從痛苦中解放出來。他觀看該節目時，驚奇得渾身顫抖，覺得電視上的影像宛如神諭，比他自己的混亂心智更強大也更可靠。他看著眉毛粗大的人類祖宗捕捉火焰。他看著量子電腦重建耶穌基督的臉孔。他看著一支團隊努力地在加拿大新斯科細亞省附近的奧克島上尋找失落的威廉・莎士比亞手稿，他們幾乎能肯定聖殿騎士團就是把該手稿和耶穌的聖杯埋藏在同一處。他看著比佛利山的真實家庭主婦們喝了夏多內白葡萄酒後大打出手。他看了電腦繪製的4K盤古大陸，以及古代海洋中的巨大生物。他甚至看到年輕的自己在喜劇《活色生香》裡飾演「克里希納警察」，這個短劇描述一個名叫海爾・克里希納的警察，每次被壞人殺掉之後就會轉世重生。他回想那些昔日時光，想起喜劇演員肯南・湯普森和戴蒙・韋恩斯，他們在努力創建的花園中給了他一個美麗的地方，讓他得以茁壯。他也想起深夜和史蒂夫・歐德科克一起構思劇本。他看著電視上的自己在短劇中不斷死亡、重生，直到成為一個完美的形體——一頭打擊犯罪的牛；他不敢相信數十年光陰就這樣轉眼即逝。他看著BBC紀錄片介紹龐貝城的滅亡前夕，神廟遭到活埋，億萬富翁因為人類必將滅亡而願意花重金逃往火星，這讓他覺得歲月就像一張貪得無厭的血盆大口。也因此，他開始觀看一個叫做《來生》的節目，可愛的毒蟲們訴說自己如何去過天堂，如何回來吹噓這件事。

純然的解救，狂喜的希望。

凱瑞的失眠雙眸湧出淚水，看電視的同時想像靈魂出竅的那一刻。放手，放手，放手，他不斷哀求自己，試著脫下人類的軀殼。但他沒有升天，而是待在原處。YouTube 演算法持續分析他，很快地判斷出什麼樣的節目令他感興趣，認為他會想看看史上十大名人的驗屍照：約翰・甘迺迪，失去生命的臉龐靜止，紅棕頭髮沾染顱骨和大腦的碎渣；麥可・傑克森的手部特寫，這隻手曾戴上亮片手套，如今掛著條碼標籤；李小龍，嘴巴像橄欖球一樣用線縫起，整個人沉進棺材的緞面軟墊之中——

你是個商品，只是個商品。

就算你死了，那也不是他們的錯，而是你的錯，是你讓獵犬染血……

耶穌成了避稅途徑。

影星佛雷・亞斯坦的亡魂在深夜電視上推銷 Dirt Devil 吸塵器。

約翰・藍儂的相片——躺在輪床上，滿臉是血。這個人是凱瑞的時代最偉大的詩人兼音樂人，在德國進行閃電戰的時期出生於利物浦。勞動階級的英雄，真不簡單。躺在人群面前展示。既然連約翰・藍儂都遭到這種待遇……

凱瑞進入浴室，把自己刷洗得乾乾淨淨。

如果他的心臟今晚就會停擺，他要為尚未出生的後世打扮得英俊帥氣。

時鐘上的數字顯示五點十七分……五點三十九分……六點四十分……就在他要閉上眼睛的時候——

斯文亞科夫的別墅再次開始施工。卡車從擁有「水力壓裂技術」的地區運來了新的鑽頭，強大的碎岩機重擊大地，引發的震波穿透了他的窗戶，直入他的頭顱。報警也沒意義，因為那個俄國佬沒犯法。所以，凱瑞從床頭櫃的抽屜裡拿出一瓶安必恩安眠藥，把兩顆藥丸倒進掌心，丟進嘴裡吞下。這張床上有海倫娜・聖文生的回憶。他再次考慮自殺，不是因為走投無路，而是因為叛逆。他吞下第三顆藥丸，終於獲得「安眠」這份禮物。

※※※

他醒來時，看見女兒珍妮和六歲的外孫傑克森。傑克森被夜汗和髒床單的臭味薰得摀住口鼻，宣布：「外公，這裡聞起來像屁股。」

「你欠我一塊錢，因為你說了髒話。」

「『屁股』不是髒話。」

「算是半個髒話。那是什麼？」凱瑞指向女兒手裡的厚書——多萊爾所著的《希臘神話》。

「這是傑克森的學校作業，他們在教希臘神話。」

「唸給我聽嘛，媽咪。」男孩說。

「我也想聽故事。」凱瑞說。

珍妮打開書。這是他的女兒，他美麗的女兒，他和第一任妻子梅麗莎當年把她從醫院的育嬰室帶回到他們在麥克阿瑟公園附近的小公寓。他和梅麗莎在逃生梯上為彼此朗讀方提的《問塵情緣》，躺在柳條籃裡的女兒綻放純然的喜悅笑臉。

現在換她唸書給他聽，她把書翻到用書籤標示的一頁。「普羅米修斯不忍心看到同胞受苦，所以決定盜取火焰，就算他知道會遭到宙斯的嚴厲懲罰。他爬上奧林帕斯山，從聖爐裡拿走一塊綻放火光的餘燼，把它藏在一株茴香的中空球莖裡。」

她把書遞給傑克森。「讓外公看看你現在認識多少字了。」

凱瑞在床上坐起，把所有注意力放在男孩身上。男孩驕傲地接過書本，凝視頁面，慢慢朗讀：「他把它帶下山，交給人類，而且告訴他們，永遠別讓來自奧林帕斯山的光明熄滅。」

對凱瑞的乾渴靈魂而言，這番話語宛如甘泉。

「人類不再在寒夜中發抖，野獸也因為害怕火焰之光而不敢攻擊人類。」

「天啊，真美。」凱瑞說道，倒回枕頭上。

外孫遲疑地戳戳他的臉頰，這讓珍妮想起這孩子這個月曾拿細枝去戳一隻死鳥。在接下來的幾小時裡，凱瑞的腦海裡不斷重播這一刻，重播六歲繼承人投來的同情眼神，這讓他打定了主意：就算他沒理由為自己活下去，就算沒證據證明他曾經存在，他也有理由為女兒和她的兒子撐下去。

我願意接拍河馬，他傳簡訊給艾爾・斯皮爾曼。

什麼原因讓你改變了心意？

我沒有改變心意。

斯皮爾曼心想：「他高興怎麼說就怎麼說吧。」令他感到驚奇的是，TPG的「人才管理人工智慧」已經預知，如果不去騷擾凱瑞，或以任何形式稱讚他，他會在四十八小時內接受這份工作。

第十二章

凱雷德裝甲休旅車駛過一條鮮為人知的泥土路。

這片土地遠離文明，看起來就像由黃土色和藍色形成的二次元空間。

美國的沙漠既恐怖又神奇，這是世界上最後一個通往來世的原始入口，天堂與地獄都在這裡接觸大地。

他想像當年的歐本海默被人捕捉於粗糙的黑白影片，穿著精紡羊毛衣，接連抽菸，帶領工作人員把原子彈拖過類似的羊腸小徑，拉向試爆地點。原子彈是所謂的天外救星，是歷史的究極劇情轉折，凱瑞認為這玩意兒有可能毀滅萬物，只有地球吐向太空的數據訊號得以倖存。

他想像以前發的推特訊息飄向半人馬座阿爾法星系。這時汽車停定，激起沙塵，他在塵縫之間看到五座測地圓頂，都在太陽下閃閃發亮。他想像一條條小蛇從這些巨蛋裡頭孵育而出，鑽出殼外，身上沾滿微微閃爍的黏液。這時候一對男女從中央建築裡現身，以緊繃的企業式微笑迎接他。

「我是菈菈・霍梅爾。」開口的金髮女子身形瘦削，年齡大約四十五歲，淡褐色雙眸戴著明亮的藍色隱形眼鏡。彼此握手時，他注意到她戴著圖章金戒指，圖案是呼嘯獵鷹。「我是負責好萊塢項目的TPG搭檔。」

「我叫薩切爾，」比她年輕的同事開口，鼻梁上掛著圓眼鏡，頭髮提早變得稀疏。

「薩切爾・勒布朗，我是菈菈的同事。」

「我覺得我的狀況好極了，」凱瑞按照團隊的建議開口：「我準備好再次開工……」

「真高興聽你這麼說。」

「我覺得幹勁十足，很興奮能重返戰場。」

「我們很高興聽你這麼說。」

接著，他的眼裡閃過一絲敵意，嗓門有點過大：

「我很合群！」

「我們很重視這點。」菈菈帶他進入設施，對他說明：「這些都是我們的專利技術，透過我們在韓國和矽谷的投資所取得的成果。我們領先其他片廠五年。這是純然的競爭優勢，金。」

我靠，他們占領了業界，凱瑞心想。她帶他走過巨蛋之間，每一座都塞得下一架波音747。

「我們有動畫師、程式設計師和渲染師。我們有天才音訊工程師和擴增實境介面。我們——」

聯藝電影公司當年差點成功，雷射傑克閃電曾經試過，雖然藝術家們都失敗了，但是成堆的鈔票一定能成功。

「我們這裡有不具名、高薪資的作家群，他們負責調整劇本，而我們的大型電腦能即時分析所有產能……」

我覺得自己就像第一隻被發射進外太空的猴子，我會照他們說的做，說不定能換到香蕉，他如此心想時，被帶到一道氣密雙扇門前。

「我們這裡的科技設備價值超過十億美金，」菈菈示意他進去。「很多壞人會想接觸這些東西。假新聞時代才剛剛展開。接下來，如果你不介意——」

他被搜了身，確認身上沒有竊聽器，然後被帶進控制室，一面單向鏡的前方架設了一排排電腦和工作站，鏡子的後面是一個球形的米色攝影室，所謂的內室。藍尼・隆斯坦——千禧世代的喬治・盧卡斯——坐在中間的桌前，此人體型矮胖，一頭紅髮，為了掩飾單薄的下巴而留著一小撮山羊鬍，前臂的雀斑在鹵素燈下閃閃發亮。

「金，見過藍尼，」菈菈說：「藍尼，金。」

「金・凱瑞……」隆斯坦倒抽一口氣。他就讀於紐約大學的時候，因為熟悉有關電影的書籍而令師長們驚奇，他認為電影所蘊含的魔法只有在一個文化——就像人類一樣——來到生命終點、釋放靈魂的時候才會揭露這個魔法，而電影就是透過重複的觀看來揭露這個意義，就像不斷的祈禱。

「《摩登大聖》的公仔模型我全都有，而且包裝盒都沒拆。我看了《王牌威龍》兩百八十三點五次，因為第兩百八十四次看到一半，我小時候天天重複看這片。我在紐約大學的時候，他們教我們必須在藝術和商業之間二選一，但是《王牌威龍》讓我知道這是狗屁，讓我知道能顛覆電影界的作品也能讓戲院擠滿人。」

「我們那時候是取笑『無敵男主角』這種概念。」凱瑞說。

「你那麼做等於去除了整個清教徒理念。」隆斯坦說。

「而且人類喜愛動物，」菈菈說：「那麼多可愛的動物。」

「如果妳不介意，我想跟金獨處。」隆斯坦說。

「沒問題。」菈菈邁步離去。

「我認為戲院最重要的功能是儲存記憶。」導演說：「你知不知道，最早被記錄下來的記憶是巴比倫印記？小小的電影畫面刻在石筒上，只要滾過黏土，壓出來的圖案就能說出故事，像是豐收、洪水或英雄。裸體的鬍鬚英雄跟水牛摔角；牛人大戰雄獅。圖案上的這種人，是被一個坐在王座上、乘坐著發光球體從天而降的天神接走。」

「《古代外星人》，」凱瑞說：「我看過那集。」

「沒錯，巴比倫人相信自己是來自外星種族。」

兩人四目交會。

「金，我們正在經歷人類有史以來最大規模的滅絕，語言的滅絕，物種的滅絕。我想留下一些東西，在我們死後為我們發聲。他們認為我們是把桌遊拍成電影？隨他們怎麼想，就讓他們叫它《飢餓河馬》，反正我們，你和我，知道自己究竟在做什麼。我們知道我們在這裡，用他們提供的億萬資金，拍出史上第一個被記錄下來的人類故事。我想說出這個故事，讓我們撐過這個艱難的時代。」

「什麼故事？」

「《吉爾伽美什史詩》。」

一種令人舒暢又滿足的芬芳飄於空中。隆斯坦的助理出現，帶來的食物是凱瑞想減肥但還不想吃減肥餐的那種：兩個抹了純素起司的烤三明治，麵包是斯佩爾特全麥麵包，搭配一瓶有機番茄醬，和一瓶天然調味的冰涼芒果罐頭。

隆斯坦開心地看著明星開始吞嚥食物。

「我們自以為不會碰上大災變？大錯特錯。不受拘束的資本主義正在破壞這個世界，這種生活不可能永遠持續下去。」

「這種生活渴求自我毀滅。」凱瑞說。

「我認為名流也渴求自我毀滅，」隆斯坦說：「如我們所知，名流生活也是資本主義的一部分，無法永續。我認為這就是為什麼你們這種人到最後都會大吃大喝。」

「誰？」

「貓王、伊莉莎白・泰勒、碧姬・芭杜、馬龍・白蘭度。那些真正的大明星，到最後都會變成貪吃鬼。」

凱瑞停頓片刻，一條長長的起司掛在嘴邊。「謝了？」

「別誤會，這只是我的觀察。」

「麥可・傑克森要不是因為嗑藥，原本會被做成遊行花車，」凱瑞說：「他就是用那種方式達到那個境界。」

「這話什麼意思？」

「五十歲？在五十個城市巡迴演出？跳舞前吞止痛藥，睡前吞麻醉藥？這也是同一個狀況。」

「什麼狀況？」

「每個人物遲早都會被放進石棺。」凱瑞的口氣就事論事。「你如果被放進石棺，自然而然會做的事情是什麼？」

「嗝屁？」

「你會先試著爬出去。」

「所以，咱們開工吧。」隆斯坦說。

凱瑞後來想起這件事，注意到藍尼放在桌上的左手顫抖，眼神透露自己迫切想獲得讚許。這位導演深吸一口氣，然後喊出模仿得十分完美的一句話：「Aaaallllllllllrighty theeennnn！」（註1）

※※※

他穿著以數據傳輸線組成的黑色動態捕捉衣，站在中央攝影室裡，戴著TPG最先進的娛樂設備：價值上百萬美金的擴增實境眼鏡，世上只有四副，這個超先進科技是用來解決演員在綠幕前演戲時常有的抱怨——他們很難把一顆網球想像成暴龍。

這副眼鏡看起來就像一般的日光浴眼罩，只是較為龐大，而且能即時讓他看到大型電腦渲染出來的場景。「這是完全的沉浸式體驗，從『演戲』大幅進步成『做反應』，」菈菈拿出這副眼鏡時如此宣稱：「別掉在地上。」

他們給這種眼鏡估計的產業價值，其中超過一半是來自預估的色情片相關收益。

一條紫外線雷射掃描了凱瑞的身軀、臉龐和雙腿，把所有數據傳遞給大型電腦，再由大型電腦把他放進數位繪製的莫瑞斯・西蒙斯，一個踏上瘋狂旅程的中年美國廣

1 金・凱瑞在電影裡常出現的口頭禪，意思類似「說完了」、「就這樣」、「那好吧」或「開工吧」。

告人。他著迷地看著黑色緊身衣變成打褶短褲、芝加哥熊隊的高爾夫襯衫，以及突出的肥肚腩，前臂如壓型火腿般臃腫。他已經好幾星期沒這樣開懷大笑，他覺得無比自由，所以跳起舞，一開始小心翼翼，測試渲染引擎的處理速度，然後跳得開心自在，對電腦製作的美麗幻覺大感驚奇。他向來纖細的手指突然變成十支維也納香腸。他在眼鏡前揮舞雙手，有點想咬它們一口，這時隆斯坦的嗓音從耳機傳來。

「友善提醒你一聲：你的手指不能吃。」

「它們看起來好美味！」

「只是想讓你看看這個寶貝有什麼能耐，」隆斯坦讓他的手指回歸正常。「那麼，我們從第十二場戲開始：『進入河馬王國』。」

攝影室發生變化，每一塊米色面板投射出閃亮奇觀，立體影像形成了河馬之城，由諸多陶俑屋組成，由高牆包圍。渲染引擎的深度令人嘆為觀止，他覺得這座城市的每個磚塊看起來就像在太陽底下晒過。看到河馬的時候，他不禁驚呼。他們的臉龐雖然做成可愛的卡通造型，但皮肉看起來如此柔軟，眼睛栩栩如生。他拿著一支登祿普高爾夫球九號鐵桿，走過一個繁忙市集，這裡大多都是販賣農作物的攤販，架子上的商品十分貧瘠。他驚奇地看著他們。

這場景就像混亂的黑色星期五大搶購，河馬們爭先恐後地把乾癟的芒果塞進購物袋裡，然後這個場面演變成真正的全武行。某個攤販推來一輛堆滿芒果的手推車，河馬們亮出巨牙，用龐大的腦袋彼此推擠，為了爭奪新鮮水果而承受血光之災，這是輔導級電影所能容忍的動物打鬥場面。看在任何旁觀者眼裡，他們絕對是餓到不行的河馬。

TPG沒有為這場戲寫下劇本，因為他們認定修改劇本所需的時間，加上給演員和作家造成的不確定性，會造成效率低落，因此用「自動對話產生器」取代——

「現在上演圍毆有點太早了喔！」凱瑞的耳邊傳來一句話，聽起來很像他自己的聲音，但聽起來渾然天成，他幾乎以為這是他腦海裡的聲音，所以他沒說出這句臺詞，直到對方再次催促。他像漫畫人物那樣挑起一眉：

「現在上演圍毆有點太早了喔！」

他說得完美極了。

然後，就像在電影裡常見的那種畫面，小號手奏樂宣布王室成員到來，一位戴著金冠的河馬女士在五名河馬皇家侍衛的護送下來到市集，她就是河馬女王，他們的到來停止了暴力場面。

「良善的河馬們！」河馬女王是由曾多次出演《007》系列的茱蒂・丹契女爵士提供傑出的配音。「我們都是兄弟姊妹，而且都有個共同的敵人——」她刻意停頓幾秒。「我們的敵人是誰？」

「土狼女王！」群眾喊道。

「正是！」她對市集做個手勢，示意貧瘠的攤位。「她偷走了我們寶貴的芒果，汙染了我們的水源，還吃掉了我們的河馬嬰兒。而且她獠牙上的細菌很可怕，被她咬到就會發瘋！」

「我有次被她咬到，醒來後發現我在內華達州的雷諾市娶了一個雞尾酒女侍！」一個大嗓門從廣場另一頭傳來。

凱瑞轉身看到一頭用後腿站立的犀牛，他總覺得對方囂張的步態和紅色領帶十分眼熟。所有河馬齊聲道：「是犀牛羅德尼！」

這頭犀牛長得非常像羅德尼・丹吉菲爾德，金小時候常看這位傳奇喜劇演員上《艾德・蘇利文秀》，他雖然聽不懂那些笑話，但會因為他父親笑而跟著笑。

四十年前，在拉斯維加斯，羅德尼曾雇用年輕的金幫他暖場。羅德尼指點過金，對他充滿信心，總是從側翼看他表演單口喜劇，被他裝無辜的搞怪風格逗得樂開懷。

金深愛而且欣賞羅德尼。

羅德尼已經死了十五年。

「羅德尼？」

「別出戲，金。」

「羅德尼已經死了。」

「你自個兒看起來也沒好到哪兒去，小子。」犀牛說道。

凱瑞的耳機裡有個聲音解釋：「我們已經取得了他的『精華』的版權。」

「有這種東西？」

「沒錯。」

「我操。」

「我們繼續演下去，好嗎？一、二、三……」

犀牛羅德尼打量所有難過的河馬，接著道：「我總是說啊，土狼不值得信賴，他們對什麼事都笑哈哈！」

他指向凱瑞。

「可是這傢伙能拯救我們！」

「我？」

「沒錯，你是天選之人。」

「沒這回事。」

「你就是。」

「才不是。」

他轉向河馬群眾，彷彿他們是喜劇俱樂部的觀眾。他拉拉領帶，翻個白眼。「我有哪次說錯嗎？」他指向凱瑞手裡的九號鐵桿。「我很肯定，你就是那個人！《河馬王國卷軸》裡記載的那個人。」

四名河馬高階祭司現身，攤開一張巨大的卷軸，上頭是個肥胖男子，手持一支短杖。凱瑞舉起雙手表示反駁，但是高爾夫球桿反映陽光的時候，所有河馬屈膝跪地，深信他就是命運所選。

如果這樣還不夠，那麼能跟動物型態的羅德尼・丹吉菲爾德多相處一、兩秒，也足以讓他改變心意。

「你就是我們的救星，」羅德尼說：「你會恢復我們的水源、芒果，還有孩子。因為你，我們終於會得到我們應有的尊重！你願意跟我走嗎？」（註2）

2　羅德尼・丹吉菲爾德的口頭禪是「我沒有得到任何尊重」。

耳機裡傳來任何聲音之前，凱瑞覺得正確的臺詞已經在心中成形。他發自肺腑地說道：「我願意跟你去天涯海角。」

※※※

接下來的一個月，在這個堪稱神奇的攝影室裡，金和羅德尼走遍河馬王國之外的土地。他們大戰以掠奪維生、吼聲震天的獅群，羅德尼救了凱瑞的命，把兩頭雌獅打成重傷，其他獅子因此全數撤退。然後他們對抗施虐狂豺狼，而且這次合作無間，凱瑞把羅德尼當成裝甲戰車一樣騎乘，用九號鐵桿擊退豺狼，還開玩笑說這是他第一次用九號鐵桿表現得這麼好。之後，他們在一片綠意盎然的山坡地上休息，滿月高掛於空，這片地形的每一顆像素都像肯亞的馬賽馬拉國家保護區。凱瑞把腦袋枕在一塊泡棉上，完全把這當成羅德尼的犀牛肚皮。

有何不可？

這一切看起來都比外頭的灰色世界更真實、更豐盛。在室外，厚重灰燼從西邊飄來，表示山地現在是森林大火的季節。但在攝影室裡，空氣乾淨清新。他意識到，他不想離開朋友的陪伴。他很高興這段夥伴關係，他們共同分享的高尚任務，給他的人生，或者該說偽造的人生，帶來了意義。

「殺青。」耳朵裡傳來一個聲音。

凱瑞看著起伏山丘和暮色天空溶解消失，為每一顆褪去的像素和突然靜止的鳥鳴哀悼。

「我們不能讓這裡繼續運作嗎？」

在單向鏡後面的控制室裡，藍尼・隆斯坦和菈菈・霍梅爾交換心照不宣的眼神，後者小心翼翼地對前者豎起拇指。

「如你所願，老大。」

他們命令所有團隊留下，讓電腦運算所有參數，想捕捉這兩個友人超越死亡屏障的相聚時光。

攝影室的天空再次綻放星光，下方的谷地被上千頭大象的剪影占據。

「有時候他們會把這個環境弄得稍微誇張一點。」羅德尼說。

「聽著，我知道這不是真的，」凱瑞說：「可是，看在耶穌基督的份上，我真的很想你，老兄。」他哽咽。「我真的很高興能聽見你的聲音。」

犀牛顯然受到冒犯。「你怎麼知道我不是羅德尼？也許這年頭咱們這種有名人就是用這種方式活下去。來，我讓你問問題，你想問什麼都行。」

「你最喜歡誰寫的笑話？」

「偉大的喬・安西斯！」

「你最喜歡看我模仿誰？」

「當然是『神奇的克雷斯金』，小子！這是你最搞笑的表演，可惜全美國根本沒人在乎他是誰。」

「好吧，你這些答案還滿像一回事，可是這些在 Google 上都查得到。」

凱瑞絞盡腦汁，既想揭穿這臺機器，卻也想信賴它。他必須提出夠私人的問題，只有他們倆知道的事，私人又珍貴的——

「你曾在凱薩宮酒店的後臺談到『年過六十的性愛』，你當時說了什麼？」

「我說我需要一位吸屌冠軍，老兄！」

「你他媽的怎麼知道這件事？」

「人類和電腦之間的界線越來越模糊了，小子。」羅德尼溫柔地用犄角摩擦凱瑞的肩膀，凱瑞身上的感測器精確地傳達每次愛撫造成的脈動。

「簡直就像你就在這兒，」凱瑞說：「我的天啊。」

「滿厲害的吧？可惜你爸死前沒有這種設備。」

沿纜線颼然移動的諸多攝影機對準凱瑞，想拍下他的反應。工作人員看著接下來的互動時，有幾個渲染師覺得不自在，甚至出現一些罪惡感。

「我很想他，」羅德尼說：「老天，柏西。那傢伙超搞笑。」

「我最近覺得他在試著聯繫我。」

「聯繫你？」

凱瑞敞開內心，嗓音顫抖。「他打去我的手機，至少某種東西有這麼做。我接聽後，他開始跟我說個笑話，然後他開始胡言亂語，發出刺耳的尖叫聲。他在我媽死後就是這麼做；到後來，他迷失了方向。」

「他只是有點瑕疵，小子。」

「瑕疵？」

「沒錯，瑕疵，」羅德尼說：「看看那邊那幾頭大象，其中有一、兩頭一直忽隱忽現。可是你知道嗎？什麼問題都能靠後期製作處理掉。說到這兒，看看這些星星。你見過這麼清澈的月亮嗎？雖然有點瑕疵，但大部分都做得很好。」羅德尼為了欣賞美景而停頓片刻。「就跟你爸一樣。」

凱瑞的眼裡湧出淚水。

「你想不想看看另一個小瑕疵？」羅德尼問道，眼裡閃過淘氣的光芒，接著站起身，轉過身，抬起蓋子般的尾巴。「我沒有屁眼！他們沒給我屁眼！我每天吃下相當於我一半體重的食物，卻沒辦法拉屎。」

在這一刻，兩人心心相印，是真正的朋友。他們倆的歡笑聲飄過攝影室，似乎永遠迴響下去，每個笑聲都被旁觀又旁聽的諸多電腦完全捕捉。

他們倆就像吉爾伽美什和恩奇杜這對摯友那般漫步於數位大草原，分享各自的小故事，控制室裡的隆斯坦帶著露齒笑容聆聽。凱瑞向羅德尼描述，自己曾在多倫多一個公寓街區被一個男孩用豆子槍埋伏，還有他在十一歲那年被爸媽逮到他用爸媽床邊的綠色小地毯模擬性交的動作。

不久後，只要兩人不在一起，凱瑞就會想念羅德尼。

到了晚上，他躺在宿舍的小床上，看著CNN新聞，電視的解析度完全不如攝影室的場景那樣令人讚嘆。

有個身價數十億美金的賭場大亨要出來選總統，他的競選方式就是成天皺眉和吐出小孩子般的謾罵。眾所皆知的是，他在拉斯維加斯的時候住在一間樓中樓閣樓裡，而且留了一層樓專門養妓女，這在內華達州不算犯法，但問題是他獲得高潮的方式是把每個妓女打一頓。一開始只是一個官司，後來演變成十幾個官司，越來越多女子站出來，拿出照片展示她們瘀青的脖子和斷裂的鼻梁，描述她們如何被掐得失去意識。那人曾針對她們及其親友的人身安全做出威脅。她們的肖像和說詞爬滿各大新聞，這原本應該能終結賭場大亨的競選，卻增強了他的勢頭。他的支持者們幾乎完全接受了他的辯詞，他說那些女人大多是懶惰的千禧世代，不適合具有挑戰性的工作環境。他在民調上人氣高漲。

而且《紐約時報》刊登了一篇文章，說海軍飛行員曾拍下與先進不明飛行物近距離接觸的片段，還說政府擁有許多建築來存放飛碟的部件，就在拉斯維加斯郊區，那些怪異的金屬無法被判定成分。這個故事造就了一齣輕口味的推特喜劇，後來成了吵鬧的背景噪音的一部分——

※※※

他在新聞上看到的世界似乎成了大雜燴鬧劇，劇情不僅令人難以置信，也令人沮喪灰心。相較之下，攝影室的世界完全是印象派風格的傑作，畫面和劇情比最近的真實世界更美麗也更有營養。

攝影室裡的時間流動得十分怪異。

日子一天天流逝，幾個月過去了。

季節之間的界線變得模糊。

太陽下沉後，他和羅德尼在一條小河旁邊紮營休息。將劇本拋諸腦後的凱瑞確信某個耀眼的成就就在他們觸手可及之處。他們擊敗了土狼女王，讓魚兒重返河馬之河，讓林子裡再次長出芒果，所有河馬孩童都能睡得安穩香甜。而且他將獲得一部暑期巨作。自我和靈魂難得和諧，他滿懷希望地掃視昏暗的大草原，聽見興奮的輕笑聲。「聽起來有人在開派對。」他說。

「噓！」羅德尼警戒地豎起小小的耳朵，輕聲道：「我知道派對聽起來應該是什麼聲音，小子。我可以告訴你，那不是派對。」

尖銳的咯笑聲越來越大聲，在攝影室裡迴響。單向鏡另一側的技術人員們窺視鏡中，就像監獄裡的心理醫生。他們這幾個月都在為這個場景製作程式，所有數據經過整理，送進大型電腦後，他們想知道獲勝的將是「人工心智」還是「人類心智」。此刻，草縫之間出現土狼的眼睛，琥珀色的虹膜鑲於凹陷眼窩，反映營火之光。

兩雙眼睛。

五雙。

七雙。

八隻淌著口水的土狼慢慢從陰影中現身，骯髒的毛皮布滿疥癬和血汙。隆斯坦曾賜福給金和羅德尼，現在要予以奪取；他要向《吉爾伽美什史詩》致敬，吉爾伽美什在失去恩奇杜後一蹶不振。

「羅德尼！」聽見耳機裡傳來的聲音，凱瑞立刻喊道。

齜牙咧嘴的土狼從四面八方疾奔而來。向來可靠的羅德尼站起身，開始甩動巨大的犄角，打碎了一隻土狼的頭顱——說聲「哎呀！」——然後把另一隻甩到半空中，譏諷道：「你就這麼點能耐？你打起架來就像粉紅鶴！」

彷彿對他的挑戰做出回應，另外兩隻土狼撲向他的頸部，抓他的眼睛，咬他的耳朵。凱瑞拚命揮動九號鐵桿，試圖擊退土狼群，但更多土狼在電腦繪製下進入這個場景，撲到羅德尼身上，用獠牙咬住他柔軟的腹部，撕裂他的內臟，鮮血在火光中四處噴灑。凱瑞立刻對命運和控制室咆哮。

「你們他媽的搞屁啊？這太過分了！」

藍尼・隆斯坦對自己的天才腦袋感到驚奇，雖然他在最終版本裡剪掉了大部分的血腥場面，但此刻興奮地看著當前這個場面讓凱瑞退化到求生模式。凱瑞完全相信這場大屠殺就是事實，他所有的努力都無法改變目前的敘事方向：羅德尼會死，但是金會活下來，而且會有所變化。「殺掉我！殺掉我！」他咆哮，出於原始恐懼而臨時喊出這種老套的臺詞。聽見他這麼說，數位引擎判定劇情的高潮即將到來。「繼續。」隆斯坦吩咐程式設計師們完成這一刻。第十三隻土狼突然出現，從他身後衝來，比另外十二隻都更龐大、更駭人：土狼女王，獠牙宛如牛排刀，眼眸流露邪氣。凱瑞嚇得尿在緊身衣裡，看著土狼群在可憐的羅德尼身上大快朵頤，咯笑聲加劇，這給凱瑞造成一種悲傷的感覺，這個感覺如洪水般湧過一堵破牆，這堵牆依然豎立於「他在攝影室裡面的體驗」以及「他在攝影室外面的體驗」之間。

土狼群慢慢消失。

羅德尼的犀牛型態留在現場，鮮血流向草地，呼吸變得越來越淺，他竭力試著張開突起的大眼。

「羅德尼。」凱瑞抱著一塊泡棉，把它當成朋友的身軀。

他念念有詞的時候，想起十五年前在UCLA醫院的病房裡，奄奄一息的丹吉菲爾德躺在裡頭，呼吸淺而辛苦，就像現在這樣。當時的凱瑞俯下身，對朋友說了最後一個笑話，當成禮物：「別擔心，羅德尼，我會讓大家知道你其實是同性戀。現在的人已經不討厭同性戀了。」周圍的機器做出反應，護理師們全都飛奔趕來。丹吉菲爾德蠕動嘴脣，試著說出字句，可惜力不從心。

犀牛羅德尼的眼皮閉上。

身軀消失無蹤。

音效這時中斷——

不再有草葉窸窣，只剩空調運轉的沙沙聲。

「我要羅德尼，」凱瑞說：「把他帶回來。」

「做不到。」他的耳朵裡傳來一個聲音，聽起來就像他自己的聲音。

「把他帶回來，否則我要退出這部電影。」

「他死了。」這個聲音冷冷道。

「把羅德尼帶回來！」

「已成定局，」隆斯坦說：「壯麗的犧牲。」

「不……」

「這是天才般的安排，金。」
「我要羅德尼回來。」
「他死了，」他耳朵裡的聲音說：「不會回來。」
「那我要退出這部電影。」
凱瑞拉扯頭部支架上的幾架攝影機，每一架都是造價十萬美金的原型機。他把攝影機扯下來，甩在地上，踩成碎片，在破碎的塑膠和電線上跳個不停，就像小孩子破壞樂高城堡。「把羅德尼帶回來。」他敲敲眼鏡。「我想見他。」
這句話只是讓另外幾架攝影機產生興奮反應。
「我也會砸爛你們這些攝影機！」
它們在纜線上颼然移動，靠近他。
「我不是聽你差遣的猴子。」他耳機裡的聲音說，遠比之前更像他自己的嗓音，他被嚇得改變臺詞：
「我不是傀儡！」
「控制你自己。」一個新的聲音傳來，是艾爾・斯皮爾曼二世。
「我有在控制自己。」
「你正在像個瘋子一樣跳來跳去。」
這句話只是加深了他的怒氣。
他縱身一躍，抓住索具上的攝影機，這組價值一千萬美金的科技設備在合約上獲得的保護措施比他還多。

攝影室的門扉打開。

來者是溫克、艾爾、藍尼和菈菈；薩切爾・勒布朗最後進來，端著一個銀色托盤，上頭放著幾支斟滿香檳的水晶杯。

「這他媽的怎麼回事？」

「我們來這裡為你舉杯慶祝。」

「慶祝什麼？」

「慶祝萃取成功。」隆斯坦說：「沒幾個人能在這麼短的時間裡提供這麼多資料。工程師們獲得了《飢餓河馬》所需的所有畫面，連同續集需要的畫面。」

「續集？」

「如果你答應。」

「我為什麼會答應？」

「因為量子電腦大顯神威！」隆斯坦模仿《摩登大聖》裡的口頭禪「smokin'」，可惜效果不佳。

「看在耶穌・莫菲的份上。」凱瑞咕噥。（註3）

「也因為我們能引導你，」菈菈說：「不只是這部電影，也包括之後的作品。」

「我不想被引導。」

「選擇是個錯覺，金，」溫克說：「雖然這種說法尚未定論啦，但只要你接受這個邀

3　耶穌・莫菲（Jesus Murphy）是加拿大人特有的咒罵詞，因為說的不是「耶穌基督」，沒有妄稱耶穌之名，所以不用下地獄。

約，應該就是做出了最究極的抉擇。這個選擇能解放你，讓你繁榮昌盛直到永遠，你將是第一個擺脫時間束縛的藝術家。」

「跟一千個天才加在一起相比，人工智慧更擅長做決策，」艾爾說：「至於快樂和成功？這都取決於決策。」

「我們德州太平洋集團想幫助你，」菈菈說：「引導你的品牌走向無數個獲利的明天。」

攝影室裡出現一大堆畫面，諸多金・凱瑞比真正的金・凱瑞更快樂、更年輕也更俊美，都停留在永不結束的三十五歲。這些畫面出現時，他驚奇地轉身掃視，看到自己在麻省的南塔克特島乘坐遊艇出海，同船的有歐普拉、湯姆・漢克斯和歐巴馬夫婦，他們都跟他一樣青春永駐，都被他說的笑話逗得笑呵呵。他看到自己在麻省的海恩尼斯村跟甘迺迪兄弟約翰和博比玩觸式橄欖球，他在世界盃決賽中用倒掛金鉤射門得分，他在夏威夷茂宜島的外海跟虎鯨群一起游泳，其中最強大的一隻躍出水面，飛過他頭上，他伸手輕觸牠柔軟的肚皮，就像《威鯨闖天關》裡著名的一幕。然後，最後一幅畫面取代了所有畫面，把攝影室轉變成雅典，鏡頭是從一座山莊俯視完美重建的帕德嫩神廟；他看到自己穿著寬鬆的托加長袍，古代陽光反映於他的八塊腹肌，明亮得宛如上千顆亞特蘭提斯能源球。

「帕德嫩神廟看起來真美。」

「是金・凱瑞花錢整修的。」艾爾說：「錢來自被動收入，夥計。」

「這是前所未有的交易，」溫克說：「錢會源源不絕地進入你的帳戶，但還不止。」

攝影室裡出現未來的一場奧斯卡頒獎典禮。他坐在觀眾席裡，丹尼爾・戴路易斯在舞臺上撕開一張厚信封，宣布獲得最佳男主角獎的人是——

你們這些王八蛋，凱瑞心想。

這幅畫面感覺如此真實。

「金・凱瑞。」傳奇演員宣布時，並不感到驚訝，而是顯得滿足，臉上傳達喜悅和安心，彷彿某個重大錯誤終於獲得糾正，彷彿現在宣布的這項消息讓這個世界變得更公正也更宜居。凱瑞轉身看到一張張喜悅的臉孔，每個揚聲器都爆出掌聲。

丹尼爾・戴路易斯用拳頭搥心口兩下。

親愛的耶穌啊，這個場面是如此幸福。

如此激昂的肯定——

他走向戴路易斯，渾身每一顆細胞都被多巴胺激發，而就在他即將來到杜比劇院的舞臺前的時候——這幅幻象消失。

「這還沒成真，」溫克說：「目前還只是個美夢。」

「我該怎麼做？」

「我們已經收集了你所有的數據，只要你說一聲，他們就能完成這部電影，連同下一部。至於你？你能休息一陣子，去畫畫。」

「我是藝術家，」凱瑞說：「我拒絕讓電腦代替我工作。」

「你去對傑夫・昆斯說這句話吧，」溫克說：「那傢伙已經很久沒做過汽球狗了。」

「他們正在拆掉拉斯維加斯所有的貓王雕像，」艾爾說：「年輕人根本不在乎他是誰。但是這不會成為你的宿命，你將成為永恆。」

永恆。這個字眼確實吸引人。

凱瑞想像自己的數位精華穿越宇宙，雙拳舉在前方，如超人般英勇地穿越半人馬座阿爾法星系，然後經過無數星體和星雲，最後終於飛越宇宙的夢幻邊緣……

「永恆。」凱瑞覺得這是最令他快樂的字眼。

「你將永遠為你的女兒、你的外孫，還有他的孩子提供幫助。」

「你將不再需要努力工作。」溫克說。

「不再需要一大清早開電話會議。」

奧斯卡場面消失了，取而代之的是比之前更誘人的一幅畫面：他在蜂鳥路住處的臥室，一個平靜的夜晚，沒有施工噪音。這幅畫面的中間是他的床鋪。

他深愛的那張柔軟床鋪。

「家，」溫克說：「甜蜜的家。」

「休息，放鬆，」艾爾說：「你如果想工作，隨時可以工作。」

「但是讓未來走它要走的路線。」

此刻，一個跟他現在完全一樣的金・凱瑞出現在床上，穿著他的睡袍，臉上一片平靜。

如此愉快。

如此和諧。

如此可能，可能到殘酷又令他難以抗拒的程度。

這個幻影伸出手，邀請他靠近，他詭異地覺得自己跟它是同一人。他遲疑地走向它，欣賞這幅電腦畫作。他的臉龐，就跟他的臉龐一樣。他的眼睛，就跟他的眼睛一樣。月光照射在他們倆身上，兩者站在這裡，兩個身影無縫疊合，虛擬和真實變得無法區分，兩個自我齊聲呢喃好，好，好，棉質被套跟他印象中一樣細緻，龐大的床墊跟他印象中一樣溫柔。他倒在床上，虛脫疲憊，深深地嘆口氣，這聲嘆息宛如祈禱。

第十三章

「火警！火警！火警！請立刻疏散。」

他在家裡——至少看起來是在家裡——躺在床上。

約斐爾蜷縮在浴室門邊。

「Shoov！」他用希伯來語做出命令，意思是「過來！」。牠們不情願地小跑來到他身邊。他窺視百葉窗外，外頭一片黃疸般的朦朧。

一棵燃燒的尤加利樹倒在泳池邊的小屋上，被砸爛的屋頂成了火葬柴堆。「報告威脅。」他詢問房子。

「池邊小屋起火燃燒。室外溫度是攝氏六十五度。請立刻疏散。」

「大火從不蔓延到布倫特伍德。」

「鄰近住家已經著火。」

「大火不會越過峽谷。」

「我們持否定看法。」

這個數位女性嗓音平時總是自稱「我」，現在為什麼變成「我們」？而且她怎麼知道其他房子的狀況？這些擁有部分靈性的保全系統該不會私下交換名流的祕密吧？他用喀啦作響的膝蓋起身，套上浴袍，駝背走過走廊，兩隻羅威納犬跟在身旁。窗外閃過紅光，他查看屋外，發現深谷陷入火海，將近十公尺高的烈火將餘燼噴向惡魔之風，越過他的院子，草地已經有幾處起火。

他打開門。

一道熱風呼嘯而入，吹得窗簾如受苦亡魂般翻滾扭動。他來到露臺，被熱風燒灼皮肉，整個世界熱得就像原住民的汗屋。空氣灼熱得令他窒息，他拉起T恤遮住口鼻，然後在一張用雪松木製成的休閒椅上坐下。大火以前從沒靠得這麼近。俄國貴族的別墅已經陷入火海，建築的底部大口吞噬氧氣，吐出噴泉般的烈火。令凱瑞在清晨難以成眠的牽引機和鑽岩機這時從腹部吐出火舌。基地臺全都處於滿載狀態，但是阿維．阿亞隆成功發來一條簡訊，說他已經帶珍妮和傑克森撤離了勞雷爾峽谷，不過警察和消防隊擋住了進入布倫特伍德市的道路。阿維建議他開路華休旅車出門，在北邊跟他們會合。

「告訴珍妮我愛她。」凱瑞回信，但是訊息一直傳不出去。

在俄國佬的住處土地上，一輛油罐車著火，輪胎爆開，接著油缸爆炸，震碎了別墅東北側的玻璃窗。真美，凱瑞呆若木雞地看著這一幕，心想：就讓大自然為所欲為吧，抹去這個讓人看不順眼的東西，清洗這片土地，讓它回歸荒野。

北側出現橘白色的光芒，那裡的火勢更強，簡直就像生動的電腦動畫。一棟著火的屋子裡傳來樂聲，和絃聲給這個夜晚帶來哀怨的莊嚴感，聽起來像作曲家菲利普．葛拉斯的曲子。他想起在沙漠的半球形建築裡躺下來、睡一場數位午覺。溫克和艾爾把他視為災難片演員？現在這個場面真的正在發生？他打開 iPhone，點開推特，最新的頭條新聞似乎都確認了這場危機。

大火失控。

只有百分之五的火勢受到控制。

推特上正在流行「#火場自拍」，人們爭先恐後地直播自己灌滿腎上腺素的臉龐，盡可能靠近烈焰，挑戰彼此接近死亡。許多人消失在濃煙裡，就為了獲得陌生人的按讚。

東風增強，把深谷中央處的火勢提高了將近二十公尺，閃閃發光的餘燼飄過凱瑞的草坪和房屋。他舉起雙臂，皮膚上沾滿灰燼。他在玻璃門上看到自己的倒影，頭髮和肩膀也沾染了塊狀灰燼，他看起來就像被歲月催老。他綻放微笑，想像自己被吹走、與灰燼合而為一。他平心靜氣，聽天由命，平靜得宛如佛陀。他為了飾演毛澤東所做的準備，他深入研究的那些令人質疑但絕對恐怖的紀錄片，磨平了死神的獠牙。他熬過了維蘇威火山爆發。

現在這個場面不算什麼。

然後一頭山獅打破了這個平靜氣氛，牠從火中朝他直奔而來，露出門牙，每次縱身一躍就能飛五公尺。凱瑞內心中的平靜瞬間瓦解，化為尖叫。約斐爾立即趕來保護他，露出閃閃發亮的鋼鐵獠牙，撲向大貓，三隻動物的身軀、爪子和肌肉糾成一團，這時一道火龍捲從俄國佬的住宅成形，開始朝蜂鳥路豪宅逼近。

「過來！」凱瑞呼喊，但是兩隻狗沒理他。

「過來！」他重複。兩隻羅威納犬還是沒理他，而是咬住山獅的頸部，拒絕鬆開。大貓拚命掙扎，傷口出血。

情急之下，凱瑞下達一道指令，能壓制牠們受過的訓練。他喊聲「Ahava！」，這個希伯來語的意思是「愛」。

這麼做產生了效果。

對這兩隻狗和這個人類而言，母愛的回憶比什麼都強烈。

牠們放開受傷的大貓，返回豪宅，這時火龍捲以出人意料的高速逼近。兩隻狗雖然全力飛奔，但在途中還是被暴火追上。

凱瑞跑回家裡，最先想到的是自身安危，然後想到寶貴的藝術收藏。畢卡索的「吉他」系列的其中一幅作品，這個開創性的立體風格畫作是在一九一五年的「軍械庫展覽會」上首次亮相。巴斯奇亞的畫作《那不勒斯的閃光》。霍克尼的美麗畫作《蔥》。

我必須挽救它們，為了繁榮著想，他心想，然後停頓片刻，對自己犯下這種弗洛伊德式口誤而感到震驚。繁榮？他現在滿腦子就是想著這種事？他重新檢討這個想法，把它改變成一個更為高尚的動機：我必須挽救它們，為了後代著想。

但他總覺得第二句臺詞的說服力不夠——第一句比較好。

家中的音響系統開始播放歌劇《諸神的黃昏》中的《齊格弗里德的葬禮進行曲》。保全系統選擇這首曲子，是因為察覺到自身的塑膠部件開始融化，覺得現在該是道別的時候。在愈加激昂的銅管樂和弦樂聲中，凱瑞想起一個比其他寶物都珍貴的至寶：查理・卓別林的拐杖，這是他在一九九五年用《蝙蝠俠3》的片酬買下的拍賣品。

在購買的當時，這支拐杖是他最神聖的物品，它證明了他獲得了成功，讓他打從靈魂深處感到滿足。

卓別林不只是激勵了他，更是造就了他，讓他明白任何動作，無論只是一個吻，還是玩弄麵包，都能顯得與眾不同，都能擁有魔法般的魅力。查理・卓別林總是能讓毛毛蟲蛻變成花蝴蝶。他透過喜劇來揭露——而非逃避——人類困境的真相。他曾矇著眼睛滑溜冰鞋，就像行星繞著黑洞轉。他曾拍攝一名工廠工人被捲進機器、慘遭齒輪咀嚼，來表達當時的人們變成了物品。查理・卓別林用來對抗悲慘世界的武器是……不是小刀，不是槍械，而是一支拐杖，動作溫柔，用於示意，指揮家的指揮棒。他無意冒犯霍克尼、畢卡索和巴斯奇亞，但在這一刻，金・凱瑞最想挽救的，是卓別林的拐杖。

為了達成這個目的，他走進熱氣蒸騰的客廳，從壓克力支架上抓起脆弱的枴杖，緊緊抱在胸前，然後走向門口，這時聽見一陣駭人的碰撞聲。院子裡最高的一棵垂柳樹倒塌下來，砸破屋頂，撞斷了梁柱，把金・凱瑞困在翻倒的玻璃飯桌和一團燃燒藤蔓之間。

儘管如此，他還是緊抓著卓別林的拐杖，還是希望能逃出生天，爬上安全地停在路邊的路華休旅車。這時火勢加劇。設定於攝氏二十度的中央空調系統從發電機汲取了電力，把最後一道風吹進屋內，這棟破碎的房屋因此成了真正的煉獄。凱瑞開始向宇宙討價還價，尋求救贖。

他發誓悔改，願意放棄所有世俗快感；如果某件事很有趣，他就會避免去做。他願意把名字改成法蘭西斯，或是西門・彼得。如果宇宙想賜給他某種超能力或技能，像是能治病或跟鳥類說話，能讓他在這一行顯得與眾不同（他也不介意擁有一小群追隨者，不需要很多，只要他們全心全意相信他），那他也會很感激。

宇宙不需要這麼做，但如果這麼做，他會很感激。

「救我，」他蜷縮身子祈禱：「拜託。」

火舌竄得更高，屋頂嘶聲呻吟。

高溫正在烘烤他的眼球。

前門傳來另一道爆炸聲，他猜應該是那輛油罐車爆炸。

他心想：我死定了。他閉上眼睛，就像臣服於深海的水手，等著某個會把故事說完的景象出現，但它沒出現。時候到了，他心想，死亡，慢慢飄進虛無。

然後，就像英雄神話和電影裡的情節，他聽見一個救命之聲。這個女性嗓音英勇無懼，如鋼鐵般強韌，就像一條冰涼的濕毛巾蓋在他的心靈上，唱起最悅耳的歌曲——他的名字：「金？金・凱瑞？」

這是他想像出來的天使？祂要帶他進入忘記一切的境界？

「是的……」他恐懼地啜泣。「我在這兒……」

「在哪？」

「我在新建的日光室裡。」他抬頭望向破損的天花板，說出最後一個笑話。「妳一看就會知道。」

他在濃煙和塑膠燃燒的惡臭中看到那些人——「失落之女」，由極端主義老兵組成的菁英團隊，每個人都至少失去一條肢體，此刻都來救他。

「我的房子。」明星說話時顯得精神錯亂，這時個子最高的一人做個強而有力的深蹲動作，搬開了壓在他身上的飯桌。「我的房子！」

「隨它去吧。」

「我的財物！」

「你該因為擺脫了它們的拖累而感到慶幸。」

「妳們是誰？」他把卓別林之杖緊抱於胸前，對這些穿戴氧氣面罩和鋁箔防火衣的女子感到好奇。

「我們是DoA。」

「失落之女（Daughters of Anomie）？」

「放輕鬆。」她們把呼吸器蓋在他臉上，抓住他的四肢，把他從差點成了墳墓的地方抬起來，搬去玄關。他看著波浪狀火焰爬過天花板，火光反射於她們的鈦製義肢。來到屋外後，他看到火龍捲瘋狂舞動，無數餘燼如城中所有自私祈禱般裊裊上升，飄進夜空。

親愛的上帝啊，請拿掉我大腿裡的橘皮組織，好讓我能一嘗在海灘展示身材的滋味……

嘿，天父，請讓我能一直搭乘私人飛機直到末日到來，好讓我能更接近祢……

她們把他抬過大門，來到蜂鳥路，把他搬進她們的悍馬車，這款是油電混合型，從《傭兵雜誌》裡買來的。她們脫下防火衣的時候，凱瑞打個冷顫。她們大多都像陸戰隊那樣剃光了頭髮，身穿橄欖綠背心，胳臂粗壯結實，肩膀寬而強壯，就像奧運排球隊，就連義肢也看起來像高科技產品。

一名女子用防火毯裹住他的身子，另一名女子掀開他的浴袍，把注射器扎進他左邊的屁股。

「妳給我打了什麼？」凱瑞問道，突然覺得暈眩。

「只是一點點快樂劑，來自托班加峽谷罌粟園的純天然成分。」幫他打針的女子答覆。此人名叫芭絲希芭・布蘭納，就讀於哈佛大學時加入了預備軍官訓練團，服役是為了日後追尋公務員的職業生涯，後來成了綠扁帽特種部隊的成員，在伊拉克對抗伊斯蘭國組織時認為恐怖主義就是新的激進主義。

鎮靜劑造成的放鬆感席捲了凱瑞全身。車子在輪胎吱嘎作響下高速駛離他的房子，車內的監聽器正在播放警察和消防隊的無線電通訊。

「蓋蒂中心他媽的著火了！」

「油輪呼叫龐希爾，油輪呼叫龐希爾……」

「我有三十個人被困在這裡，而且——」

悍馬車來到日落大道的時候，監聽器裡傳來淒厲尖叫。在前方的道路上，諸多車輛的車尾燈延伸成一公里長，最末端的紅光就像Netflix的商標畫面。

凱瑞覺得肺臟灼熱，吐出一團沾滿灰渣的痰。一隻鈦手把一瓶水遞給他，他抬頭望向這張精緻的臉孔和閃亮的杏仁臉。這個體型魁梧的士兵以前仍是男兒身時，名叫薩爾瓦多・馬林內利，原本是個胸無大志、成天在賽狗比賽下注的賭徒，變性後改名莎莉・梅伊，透過有機園藝和合乎道德的搶銀行活動找到了新的人生意義。

「沒錯，大口灌。」莎莉・梅伊俏皮地對他眨個眼。

警察們在整條日落大道上忙著維持秩序，在路上施放鎂火炬，向一名肌肉發達、渾身芬迪行頭的金髮女子表示，他們雖然理解她急著去領取吉夫花生醬的比賽獎金，但她還是必須跟其他人一樣等火勢受到控制再說：「咱們現在地位平等了，婊子。」

前方一段距離外，一個家庭拋棄了所乘坐的速霸陸，父親拖著幾個行李箱，母親抱著一個嚎啕大哭的嬰兒，一旁的小男孩手持玩具光劍嚴陣以待，彷彿能保護全家人。他母親伸手遮住他的眼睛，因為一名只用 IKEA 購物袋遮身（袋子挖了三個洞，以便雙臂和腦袋從中伸出）的男子從後方跑來，穿梭於這條車陣。他把陰囊當成小丑喇叭般擠捏，嘴裡喊著「叭！叭！」，穿梭在車輛之間。人們暫時忘了困境，而是舉起手機，把這個看似七十幾歲的老頭搖晃性器的畫面拍攝下來，上傳 Instagram，給已經滿載的衛星系統造成更多負擔。空氣靜止片刻，接著沿陡坡飛奔而上，吹得火勢更熱更猛。凱瑞望向馬路對面的布倫特伍德酒店，能看到在窗戶裡幽會的住客們，有些正在匆忙穿衣，打電話給遭到劈腿的元配；接著，有幾人驚恐地盯著日落大道，看到馬路上爆發一團青焰，看起來就像巨大的本生燈。震波捲過車陣。

「是瓦斯管線爆炸。」說話的女子名叫薇洛，是西維吉尼亞州一名卡車司機的女兒，為了大學學費而加入陸戰隊，曾在伊拉克的費盧傑市救了戰友們兩次，後來被一枚土製炸彈炸斷了右腿，醫藥費使得她全家破產後，她加入了失落之女的陣容。

一塊塊著火的柏油碎塊撒在悍馬車的車頂上。

「媽的。」說話的卡菈是個令人驚豔的黑人女性，她是一名中士的女兒，畢業於西點軍校，每天起床後會做一百下單臂引體向上，同時背誦《伊利亞德》裡的臺詞。她在阿富汗被迫擊砲炸斷了左臂，因而結束了軍旅生活，並陷入了嚴重的憂鬱症。她是在推特上認識比她年輕的芭絲希芭，對方告訴她，她們還是能為「美國精神」帶來貢獻，辦法是做好準備，因為美國的政治體系遲早會自我毀滅，而這個說法讓她再次找到活下去的力量。「這下子所有管線都會爆炸。」

痛苦尖叫、人們在車裡慘遭焚燒，這引發了更多混亂。車子馬力夠大的駕駛人，把車開向分隔島或人行道上。一輛裝有巨型輪胎的福特皮卡車把一連串的停車計時器如保齡球瓶般撞倒。卡菈也加入這場碰碰車大賽，使勁衝撞前方的韓國起亞汽車，同時下達命令。

「芭絲希芭，丟閃光彈，扔在那輛育空休旅車和日產尖兵中間。」

凱瑞看著芭絲希芭用牙齒拔掉手榴彈的保險銷，欣賞黑色鋼鐵如何襯托她柔軟的粉紅嘴唇，以及她把手榴彈丟出窗外時多麼輕鬆優雅。

「我們比較喜歡採用非致命手段，」車子開出車陣後，芭絲希芭對凱瑞說：「我們在沙漠戰爭中看過太多死亡。」她用一把霰彈槍朝一輛拒絕讓路的賓士發射橡膠子彈，打碎了它的後擋風玻璃。卡菈踩下油門，讓悍馬車爬上起亞的引擎蓋，把這輛車壓成鐵餅，然後開進肯特街。

「天啊！」凱瑞感到害怕又困惑。「妳們在做什麼？」

「嚴格來說？」莎莉・梅伊答覆：「這是綁架。」

「在發生大火的時候？」

「這時候家家戶戶都沒鎖門，我們向來把握危機。」

「為什麼挑我？」
「因為我們喜歡你，金，我們真的很喜歡你。」
「你們綁架我是因為喜歡我？」
「我們得知一個道理：只要做得好，其實綁架能給每個人帶來正面體驗，」芭絲希芭說：「我們一開始是綁架矽谷的傢伙，為了取得資金，弄到最先進的義肢，也避免大型科技公司成天掠奪我們的隱私和尊嚴。」
「這麼做一開始感覺很對，但後來變得乏味透頂，」卡菈邊說邊避開一輛富豪汽車。「那些傢伙是享盡特權的巨嬰，他們一被抓到就開始尖叫個不停。我們只好用大力膠帶貼住他們的嘴，而這讓他們想起以前被霸凌的回憶，結果開始發抖、尿褲子。」
「如此一來，我們只好把他們五花大綁，但這讓事情變得更糟，因為居於高位的這種人很討厭被人觸碰，」莎莉・梅伊說：「有些人緊張得沒辦法為我們表現。」
「為妳們表現？」
「等資本主義自噬而亡後，我們必須重建社會，」芭絲希芭說：「為了達成這個目的，我們需要精種，而你這種男人能為我們播種。」
聽見這番話，他的老二在浴袍底下應聲勃起。他試著把心思集中在這場世紀末日上，想著布倫特伍德市那些即將被迫離家的鄰居。每一家五星級酒店都住滿人，他們要在哪棲身？他聽說過一些傳聞：有些人入住華美達酒店後，在享用附贈的早餐時必須爭奪小塊的甜瓜和迷你的牛角麵包。這個想法令他清醒，也帶來了他想要的效果——勃起狀態消退。這時車子從肯特街駛進邦迪路，然後進入聖維森特路，高速壓過燃燒的刺桐，駛向布倫特伍德鄉村俱樂部。

悍馬車開進一條崎嶇小道，然後開進高爾夫球場，車輪掀起昂貴的球道草皮和大塊泥土。

「這樣走比較安全，」卡菈說：「然後我們走小路前往托班加。」

「托班加？」

「我們在那裡有個藏身處。」

悍馬車加入一條緩慢行駛的休旅車隊，這個車隊從聖維森特路撞破了俱樂部的鐵絲圍欄，這條路現在就像一條火焰藤蔓。

凱瑞把臉壓在車窗上——

他才剛看到俱樂部的看板上寫著「創立於一九四七年」，這塊看板就被火焰吞噬。飛灰和餘燼在紅寶石色的天空呢喃。悍馬車經過一輛別克休旅車，這輛別克的鍍鉻輪框因反映火光而呈現琥珀色，後座的紅髮女孩認出凱瑞，興奮地對他揮手，她的天真無邪令他感動。他做出回應：把嘴角勾向眼睛，把眉毛挑到邪惡的角度，直到女孩認出這是鬼靈精的臉龐而咯咯笑，完全忘了對火災的恐懼。車子高速開過果嶺，越過一條小溪，最後開過一道沙坑，有個人還在這裡打球，不斷地試著把球打回果嶺上、完成這場球局。凱瑞扭轉脖子，看著這個瘋子，發現對方就是給自己當了二十年經紀人的艾爾・斯皮爾曼二世。艾爾似乎在跟大地交戰，他不斷擊球，咒罵連連，但每次揮桿只是讓球更深陷於沙坑。

「等等，我認識那傢伙。」

「什麼傢伙？」

「那個傢伙。」

「這裡沒人。」

「停車！」凱瑞雖然跟斯皮爾曼有歧見，但還是在乎他，希望他平安。

「你似乎誤會了綁匪跟肉票之間的地位關係。」卡菈邊說邊把車駛離沙坑，讓凱瑞看到一團黑煙飄過球道，可憐的艾爾身影為之消失。

「我們是會改變的，」莎莉・梅伊把鈦手放在凱瑞肩上，這個強大女子的同理心如此深沉，他似乎能感覺它正在流過她的合金手指。「有時候我們確實會拋下人們。」

無線電劈啪作響，這團扭曲的雜訊不斷高漲又平息，破碎又重組，每次都逐漸變成凱瑞聽過最悅耳的天籟，這些音符的療癒能力甚至超越了他在高壓氧艙裡播放的神聖旋律。

「換個頻道。」芭絲希芭吩咐。薇洛照做，但是音樂聲再次出現，彷彿跟一個在西側天空出現的幻象——一個閃亮的圓盤——彼此綁定。

一開始，圓盤看起來像是被窗面雨滴放大的星光，但它靈巧地沿正三角形的路線飛行，而且雖然位於遠方，也明顯比一般星光龐大許多，而且它發出的光芒未曾閃爍。

「那是什麼？」芭絲希芭指向空中。

「無人機？」薇洛猜測。

「那是他媽的超大型無人機。」

「也許是氣象氣球？」

「妳們是藍皮書計畫的成員？」凱瑞說。藍皮書計畫是美國空軍為調查不明飛行物而成立的研究計畫。「那是他媽的幽浮。半機械女兵、大火、我死掉的老爸打電話給我，現在出現他媽的幽浮？這件事的幕後主使究竟是誰？」

「這件事是指什麼事？」

「別理他。繼續開車。」

「可能是TPG。」凱瑞思索。

「TPG是誰？」

「TPG是CAA的母公司，他們擁有我的數位精華，可能也擁有妳們的數位精華。他們在沙漠裝設了上百臺大型電腦，現在這一切可能就是其中一臺搞的鬼。」

「電腦模擬？」

「為什麼不可能？」

「因為我們才剛把你從一棟失火的屋子裡拉出來，王八蛋，」卡菈說：「我們是活生生的人，我們受過折磨，曾經失落，因為苦難和損失而改變。」

「我們經歷過的痛苦證明了我們真實存在。」芭絲希芭說。

「妳們有沒有曾經覺得失去的肢體依然存在？」凱瑞問。

「別提這個話題。」

「可是妳們有過這種經驗，是吧？幻痛，感覺到失去多年的腿或胳臂。有時候人們會感覺到根本不存在的東西。」

「芭絲希芭，再給他打一針。」

「其實，我覺得他說得有道理。」

凱瑞口袋裡的 iPhone 發出震動。

「給我。」莎莉・梅伊說，然後看到來電者的名字。

「是尼可・凱吉，」她宣布：「我們該不該讓他接聽？」

「我不確定耶……」芭絲希芭說：「他常常強化制度性父權主義的壓迫性教條。」

「其實，我覺得他很性感，」卡菈說：「而且他那種強烈的表現派演技完美捕捉了我們這個時代的瘋狂。他的演技絕對參考了一九二〇年代的德國。他是個先知。」

「我完全同意，」薇洛說：「凱吉在戲劇藝術方面的成就就像飛行員查克・葉格，突破了世人原本以為無法突破的屏障。」

「好啦好啦，」凱瑞說：「能不能把手機還給我？」

「你是他媽的人質，」薇洛說：「通訊方面由我們掌控。」

「這我可不確定，」凱吉的電話被轉進語音信箱時，凱瑞說道：「如果TPG到處買下數位精華，他們大概也獲得了凱吉的數位精華，他們會持續折磨我們，直到我們接聽這通電話。他們會對我們做出很惡劣的攻擊，奪走我們愛的人，而且——」

「把手機給他，」莎莉・梅伊說，這時凱吉再次打來。「省得他胡言亂語。」

「好吧，」卡菈說：「你得打開擴音模式，而且別亂來。」

莎莉・梅伊按鈕接聽，悍馬車裡頓時充斥著尼可拉斯・凱吉五音不全的歌聲，他開心地高唱深受歡迎的聖誕頌歌《你聽到我聽到的嗎？》。

「在高高的天空，小羊兒！你看到我看到的嗎？」

「尼可？」
「是顆星星，星星，在夜空中舞動！」
「是啊，我們有看到，」凱瑞瞟向太空船。「我們都在看著它。」
「我以前看過這一幕，老兄！在那場馬里布記憶檢索大會。」
「我知道，尼可，我當時也在場。」
「你現在在哪？」
「現在？我跟失落之女在一起。」
「那個女權主義特攻隊？真他媽酷！」
「是啊，她們人挺不錯的。」凱瑞說：「總之，我被她們綁架了，現在要去托班加。」
「我靠，你不可能去得了，」凱吉說：「托班加峽谷現在成了火窯，你不該進去，除非你是等著被烘烤的陶器。至於那架飛碟？我知道那些傢伙是誰，我見過他們醜陋的蛇臉。他們在世界各地追著我跑，我為了擺脫那些蛇型王八蛋而買了十棟房子，但他們還是一直出現。我花了好多錢裝修那些房子，這種感覺爛透了。」
「嗯，」芭絲希芭說：「他把自己看成世界的中心。」
「把這句話收回去！」凱吉厲聲道：「不管妳是誰，給我把這句話收回去！」
「我拒絕。」
「聽著，大家都知道我經常扮演時勢所逼的英雄，但別以為妳能隨意羞辱我。小心我跟妳——」凱吉吸氣，出於只有他自己知道的原因擺出五個誇張的銳角姿勢，然後像唱歌劇一樣高聲道：「玩真的！而且政府不願意聽我說話，因為只要在黑市買了隕石，就會被列入某種名單。但這不是我選擇的，好嗎？這是被加諸在我身上的重擔，無比沉重……」他的嗓音顫抖，融化了每一顆失落之女的心。「來我這兒，金米，」凱吉做出結論：「其他的路都會通往死亡。」

一支燃燒的棕櫚枝掉落在擋風玻璃上。

「你在哪，尼可？」

「在你的馬里布住處。」

「為什麼？」

「你說過我可以住在這兒。」

「什麼時候？」

「上個月。」

「我的意思是一兩天。」

「是嗎？那我告訴你，老兄，需要乃發明之ㄇㄉㄈㄎ。來馬里布。走松樹路去聖莫尼卡，然後從那裡沿海邊北上過來。」

「松樹路？」芭絲希芭問。

「通往海邊的一系列小路。」凱瑞答覆。他在一九九六年夏天曾和潘蜜拉・安德森有過一段短暫但開心的感情，當時走過這條路。「在『道德法則』時代，情侶們會為了避免被人們知道出城而走松樹路。」

「現在要漲潮了，」凱吉說：「水會讓你保持安全。這是你唯一的選項。」

「托班加陷入火海。」薇洛查看推特上的火災推文，確認了這件事。

「那我們別無選擇。」莎莉・梅伊說。

「動作快，」凱吉說：「祝你一路順風。」

悍馬車駛過球道，經過著火的俱樂部建築，穿過悶燒的前院，拐進巴爾迪路，進入松樹路，路邊的受驚居民正在用水噴灑自家草地，收拾珍貴物品。不久後，悍馬車來到聖莫尼卡碼頭，數百名逃難民眾給碼頭的木板和樁基帶來沉重負擔。醫護人員為燒燙傷患者進行檢傷，諸多餐廳拿出食物為人們救急。聖莫尼卡碼頭的著名摩天輪雖然沒人乘坐，但仍在轉動，紫色霓虹燈劃過濃煙。失落之女一行人在太平洋海岸公路上努力行駛了一哩路，然後在前方看到托班加大火的後側邊緣。就連薇洛——曾在費盧傑戰役殺過十七人——看見山丘完全陷入明亮橘火的時候，也忍不住倒抽一口氣，說聲：「看起來就像被汽油彈轟炸。」

動彈不得的車陣一路塞到高速公路上，迫使一行人下車徒步，來到海灘，拖著沉重的武器和彈藥，兩邊到處都是流浪狗和流浪馬，陡坡上的棕櫚如火炬般燃燒，為他們照明引路。

在這個承受劇痛的城市裡，凱瑞在漲潮中辛苦跋涉，體力終究不堪負荷，虛脫倒下。莎莉・梅伊將他抱起；她曾在史丹頓島大學的橄欖球隊擔任游衛，能臥推一百八十一公斤。他用雙臂摟住她的頸部，感覺她的人造乳房壓住他的臉頰。他閉上眼睛，睡著片刻，然後驚醒——

「喬琪？」他倒抽一口氣。

「她很安全。她在波多黎各，跟林曼努爾・米蘭達在一起。」

「妳怎麼知道？」

「我有在Snapchat上追蹤他們倆。你好好放鬆。」

火光從她的鈦製義肢反射進入凱瑞放大的瞳孔，上下延伸而且看似長出羽毛，宛如天使之翼。

※※※

在馬里布市外側，他們看到北上車道為何阻塞——最靠近海邊的峽谷發生了一場波及六十輛車的連環車禍。警笛拚命尖叫，一輛埃克森石油公司的油罐車發出震耳欲聾的爆炸，汽油烈焰噴向四面八方，再次席捲了一輛賭場接駁車，這輛車上早已碳化的諸多屍體停格於逃難狀態，嘴巴發出無聲尖叫，臉龐因痛苦而扭曲，手僵在抓扒的動作當中。人們急著逃向海邊；最強壯的一些人已經逃到海邊頂端的石頭上，結果成堆地死在這裡。漲起的潮水在石頭下方開出了一條狹窄的安全通道，濕沙將大火攔阻在外。在這裡，大海沖走死者，包括會計師、水管工人、教師和藝術家，大浪把他們打成一團漿糊。凱瑞緊緊抱著莎莉・梅伊，被她抱著走過潮水，他在骨灰當中看到以前見過的人們，他們被滾滾而來的潮浪沖走。

他看到金叔叔，他就是以這個叔叔的名字命名。金叔叔身穿卡其西裝，打了一條棕色領帶，身子緊緊蜷縮成U形。這個叔叔是個珠寶商，曾因為天主教信仰而送給他一支袖珍摺刀，上頭刻著古老諺語：「眼前之事終將成為過去。」

潮水滾滾而來，然後退去——

他看到較為年輕時的健身大師理察．西蒙斯，穿著熱褲和星條紋背心，雙手抓著一袋撒了糖粉的小甜甜圈。

潮水滾滾而來，然後退去——

另一具屍體是海倫娜．聖文生，眼裡充滿恐懼，頭上用髮夾固定的白金色假髮脫落一半，整個人被潮水甩動，最終捲走。

在這一刻，凱瑞昔日的信仰壓過他後來出現的所有存在主義想法，他突然蠕動嘴脣，說出修女們教過他的祈禱詞：「萬福瑪利亞，滿被聖寵者……」他在內心深處依然相信這句話能召來真正的魔法，能召來耶穌這個雅利安裔神人的聖母來保護、引導他。他懷著悲劇性的希望祈禱，告訴自己「失落之女就是天使的化身」，而且納悶為何自己的心靈就是堅信靈魂的存在。莎莉．梅伊抱著他走過令人心碎的沙地時，他祈禱不只一次，而是很多次。

馬里布市的萬家燈火進入眼簾，其中之一就是他的房子，尼可拉斯．凱吉在二樓陽臺用望遠鏡看著他們一行人。「勇往直前！」他喊道，把辛苦贏來的中世紀長劍舉向蒼天。「你原本確信自己擁有的那些東西，現在都必須拋下。接觸之刻已經降臨在我們身上。現在該目睹鑽石的所有琢面了。」

第十四章

露臺周圍布滿鋒利鐵絲網，堆滿沙袋。

凱瑞進入家門時疲憊不堪，因為走了好幾哩路而胃袋痙攣，喉嚨和肺臟被濃煙嗆得灼痛，但他無法獲得亟需的平靜。廚房的中島上放著一箱烏茲衝鋒槍。在早餐區的角落，西恩・潘、凱西・葛雷莫和葛妮絲・派特洛盤腿而坐，忙著組裝一架肩射式飛彈發射器，諸多零件散落在一個木箱周圍，箱子上寫著「安哥拉武裝部隊」。

「刺針飛彈的可編程微處理器，是雙頻道紫外線追蹤與比例導航飛彈系統。」葛妮絲啜飲一杯桃紅葡萄酒，朗讀說明書。「追蹤器的光譜分辨系統，是由冷卻裝置裡的氬氣予以冷卻……」她在四散的零件裡尋找，綻放俏皮的微笑，拿起一顆小小的鋼球，大聲說出疑問：「就是這玩意兒？」

「不是，」薇洛答覆：「那是振盪調解器。」她走上前，加入這群人，拿起幾個零件，老練地拼裝，在幾分鐘裡拿出的成果比他們忙了一整晚還多。「火箭在哪？」

「浴缸裡。」葛妮絲說。

「什麼？」凱瑞說：「你們他媽的在做什麼？」

「我們在為戰鬥做準備。」凱西・葛雷莫說。他身上是從二十世紀福斯片廠的服裝部門偷來的衣服：拿破崙風格的大衣，二次大戰的鋼盔上有四顆巴頓將軍風格的星星。

他似乎被巴頓將軍的亡魂附了身，抬頭看著凱瑞，咬牙說出庫柏力克執導的《金甲部隊》裡的臺詞：「你何不加入團隊，幫忙打贏這場仗？」

「厲害，」凱瑞說：「你把這句臺詞說得維妙維肖。」

「哎，謝謝你！」凱西鬆了一口氣。「我在腦海裡說這句臺詞的時候，感覺很好，但是除非說出口，否則我沒辦法確認。」

「我們原本和納奇茲一起看著這場大火，結果他家也被燒掉了。」身穿越戰軍服的西恩・潘解釋：「他的第三隻眼看到了他另外兩隻眼睛無法承受的景象。他那時候吞了一大堆安眠藥，所以適應得不是很好。他這兩天一直發出同樣的聲音。」

「嗯……！」納奇茲呻吟，躺在沙發上動也不動。

凱瑞現在清楚明白，尼可拉斯・凱吉的行為已經超出了合理的「借住海濱別墅」的範圍，比較接近「戰時徵用」。有人把一捆鋒利鐵絲網丟在沙發床上。一箱箱手榴彈堆在飯桌上，一支火焰噴射器歪斜地靠在一個十三公升裝的汽油桶旁邊。大批筆記型電腦在廚房中島上嗡嗡作響，一大堆吃了一半的素雞翅四散其中。

「你他媽對我的房子做了什麼，尼可？」

「我就像施洗約翰，」凱吉說：「預備道路。」

「怎麼每扇窗戶上都有黏糊糊的東西？」

「那是防碎矽膠。」

「幹麼擔心玻璃碎掉？」

「因為我們在側院裡埋了地雷。」

「操你媽的，尼可！你明明知道我反對暴力。」

「就連阿周那神也必須聆聽這個呼喚。」

「別拿《薄伽梵歌》教訓我！」

「嗯！」納奇茲再次呻吟，就像被陷阱困住好幾天的熊。凱瑞轉身看到患病的大師眼睛突起。「嗯！」

「他體內有東西想出來。」說完，凱吉面向失落之女。「那麼，妳們是左派特攻隊？」

「生態恐怖分子，」卡菈說：「兩者之間有決定性的差異。我們有辦法用你們這兒的設備破壞埃克森石油公司的總部，用剩的大概還能對孟山都生化公司發動至少一次襲擊。你從哪弄到這些東西？」

「毒梟矮子古茲曼，」西恩・潘說：「他欠我一個人情。妳是什麼來歷？」

「我待過一〇一空降師，曾部署在阿富汗的卡林哥山谷。旁邊這位薇洛和莎莉・梅伊原本都是陸戰隊的狙擊手，加起來的殺敵人數有八十七人。芭絲希芭原本統治半個巴格達，後來看清了真相。你們幾位呢？」

「我扮演過一位二星將軍，」凱西・葛雷莫說：「雖然那是一齣關於會議室的喜劇，但是《綜藝》雜誌說我演得很有威嚴。」

「我演過《紅色警戒》、《熄燈號》和《越戰創傷》，」西恩・潘把香菸在前臂上捻熄。

「為了那些角色接受過基本訓練。」

「而且你演得很好，」凱瑞說：「非常震撼人心。」

「這我就不知道了，」潘說：「我不敢看自己演的戲。」

「重點是我們需要看自己演的戲，我們能面對自己，」凱吉說：「而且我去年一整年都在深入研究，監視來自牧夫座空洞的訊息。」

「牧夫座空洞是什麼鬼？」莎莉・梅伊問。

「又稱『超級空洞』，」凱瑞說：「我在YouTube上看過。它不應該存在的，可是……它就是存在，一大片空無一物的銀河系。」

「沒錯，」凱吉的眉毛高高挑起。「至少我們原本是這麼想的！但我們現在知道那個空洞只是個幌子，是某個超先進文明的匿蹤技術。他們一直在發送訊息，因為高度加密而能穿透物質。他們就是跟蹤了我一輩子的王八蛋……」他痛苦得嗓音顫抖。「我跟蜥蜴人交手過無數次！在無數個時空、無數個輪迴。不是永恆的循環，才不是，那可就太慈悲了，而是某種折磨。而在這段期間，我建立了還不錯的演藝生涯。」

至少他的淚水看起來像真的，也許是表達他討厭演戲被定型，又或許是他對這個故事發自內心做出的反應；在其他信仰都分崩離析的時候，他把這個故事當成個人信仰。卡菈對這名男子，對所有男人，感到真正的同理心；男人就像一個傻傻的物種，一群任性的孩子，想讓自己成為特別的人物。

「尼可剛剛那個說詞，說他有過多少前世，這無法以科學證明，」葛妮絲・派特洛開口：「但其他部分的說詞都獲得了證實。我們捕捉到了他們的訊息傳輸，複雜得不可思議。他們透過扭曲光線的方式來隱匿行蹤。只有一種動態遞迴神經演算法能讓扭曲的光線恢復正常。幸好，我在經營我的Goop網站的時候，有學過怎樣寫那種演算法。」

「妳經營生活風格網站的時候，學會編寫演算法？」凱瑞問。

「那個網站給了我動機，」派特洛說：「至於學習的部分，是在麻省理工學院。」

「妳去過麻省理工學院？」

「當然，」派特洛說：「這年頭什麼事都能在網路上做，但這不是重點，重點是：接觸之刻已經到來。」

伴隨尼龍搭扣的撕扯聲，凱吉從大衣內側拿出一個遙控器，按一下按鈕，關掉了室內的燈光，然後再按一下，打開了客廳的伸縮式天花板，露出上方的夜空。奧勒岡生態恐怖分子和好萊塢演員們在黑夜下聚成一團，驚奇地仰望發光的球體。

「也許他們很友善，」凱瑞說：「就像送來一籃水果的鄰居？」

「他們早就忘了『友善』怎麼寫！」凱吉做出貓王風格的空手道踹踢。「葛妮絲，能不能請妳向他們示範？」

葛妮絲・派特洛登入電腦，解釋：「我的好友伊隆・馬斯克借給我一架人造衛星，我現在要用它掃描那架飛碟周圍的空域。你們不用害羞，靠過來一點。」

大夥聚在她的螢幕周圍，畫面上是房子上方的天空。「這是我們這個世界目前的模樣。」說完，葛妮絲・派特洛飛快按幾下鍵盤，畫面大幅改變，發光物體不再只有一個，而是周圍出現許多個，軍團般的光球就在房子上空懸浮。

「這是我們這個世界目前真正的模樣。根據計算，這種飛船超過五百艘，而且有更多艘持續到來，在東京、雪梨和巴黎上空聚集，而且全球幾乎每個大城市上空都有。」

她放大其中一艘船的畫面，揭露它極其流線的造型，完全不是人類所能製造。

「他們是誰？」凱瑞的嗓音突然顯得稚氣。

沙發再次傳來痛苦的「嗯」聲，來自納奇茲・古許這個人心中的精神崩潰，他全身僵硬，慢慢說出令他驚恐的兩個字：「怪物。」

接著，在一道耀眼的閃光中，諸多飛碟的輪廓從螢幕上消失，只留下一片平凡無奇的夜空。

「他們知道自己被看見了。」芭絲希芭說。

※※※

隔天清晨，凱瑞早早醒來，躺在床上滑手機。

推特報導超過二十個大城市上空出現幽浮。

北美空防司令部在東西兩岸緊急派出了戰機。梵蒂岡廣播了教宗為「和平接觸」所做的祈禱，當地的神學家們努力試著用聖經來解釋外星人接觸，爭論這些太空船是由天使還是惡魔駕駛。山達基信徒沒有這種問題；對他們來說，飛碟是對他們這份信仰的終極佐證。他們在Instagram上大肆宣傳「羅恩（山達基創始人）是對的」，而且呼籲資深成員去位於聖哈辛托的總部集合，他們正在那裡建造一座由霓虹燈照明的圓形幽浮起降場，準備了大量的香檳和松露起司通心麵，並在戶外擺放了一千張椅子，準備看露天電影《地球戰場》（該電影的原著小說就是山達基創始人的著作）。凱瑞雖然完全能接受這個瘋狂的新聞——畢竟他曾經認定自己的靈魂是棲息在胸腔裡，曾在許多晚上試著解放它——但之後發生的事令他不安。有個廣告占據了他的手機螢幕——

廣告一開始，是一支銅管長號吹出幾個音符，每一聲聽起來都像打噴嚏，鏡頭持續靠近一個令人眼熟的鼻子。這個鼻子滴著鼻涕，而且鼻子的主人是以電腦動畫完美繪製的馬龍・白蘭度。周圍光線昏暗，暗指這是白蘭度在《現代啟示錄》裡扮演的寇茲上校。他對著Kleenex面紙用力擤鼻涕，然後攤開面紙，看著上頭的分泌物，然後轉頭對觀眾說話。

「恐怖！恐怖！恐怖——鼻塞真的很恐怖。我是馬龍・白蘭度。我在生前演過不少好戲，很多人覺得我是最好的演員，但如果我當時有Mucinex化痰藥，就能當個更好的演員。」

他吞下一顆藥丸，立刻獲得治癒，臉頰紅潤；剛剛喉嚨裡還有痰，現在已經能高歌一曲。

他深吸一口氣，轉過身，後方的絲絨簾布分開，揭露一個擠滿人的百老匯劇院，人們歡呼、投擲玫瑰。他優雅地撿起一朵，拿到鼻前嗅聞。下一個鏡頭不再是白蘭度，而是一瓶Mucinex化痰藥的特寫，由一盞小小的聚光燈照明，一朵玫瑰精準地落在它前方，然後廣告結束，螢幕上的影片是諸多光球在雅加達上空飛舞，鎮暴警察揮動警棍，殘暴地鎮壓上萬個受驚的民眾。凱瑞把iPhone收進口袋。跟一萬名雅加達人面對的困境相比，更令他沮喪的是馬龍・白蘭度死後還被拿來做業配。

他來到樓下。

葛妮絲・派特洛睡在客房裡。西恩・潘和卡菈睡在氣墊床上，納奇茲・古許和薇洛睡在客廳的沙發上。凱瑞這幾年一直試著減少咖啡因的攝取量，但這個掙扎就跟其他許多掙扎一樣，感覺像是上輩子的事。

他給自己煮了杯咖啡，然後來到露臺。

凱西・葛雷莫和芭絲希芭抽到早上放哨的籤，但在值勤時警戒心態轉為好奇。他們把烏茲衝鋒槍丟在沙地上，像小學生而非情人那樣手牽手，敬畏地凝視海上。一支外星艦隊最前排的幾艘飛船飄在上空約一哩處，幾乎沒給海面造成絲毫驚動。它們朝水面發射一團玫瑰金光，這道光照亮沙灘上每一粒沙，似乎撫平了海浪和山丘上的大火。這道光掃過凱瑞的臉，給他帶來了持續的平靜感，並伴隨著他聽過最優美的聲音。懸在空中的諸多飛船發出神聖的和聲，具有療癒功能的音波貫穿身軀，讓人們擺脫所有恐懼、羞愧和擔憂……

凱瑞感覺心中的重擔為之融化，這份重擔原本變得無比沉重，沉重得早已令他習以為常。在這一刻，他感覺到一個有連結性質的深沉存在，靈魂和肉身之間不再有著不和諧。這份和諧感完全占據了他，他幾乎沒注意到海灘被大批動物占據。馬里布市的每個馬廄都放出了裡頭的馬，斑馬和駝鳥逃出了每一座民營動物園。家貓、家犬和飛鳥從山丘而來，全都聚在海邊，轉頭望向艦隊，發出各式各樣的叫聲，閉著眼睛，就像方舟裡的野獸對諾亞提出懇求，也像在養老院靠嗎啡過活的退休人士，端看你如何看待這些外星人。

「這道光讓牠們感到愉快，」凱西說：「也讓我們感到愉快。」

「就像抗抑鬱藥『百憂解』，」芭絲希芭笑道：「也像六月下旬。」

凱瑞歪起頭，盡可能接受這道神奇之光的照射。他想到消失於異界光輝的亞特蘭提斯人。

「既然動物都不怕，」芭絲希芭說：「那我們怕什麼？」

他們沿海灘走動。想同時拍下名流、動物、大火和飛碟的狗仔隊跟在一邊，喊出愚蠢的疑問：「嘿，金，你對飛碟有啥看法？」

「這真的是你們在世界末日想做的事？」凱瑞問。

「不然我們還能做啥？」

他們拍下的相片能賣很多錢，所以他們從來沒考慮過某個問題：再過不久，錢就會變得毫無價值。他們繼續拍照，閃光燈閃個不停。演員們和生態恐怖分子經過一個個馬里布住家，每戶人家的露臺泳池和戶外浴缸都成了野生動物的庇護所。脫逃的羊駝在歌星史汀家中的人造瀑布底下喝水，一群皇帝企鵝在他的按摩浴缸裡戲水。「你們正在破壞這光輝的一刻，」凱西・葛雷莫斥責狗仔隊：「而且你們正在騷擾這些高貴的動物。」

「那些傢伙在找你們麻煩？」一個慈祥的響亮嗓音從海邊飄來。

凱瑞轉身，看到湯姆・漢克斯。雖然湯姆・漢克斯身邊有三名民營消防隊員和兩名魁梧的警衛，但他依然是湯姆・漢克斯。聽見他的嗓音，讓人很難不對人類的良善面恢復信心。

「早安！」凱西說：「而且這真的是很美好的早晨！」

「感覺就像第一個黎明！」漢克斯指向排列於海灘、浸沐於聖光的動物，其後方就是外星艦隊。「也可能是最後一個黎明。總之，我覺得愉快極了。嘿，那是老金嗎？」

「嘿，湯姆，」凱瑞親切道：「你逃出來了？」

「曼德維爾區的消防隊不堪負荷，」漢克斯聳肩，承認自己是由大批私人警衛包圍。「我們只好靠自己逃出生天。」

「私人保安服務意味著民主制度之死，」芭絲希芭說：「這回到了無社會狀態，也是對人類尊嚴的羞辱。」

「那位是誰？」漢克斯問。

「那位是芭絲希芭，」凱瑞說：「激進主義者。」

「真替她高興。」漢克斯說：「想不想去我那兒吃早餐？」

漢克斯也是大明星，跟凱瑞是同等級，而且在某些方面超越凱瑞。凱瑞向來讚嘆漢克斯精通這個產業、能輕易地遊走於權力走廊。湯姆・漢克斯是不是也賣掉了他自己的精華？如果是，這會讓金覺得既安心又不安。從某方面來說，這表示「賣掉自己的精華」大概是正確的商業決策，但在另一方面……究竟誰才是明星？因為這件事牽連了凱吉、潘、派特洛和凱西・葛雷莫，以及所有的失落之女（她們很可能其實是千禧世代的女演員，在Instagram上擁有大批粉絲，只是他不認識她們），那麼，這意味著許多採集而來的精華被丟成一團，用數位角色湊在一起拍部大爛片。大夥走向漢克斯的龐大陽臺時，凱瑞心中浮現真正的恐懼——他當時沒把合同看過一遍，基本上是用自己的靈魂換來「保證能睡一覺」，也許他們安排他在這部大爛片裡當配角？

「親愛的，我們有客人。」漢克斯對妻子麗塔・威爾遜喊道：「是老金和凱西。還有這一位。」他指向芭絲希芭，閉上眼睛。「芭絲希芭！你們想喝些什麼？咖啡？含羞草雞尾酒？」

「要是能來杯卡布奇諾，可就再好不過。」凱西・葛雷莫說。

「含羞草雞尾酒。」芭絲希芭說。

「金？金？」

「咖啡……」凱瑞心不在焉地答道，因為他被陽臺另一頭傳來的笑聲轉移了注意力，心跳加快，神經緊繃。他轉身看見某人坐在鍛鐵製的露臺沙發上，正在用數位攝影機拍攝空中的光球。此人是所屬業界的巨人，永遠的神童，現代賣座片之父，此刻也絕對成了某種先知——史蒂芬・史匹柏。

史匹柏抬頭，臉上充滿強烈喜悅，把鏡頭對準凱瑞，走向他，嘴裡念念有詞，就像為影片旁白。

「耶和華說：我要將所造的人和走獸、昆蟲，以及空中的飛鳥，都從地上除滅，因為我造他們後悔了……」

他特寫正在打量外星艦隊的凱瑞的臉孔。

外星飛船占據整個海平線，數以千計，也許更多。凱瑞被鏡頭對準的時候，覺得所有存在主義的驚慌平息。這裡是哪裡？他就在自己多年來夢想能待的地方，也就是史蒂芬・史匹柏的鏡頭前。他覺得站得更穩，獲得了肯定，不只因為他面前是史匹柏的攝影機，也因為這個攝影機的光圈蓋過了這個世界的混亂，修補了這個畫面和這一刻。他現在想像的自己，不是他究竟是什麼，而是他在史匹柏的眼裡是什麼。在這個想像過程中，他覺得自己有個明確的型態：「生動」。這就是他在尋找的詞彙。另一個詞彙是「完整」。現實和幻想已經幾乎完全地融合，而他現在在這裡，在一位偉大的世俗神話製造者的觀景窗前。沒錯，生動、完整。不需要尋找文字，不需要靠高明的喜劇哏來讓人們驚豔。他每天深夜看電視的時候，就是為這一刻做準備。他準備好了。

「《創世紀》遇見《啟示錄》，」凱瑞對聚在海邊的動物和虹彩飛船點個頭。「『開頭』完整了『結尾』。」

「說得真美，」史匹柏咯笑道：「金，你不覺得也有可能是『結尾』帶來了新的『開頭』？」

「我從沒見過你這麼開心的模樣。」

「我的夢想都成真了。」

「生命和夢想之間還有任何差別嗎？」凱瑞問：「你有沒有看過那支白蘭度廣告？」

「Mucinex付了白蘭度的子孫五千萬美金，」史匹柏苦笑：「我猜我們已經當了好一陣子的『後人類』。這個現在不重要了。你過來看看。」

凱瑞坐下，窺視史匹柏正在特寫的一艘船，那艘船離他們最近，外形實在完美。史匹柏把鏡頭沿船身掃過，沒有接合處，沒有縫隙，沒有鉚釘。一個綻放光輝的纖細奇蹟。

「就像布朗庫西的作品。」

「我不知道布朗庫西是啥，」凱瑞說：「但我相信一定很美。」

「我只是想說，他們一定很看重美感，才會做出這麼精美的機械。」他望向妻子凱特・卡普肖，她端著一盤拿手的猶太哈拉麵包走來。「哇，它來了！」

「哈拉麵包！」湯姆・漢克斯隆隆道，從托盤裡拿起一塊溫熱的麵包。史匹柏把鏡頭往後拉，拍攝這個雙人鏡頭。這時漢克斯把一杯咖啡遞給凱瑞，然後坐進凱瑞旁邊的椅子，顯然想奪回大師掌鏡的注意力。他開口——

「我們都過了相當好的生活！我們都做過相當好的事！我們現在都在哈德遜河上空飛行。我們在一個氧氣不足的負傷飛船上飛過月球。但我寧可在這兒，有你們和凱特的溫熱麵包作陪，也不想跟李奧納多和陶比還有那些性感睡衣模特兒一起待在那座地堡裡。」他語帶哽咽。「我寧可在這兒跟你們玩橄欖球，烤些漢堡和熱狗，點燃仙女棒。有老金、凱西、史蒂芬、凱特和芭絲希芭。我也不想逃避這件事，不管它是什麼、來自哪。」他強忍淚水。「我只是想說出來。」

「他們超出了我們能理解的範圍。」麗塔•威爾遜邊說邊揉揉他的胳臂。「沒關係。」

史匹柏的鏡頭在他們倆身上逗留：丈夫和妻子。

「我從不期待人類這個身分會有多大的重要性。」聽凱瑞開口，鏡頭對準他。「想從中尋找任何意義，這麼做很荒謬。宇宙的浩瀚無涯會嘲笑你。怎麼說呢？宇宙裡只有百分之三是物質，剩下的是暗能量、暗物質，還有天知道什麼東西。他們不知道答案，他們永遠不會知道答案。萬物生長、死亡。樹上長出菌類，原野裡長出薰衣草。原野裡長出薰衣草究竟有什麼意義？我願意接受『沒有意義』這種狀態。我不介意『沒有意義』。」

「可是我們開創了自己的意義，不是嗎？」漢克斯說：「我們把它當成了禮物送給彼此。」

「我明白你的意思。」凱瑞聳肩。

史匹柏把鏡頭往後拉，從低角度拍攝凱瑞和漢克斯這兩位A咖明星。這兩人並不想爭吵，而且都明白對方的觀點。

「我們為什麼不更早齊聚一堂？」漢克斯說：「在還有時間的時候？」

「去問TPG吧。」凱瑞說。

「TPG是誰？」麗塔・威爾遜問。

「TPG是CAA的母公司。」凱特・卡普肖說。

史匹柏把鏡頭掃向銀盤，盤子上是他太太做的哈拉麵包的麵包屑，因太空船發出的音樂變得更大聲而跳動得更厲害。漢克斯望向大海，看著諸多飛船移動，眼裡閃過恐懼。然後，他和其他人一起回頭看著餐桌。在音樂聲中，桌上所有的麵包屑都自動排列成一個完美的幾何形狀，做出震動，這讓他們大感驚奇。史匹柏突然看出這是什麼圖案。

「是生命之樹。」

接著，麵包屑混亂地散落開來，因為附近幾個大喇叭傳出狂熱的大嗓門，干擾了外星人的和聲。這個大嗓門喊道：

「CHECK ONE-TWO！CHECK！CHECK！YO——你沒有答案！你沒有答案！每個人，聽我說。」

動物紛紛發出受驚的哀號。

「我是外星人派給全人類的特使！」

「那是誰？」金問。

「肯伊。」湯姆・漢克斯說。

大夥離開陽臺，在狗仔隊跟隨下走過沙地，發現肯伊・威斯特站在他那棟造型流線的現代海濱別墅的陽臺上，戴著銀鏡隱形眼鏡，頭頂的鈦製王冠鑲有許多綠寶石，排列成愛迪達商標的形狀。他為新聞空拍機擺姿勢，向天空伸展雙臂，彷彿祝福並歡迎外星艦隊。史匹柏、漢克斯和凱瑞就像一群路過的羊駝一樣沒引起任何注意，因為某人從屋裡走出來，被FOX、CNN、TMZ和娛樂電視臺的記者們包圍——金・卡戴珊。她戴著珍珠頭飾，穿著罩杯是飛碟造型的銀色馬甲，撫摸抱在懷裡的受驚幼兒。這時肯伊對著自己的**iPhone**自拍，對數十億人進行直播，對這數十億人來說，他在世界末日這一刻，是地球點閱數最高的外星新聞記者。

「你們不用害怕！他們是透過超自然詩句對我說話！我跟他們的拍子很合！」肯伊敲敲頭頂的鈦製王冠。「真相是！」他指向在金・卡戴珊懷裡掙扎的受驚嬰兒。「外星天使們與金同床共寢，在她的子宮裡孕育了星子！」

金・卡戴珊抱起嬰兒，向諸多攝影機展示。嬰兒身穿一件庸俗的金色連身衣（歌星克洛迪雅旗下的商品），一歲時就被所有董事一致推選為總裁，這家公司最近剛被賣給一群來自中東卡達的投資人。這個嬰兒現在一歲半，已經有七億美金的身價。

「你為什麼被選上？」CNN記者問道。

聽見肯伊說明時，金・凱瑞覺得自己原本知道的歷史和邏輯全都成了一團混亂的夢。肯伊說：「在另一個次元，我是一個十二面體，名叫『蛋糕』。我原本要殺掉這些外星人，但我沒這麼做。所以他們在這裡給了我榮譽地位，說我是大天使，金是星母，還賜予我們星嬰。」

「這種待遇讓我們受寵若驚。」金・卡戴珊說。

「他們是用什麼方式給了你們這個嬰兒？」CNN記者問。

「他們連結了我們倆的DNA，」肯伊說：「人工方式。」

「他們是怎樣聯繫你們的？」

「他們打了電話給我。」

「從哪裡？」

「佛羅里達的棕櫚灘縣。」

「我以為他們是透過你的王冠對你說話？」

最近才成為大天使的肯伊・威斯特集中所有力量，命令飛碟艦隊將這名CNN記者原地蒸發。但這件事沒能成真，他因此愴然淚下。

「這些外星人是比我們更高等的智慧，」史匹柏說：「他們要麼會無條件地愛我們，要麼會冷血地屠殺我們。唯一能確定的是，他們沒說明來意，沒召開記者會。」

天空開始飄起毛毛細雨。

飛船發出的光芒變得更明亮，所有手機、電視機——任何用於串流數據的裝置——螢幕都發出光芒，都收到同樣的廣播內容。

一開始出現的是標題畫面，然後是簡短地說明某個行星節目即將停播，這個畫面消失後，出現一個直播畫面：一個不受種族和性別觀念束縛的人影，膚色是褐灰色，外表令人賞心悅目，絕對能讓任何文化的人都對其產生好感。雖然史匹柏剛剛說外星人沒說明來意，但譚・凱文現在開始說明來意。

「地球是我們最喜愛，播放也最久的節目之一，」凱文說：「伊甸園雖然很美，但無聊得跟狗屎一樣，乏味至極！這個節目對身為觀眾的我們，還有對身為演員的你們來說，都缺乏效果。所以我們加入了衝突。該隱打爛了亞伯的頭殼後，我們就知道我們走對了方向。星球有那麼多，但我們最喜歡看你們這顆。巴別塔倒下的畫面太精彩，所以我們安排了續集，這次把高塔的數量增加了一倍（註4）。『聖戰』：這麼多銀河系有這麼多節目，但是地球是第一個發現這個矛盾詞。雖然有些人想看你們把彼此化為原子，但是分級委員會和某些專業準則不允許這種事發生。這就是為什麼我來到這兒。我來這裡，是要帶你們回家，而且我會讓你們知道你們該為你們的星球目前的處境做些什麼。」凱文說下去時，雨勢增強。「我會撲滅加州的野火，讓你們知道我其實很仁慈，就算我強大得令你們難以想像。我們給這個非常令人滿足的節目體驗做結尾時，你們就把我們這個舉動當成善意的象徵吧。」

上方的太空船紛紛靜止，一艘大船懸在海灘上，其他飛船以完美陣形排列，每五平方哩有一艘。每一艘飛船都射出純淨光束，貫穿山丘上的霧靄，伴隨凱旋之聲，聽起來就像來自天使的號角。這些光束跟凱瑞今天早上感覺到的金光一樣，但現在更為強烈，充斥整個世界。每一艘飛船都演奏音樂，是同樣的療癒頻率，但現在多了明確的和聲，聽起來就像作曲家巴伯的《弦樂柔板》，提升到宇宙規模，瞬間治癒了所有傷

4　這裡暗指毀於九一一恐攻的世貿雙子星大樓。

口。樂聲增強，玫瑰金光從太空船激射而出；譚・凱文正在懇求——

「走進快樂之光。獲得自由，獲得洗淨。擺脫擔憂，擺脫帳單，擺脫悲痛和病痛。不再有著滿是傷痛的身軀，不再需要讓任何人對你刮目相看，不再經歷任何形式的損失。只有洗滌之光，只有寬恕。這是我們給你們的臨別之禮：永恆極樂。」

金・卡戴珊抱著星嬰，成為第一個領受這份禮物的人類，丟下啜泣的肯伊。她踢掉高跟鞋，從露臺跳下，然後以驚人速度跑向光線照射之處，十幾個攝影機緊緊跟隨。她走進光裡，屈膝跪地，開始呻吟。然後她的呻吟變得快樂。

接著她開始上升……

「她升天的時候是屁股朝上！」凱西・葛雷莫說。

這是事實，她一開始上升的時候有點搖晃，但很快學會了如何配合這道光束，像個真正的天使一樣飄向天空。她把星嬰抱在胸前，狂喜地轉動身子。諸多攝影機把這一刻向全世界廣播：「#星母」、「#星嬰」、「#跟隨那顆星」成了熱門主題標籤。學名為「智人」的全人類開始接受自己的滅亡。一開始上去的是寂寞的人、空虛的人、患病的人；令人驚訝的是，有很多人是表面上過著完美的生活，但私底下其實非常痛苦。人影越來越多，升天者的神情表示這個過程不僅毫無痛苦，而且感受非常愉快。

沒多久，在世界各地，無數民眾湧向聖光所在，擠得巴黎香榭麗舍大道水洩不通；獄卒和囚犯一同上升、進入懸於空中的球體；巴西里約貧民窟的家家戶戶升天，忘掉了以前的信仰，接受了凱文，就算沒把他當成彌賽亞，也至少把他當成可靠的奇蹟製造者。

在馬里布市，明星們目瞪口呆地看著金・卡戴珊在海面和飛碟之間上升了三十碼的距離。許多人急著加入她，擺脫為了維持形象而給自己造成的重擔。有些人太急著跑進光場，沒注意到凱文這項邀約的最後一句話，沒看到他如蜥蜴般吐舌。

「抗拒者將面對深沉的痛苦。孩子將啃咬母親的內臟。有些人將被慢火烘烤，有些人將被生吞下肚。每個人都將體驗到飢寒交迫的滋味，面對前所未有的恐懼，直到整個人不復存在。」

凱瑞從廣播畫面上抬起頭，看到史匹柏對著手機說話。

「準備安培林十二號，我們會在一小時內抵達。」

「安培林十二號是什麼？」

「太空逃生艙，金。」史匹柏面帶慚愧。「我們這種億萬富翁老了以後，過了某個時間點，會覺得這種東西是唯一值得砸錢的有趣玩意兒。」

「我能跟你們一起走嗎？」

「抱歉，」湯姆・漢克斯說：「那是很小的型號，而且歐普拉需要一個座位來安置她的情緒支持動物。」

「我們剛剛不是才一起玩橄欖球？一起烤熱狗？」

「我們會帶著拍下的那些影片，而且珍惜它們，」漢克斯說：「總之，很高興終於能跟你一起吃早午餐。好啦，咱們得開溜了。」

「讓他們走吧，」凱西・葛雷莫安慰道，這時史匹柏夫婦和漢克斯夫妻沿海灘漫步離去。「每個人都必須用自己的方式來面對末日。」

而且對這兩人而言，「進不了逃生艙」的心痛被「令人眼花撩亂的驚奇感」取代，因為其他名流從馬里布各處湧來，爭先恐後地衝向光束，幾十年的試鏡和不被錄用的經驗讓每個人都害怕遭到淘汰。琳賽・蘿涵像四月微風中的風箏一樣上升，高喊「讚啦！」，然後撞上歌星黛安娜・羅絲。接著，她們倆手牽手，穩住彼此的身子，調整姿勢，把基努・李維拉進去。人們互挽胳臂，齊聲高唱黛安娜・羅絲在一九七〇年的暢銷歌曲《伸手觸碰別人的手》，飄升入空，就像跳傘過程倒帶播放。

但是凱西・葛雷莫嘗到更強烈的狂喜。

他和芭絲希芭一起走進光束，從內心深處感覺到自己從這名二十幾歲、體型纖瘦優雅的特攻隊員身上找到了純愛。他們倆手牽手，旋轉升天，凱西說出話語，莎士比亞送給茱麗葉的愛之真言，這些臺詞優美得讓男人們在環球劇場說出口的時候忘了自己的性別。他在離開茱莉亞學院後就想說出這些臺詞，但因為平時受到的指責而沒有這個機會。

「我的慷慨像海一樣浩渺，」兩人一起飄過太平洋時，他說出茱麗葉在《羅密歐與茱麗葉》中的臺詞：「我的愛情也像海一樣深沉；我給你的越多，我自己也越是富有，因為這兩者……都是沒有窮盡的。」

「真美。」芭絲希芭的淚水充斥金光。

「妳真的這麼認為？」凱西說：「我還以為我說得不夠自然。」

然後他們倆像 Twizzlers 扭扭糖一樣合為一體。

凱瑞心想：也許這全都是藍尼・隆斯坦的傑作。

又或許，他其實在一間豪華的瘋人院裡，被接上導尿管。又或許，他其實在拉斯維加斯的旅館裡吸毒過量，現在這場惡夢只是大腦皮質在消亡前最後一段胡言亂語。周圍這個世界沒給他提供任何解釋、證據或反證。他沾沾自喜地滿足於單純的「存在」。他想起聖經裡說星辰會墜落到地上，他也看過 YouTube 影片說這確實會發生，諸多銀河系會旋轉而遠離彼此，然後一切變得寒冷黑暗。還有什麼比這種景況更瘋狂、更陰鬱？遺忘之境正在為他們每個人而來，比任何俄國軍隊都可怕。在這裡，在他的上方，是即將出港的強大艦隊。

何必在乎這些船的主人是誰、要開往何方？

光芒把他拉過去。

音樂聲也呼喚他。

凱瑞覺得體內所有野獸都安靜了下來。他鼓起勇氣，踏進光場的邊緣內側，然後讓整個身體進入其中。

這是真實的。

只有這是真實的。

孩童們如汽水瓶火箭般向上飛射。

充滿悲痛的靈魂們勉強飄升，就像已經擺了一星期的氦氣氣球。

現在，所有擔憂都在褪去。

悶燒的山丘，遙遠的城市，哀傷的陰影。唯一的地方就是這裡，唯一的時間點就是現在。他站在沙灘上，等著獲得奇蹟。看到歌星雪兒和桃莉·巴頓從上方颼然飛過、一同唱著李歐納・柯恩的《哈利路亞》，他感覺渾身每顆細胞都為之雀躍，他真想加入她們……

就這樣，他的雙腳離開了地面。

毫無重量，充滿喜悅，擺脫了無數沉重回憶，因為想起幸福回憶而欣喜，而幸福回憶成了他所有的意識。烤起司三明治。在結冰的湖面上追著曲棍球餅跑。他的母親氣色紅潤，健康愉快。在飯桌上發動丟食物大戰；大家都知道如果她做了特製的櫻桃起司蛋糕，只能吃一半，剩下一半要拿來丟在彼此身上。閃閃發亮的櫻桃和她悅耳的笑聲飛過半空中，而他現在意識到，她的笑聲成了他自己的歡笑。他的哥哥約翰很早熟，十歲時已經發育完全；凱瑞和姊姊麗塔會趁他洗澡的時候突襲他，盯著他的青春期身軀，指著窘迫的他，高唱：「長毛了，長毛了，又長又美的毛……！」他八歲時在客廳表演，說出效果十足的笑話，他父親轉頭對客人們說：「他不是火腿，而是完整的豬！」他在公寓陽臺上等著看見父親開著新車回家，那輛棕色的佛賀汽車在年幼的凱瑞眼裡就是工程學奇蹟和成就；某年夏天，全家人坐那輛車開了四百哩路，去雷霆灣造訪「沉睡的巨人」，那座島看起來就像沉睡中的印第安酋長。他小時候畫漫畫，角色是個名叫「瑪文・瑪芬嘴」的男性。他六歲時搭列車去薩德伯里市，在車上畫瑪文・瑪芬嘴，在走道上來回走動，驕傲地向其他乘客展示瑪芬嘴。他兩歲時坐在餐桌前，不斷扭曲臉部，抗拒家人用湯匙送來的糊狀花椰菜，逗得全家爆笑連連，他也發現了自己的天賦和武器。

讀者您必須瞭解的是，金・凱瑞和其他人在那片海灘上其實很快樂，所面對的結局幾乎比以前來過人世的一千億個靈魂都美好許多。好過死在西班牙人的刀劍下。好過他們大多數人值得擁有的結局。對凱瑞來說，這個狀況變得更加美好，因為他聽見有個聲音對他做出回應。琳達・朗絲黛。她回到三十六歲的模樣，墨西哥公主。「回來，回來。」她唱道，突然就在他身邊，牽著他的手。「回來，回來。」她呢喃，他把頭靠在她胸前。這是他幾十年來第一次徹底地無憂無慮。他就是自己的臉頰和朗絲黛的肌膚之間的接觸點，他就是朗絲黛伸進他頭髮裡的手指，他是他們倆一同唱出的歌聲：「回來，回來……回來，回來……」

然後他突然覺得自己的兩隻腳踝被抓住。在下方，尼可拉斯・凱吉、西恩・潘、薇洛和莎莉・梅伊第五次嘗試，終於成功地用兩百碼長的登山繩套住他。他們猛力拉扯繩索，將凱瑞扯出幸福狀態，彷彿他是一艘向上飄離的齊柏林飛艇。他竭力抗拒，把這條繩索視為一條滑溜的蟒蛇。他拚命踹踢掙扎，想回到朗絲黛身邊，前往她的擁抱，前往上空那片甜蜜虛無。

但他們終於把他拉回地面，把掙扎的他拖出光場外側、壓在沙地上。「琳達。」他嚎啕大哭，因升天失敗而痛苦不已。他們把他搬回他家，放在他的床上。

第十五章

凱瑞進入升天光束的時候覺得安樂，但被從中扯離後覺得腦袋虛弱模糊，只感受得到一些最微弱的體驗，來自過去和現在。

納奇茲・古許蒼白如骨的身軀在浴缸裡載浮載沉，手腕上有幾道刀痕。

嗅鹽的阿摩尼亞味。

舀滿起司通心麵的塑膠湯匙。

然後某種清晰感歸來：琳達・朗絲黛躺在他身旁。他睡覺的時候，她一直在看著他。此刻，他像幾十年前那樣欣賞著她的牙齒，她的門牙稍微往內傾斜，他原本忘了這件事，他原本徹底忘了許多非常珍貴的事。

「妳是什麼？」

「我是一道回憶，」朗絲黛說：「一個遺跡，我不是真實的。」

「回憶算是某種現實，」他說：「被記得總好過被遺忘。」

外頭正在下雨，房間裡聞起來像溫熱的麥芽糖和橙花。

「有一天，」她綻放小惡魔般的微笑。「有一天，如果你活得夠久，你會發現『忘記你的人』比『依然記得你的人』更多。也許是在加油站，也許是在買咖啡的時候，就算有人知道你是誰，他們也只是見過你以前的照片。你會被世人遺忘，而且獲得自由。」

他的衣服又髒又破。她幫他脫下襯衫，依偎在他身旁，把頭靠在他的胸膛上，兩人就這麼睡著了，外頭雨勢加劇。他們倆休息的時候，世界各地的社會分崩離析。

播報臺上空無一人。

軍隊策劃但終究放棄了防禦計畫。

窮人砍下富人的腦袋，串成血淋淋的圖騰柱。

譚・凱文透過經驗得知，世紀末日這種事最好以「對位法」來呈現；文明世界奄奄一息、抽搐掙扎的景況，能把升天這回事襯托得更為甜美。對那些靠近光場、排隊排成幾哩長、被遺忘之境吸引的數十億民眾而言，時間依然正常地流動；但對那些依然珍惜「活在這世上」的人們來說，時間變得格外緩慢。凱瑞在馬里布臥室裡感覺只過了幾天，但外頭的世界其實已經過了殘酷的幾星期。金和琳達在他的 iPhone 上看了這一切，凱文的地球末日廣播在每個平臺上串流，搭配來自異界的輓歌。這是世人前所未見、最盛大的節目。

他們看到美國的副總統，此人是個愛說奉承話的衛理派牧師，長著一張看起來就像在說謊的臉孔，他宣布自己即將入主橢圓形辦公室，因為身為賭場大亨的總統已宣布退位。網路上的評論者們指出，賭場大亨其實用美國的核彈密碼跟外星人做了交易，外星人保證給他享用不盡的外星女人，連同在仙女座銀河系建造豪華公寓的工程案。在一段官方影片中，第一家庭在一個專用的光場裡升天，進入外星飛船。副總統這時候在一座冷戰時期的地堡裡，由所有國會成員包圍。但他把手按在聖經上、宣誓就職的時候，一支陸戰隊宣布向一名來自威斯康辛州的參議員效忠。自動武器的槍聲響起，鮮血在鏡頭前飛濺四方，尖叫聲和毆打聲——

就這樣，地球上的剩餘居民們不僅被迫觀看自己遭到消滅的過程，還覺得這段畫面令人上癮。

「事情原本能變得很不一樣，」凱瑞說：「我們能在那麼大一片畫布上作畫，卻畫出這種東西？」

接著，日本發射了幾枚核子彈。日本擁有核子武器這件事，就是這個崩壞世界最不為人知的祕密。但這些導彈接觸光場時被彈開，有些被彈進海裡，有些往上亂竄，在增溫層爆炸；這個失敗的武力展示讓「升天」從一個人氣商品變得更炙手可熱。何必反抗一個對全面核彈攻擊感到不痛不癢的男子？況且，他是要讓人們走過一條無痛之路，進入甜美的遺忘之境。每個城鎮的大街小巷都擠滿攜家帶眷的民眾，公寓建築人去樓空。雨下得更大，窗外的天空綻放紅寶石般的脈動之光。

「我餓了，」凱瑞說：「我從沒這麼餓過。」

太陽變得黯淡。

他和朗絲黛吃著烤起司三明治，看著TMZ的空拍機傳來的畫面：雷射傑克閃電率領追隨者們，襲擊一架懸於威尼斯海灘一家香啡繽咖啡店上方的飛碟。

山達基信徒雖然並不完美，但對於「宇宙的本質」的理解比其他宗教都來得正確。他們穿著華麗的金色緊身衣，這種衣服的材質能擋開升天光束和敵對的「希坦」（註5）。他們使用的武器，是雷神企業（Raytheon）專門為他們製造的等離子爆能槍；

5　希坦（thetan）是山達基的概念，有點類似其他宗教所謂的「靈魂」。

在所有人類製造的武器當中，似乎只有這種等離子爆能槍能穿透外星人的光盾，而這讓譚・凱文火冒三丈。

發生襲擊的三十秒後，一種恐怖的殺人機械兵從飛碟裡蜂湧而出，發射緋紅色的死光，山達基信徒們寡不敵眾。約翰・屈伏塔很久以前就開始戴上一種特製的作戰用假髮，因為他相信自己注定要在這場星際決戰中扮演重要角色；這頂由光纖織成的飛機頭假髮閃爍著虹彩，其設計師們覺得它的前端看起來模樣猙獰，因此私底下叫這頂假髮「原子彈頭」，但就連屈伏塔這個性感的新造型也不是凱文的殺人機械兵的對手。屈伏塔認定此戰已敗，於是逃往海邊，雙肩各扛著一名負傷男子。只有雷射傑克閃電堅守陣地，最後一個特寫鏡頭讓人們看見這位主角臉上充滿勇氣和鬥志。他英勇地持續開火，喊道：「我扮演過的每個角色都讓我為這一刻做足了訓練！」他蒸發了兩名哨兵，狂喜地呼喊：「這真美，老兄！」他在面對死亡的時候，笑得合不攏嘴。「這真美！」然後他在一道緋紅閃光中消失，廣播畫面變成雜訊。

「事情為什麼非得以這種方式收場？」凱瑞看著畫面，向朗絲黛問道。

「不然你喜歡哪種方式？大洪水？」

「大洪水會讓人覺得更有意義，至少對我來說。」

「這些全是偶然，金。這整個世界、整個宇宙、生命的誕生，全是偶然，完全無關私人。今天就算不是外星人，也會是某顆小行星，不然就是太陽把我們烤死。」

她綻放親切微笑。

「這個世界正在結束，」他低語，把頭靠在她胸前。「我們該怎麼辦？」

宛如層層套疊的俄羅斯娃娃，朗絲黛的回憶對他分享一道回憶。

「還記不記得我們去圖森市那次？」

「記得。」

「我小時候，我奶奶帶我去過當地一間教堂，它是很美麗的粉紅色灰泥，詩班的歌聲實在優美。那間教堂是聖本篤教派，雖然我不信那一套，但他們不是笨蛋。聖本篤是在羅馬帝國滅亡後出生，羅馬的滅亡開始了長達一千年的黑暗時期和謊言與壓迫，一整個世界結束了。」

「所以他們做了什麼？」

「他們上了山，住進山洞，在自己的心靈裡尋求一些平靜，靠人們施捨給他們的貧瘠物資過活。」

他疲憊得幾乎睜不開眼睛。

「妳那時候對我很好。」

「我們那時候對彼此很好。」

兩人的呼吸變得同步，他墜入一場具有療癒效果的沉睡，心靈裡的諸多拳頭紛紛鬆開。他醒來時，發現她已經消失。他在枕頭上轉頭，看到凱吉、西恩・潘、卡菈、莎莉・梅伊和薇洛站在他身旁，臉上都抹了戰繪。

海邊飄來焚燒橡膠的味道。

「她人呢？」凱瑞只在乎失去了朗絲黛。

「你受到重創，老兄，」西恩・潘說：「不是只有你。印度次大陸那裡爆發了核子戰爭，一個早上就死了兩百萬人。人們正忙著讓咱們居住的這個世界盡快自爆。」

「俄國軍隊試圖保護佛拉迪米爾・普丁在黑海的祕密別墅，結果遭到殲滅，」凱吉說：「美國國會發現他們準備的緊急口糧在一九八一年就過期了，結果開始人吃人。中國的中央政治局成員現在全都住在一艘潛水艇裡。現在只剩我們。」

「別對我說我們，」凱瑞厲聲道：「我要琳達。」

「你講這種話，是受了升天光束的影響，」凱吉說：「清醒點。戰鬥即將到來。」

他把一支流線型的銀色手槍丟給凱瑞。

「這是啥？」

「等離子爆能槍，屈伏塔帶來的。」

「我反對暴力。」

「暴力現在成了我們的生活方式。」

凱瑞拉開百葉窗，窺視窗外。屈伏塔和山達基信徒們逃出了戰場，搭乘一艘裝有外掛式馬達的橡皮艇在海邊上岸，在自己所住的城市裡成了難民。大多數的飛碟已經離去，只剩幾架依然懸於海邊上空，洛杉磯市中心上空還有十幾架。

「他們昨天開始離開，」西恩・潘說：「他們發射了電磁脈衝，毀了我們整個輸電網路，消除了所有銀行紀錄，我們現在全都再次成了新手。」最後這句話令他微笑。「有人在奧克斯納市看到外星人的善後團隊，他們正在沿海岸南下。」

「他們明早就會抵達這裡。」莎莉・梅伊說。

「就是這幫人殺了雷射傑克？」

「更糟的還在後頭。這些是雙足機器人，每個機械兵都有二十呎高，身上的鱗片跟武士刀一樣鋒利。」凱吉舉起一手。「被上天選中，真是一份重擔。」

「尼可，你為什麼把我拉出來？」凱瑞說：「我那時候已經準備好跟凱西・葛雷莫和芭絲希芭一起升天，還有雪兒。」他起身下床，揪住凱吉的衣領。「我那時候要離開了！你這王八蛋！我那時候要離開了。我們現在他媽的究竟該怎麼辦？」

「我們現在要戰鬥，」西恩・潘說：「咱們在這兒要面對的就是戰鬥。人生不再安逸，不再受寵。人類這個動物回到了飢餓狀態。我們要為生存而戰。」

「我們要為茉莉花茶而戰，」葛妮絲・派特洛從主臥室走來，頭上戴著古典的YSL扁帽，臉上抹著綠黑色的迷彩。「我們要為布里奇漢普頓的洋梨芝麻菜沙拉這個美好回憶而戰。我們要為一個充滿喜悅的世界而戰，我們在那個世界裡只需要擔心魚尾紋，頂多偶爾動個頸部拉皮手術。」

「我們戰鬥，」莎莉・梅伊打岔：「是為了讓這個世紀重生，擺脫世襲特權、貪婪的資本主義、身材羞辱、世襲名聲、高利貸，還有由政府保護的藥廠集團。在這個世界裡，『隱私權』不只是個單字，而是人權。」

「我們戰鬥，是為了幫雷射傑克軍團復仇雪恨。」在走廊出現的約翰・屈伏塔開口。他的戰鬥假髮已經充電完畢，光纖綻放強烈的黃紅波光。他身上的金色緊身衣被凱瑞的乾衣機烘得縮小許多，在他走進臥室時吱嘎作響。「我們戰鬥，是為了迪斯可熱舞，還有嚴格執行的智慧財產權。」

「老金，」西恩・潘說：「你願意加入我們嗎？」

腦子裡出現臺詞之前，凱瑞已經知道自己要說什麼。他拿起山達基的等離子爆能槍愛撫，這個動作在和平時期看起來可能過度亢奮，但現在非常適合這齣星球大戲。他開口時，語調就像一名資深殺手為了讓女兒上大學而幹最後一票。「嗯，他媽的有何不可。」

※※※

只有失落之女有實戰經驗。

她們在伊拉克和阿富汗見識過如何靠機智和狡詐來擊敗先進文明，而現在經過討論後，她們認為馬里布市的「鄉村商場」——一個高級的露天購物中心——是最有利的戰場。

「我不在乎你們有沒有為了拍攝《漢堡高地》而接受過基本訓練，」卡菈說，這時大夥圍在匆促繪製的商場地圖周圍。「我不在乎你們上輩子是不是當過大權在握的軍閥。」

「我對付過軍閥，」屈伏塔抗議：「當時只有我們能伸出援手。」

卡菈把鈦手伸到桌子底下，一彈他以金色緊身衣遮蔽的左睪丸。「真霸道！」屈伏塔痛得五官扭曲。

卡菈沒理他，只是說下去：「你們只能乖乖聽話，而且服從命令。只有這樣，我們才有勝算。」

「遵命，夫人。」說完，西恩・潘點燃一根駱駝牌香菸。

「我要尼可・凱吉、莎莉・梅伊和金・凱瑞負責奇波雷燒烤店屋頂上的高射砲，監視山丘，看到敵軍就開火。引誘他們進來，然後逃離陣地，向後撤退。但是你們必須持續開火到最後一刻，誘導他們進入『交溪路』，我們埋設的闊刀地雷所在。」

「把那些外星人渣炸成五彩碎紙，」葛妮絲・派特洛兩手一拍，被臉上的戰繪改變了個性。「跟著他們的痛苦樂聲跳舞。」

「這麼做一定能拖慢他們，」卡菈說：「然後我、派特洛和西恩・潘，會從『都會服飾店』裡發射白磷手榴彈，轉移他們的注意力，讓他們改變行進方向。然後，薇洛、屈伏塔和山達基信徒？你們在東尼希臘餐館裡用等離子爆能槍把他們轟個稀巴爛。」

「唉，我最喜歡東尼希臘餐館耶！」屈伏塔倒抽一口氣。「油炸哈羅米起司？完全值得吞下那麼多卡路里。」

「是嗎？」卡菈說：「那麼，他們今晚能端出新菜——燒烤外星人。他們會被火力困住。凱瑞、凱吉和莎莉・梅伊會從奇波雷燒烤店逼近——當然也是用等離子爆能槍——切斷所有退路。這是典型的塔利班陷阱，我就是這樣失去了一條胳臂和一條腿。」

她拉起褲管，讓大夥目睹她的鈦腿。這幅景象振奮了士氣，證明了弱者也能打贏強者，演員們興奮得爭著說出必將名垂千古的臺詞。

「咱們來讓一些外星女人變成寡婦。」西恩・潘說。

「咱們來把他們做成絞肉，把他們嚼爛！」約翰・屈伏塔說。

「咱們來在這些鼻涕蟲身上灑些鹽巴！」尼可・凱吉說。

「咱們來為殺生而殺生，而且慶祝這麼做如何改變我們。」葛妮絲・派特洛說：「我想他媽的在他們的內臟裡玩溜滑梯。」

「我不知道這一切是不是真實的，」凱瑞說：「但我不能懷疑。」

※※※

夜空是泥濘般的紅色。

在滂沱大雨下，大夥載著軍火駛過太平洋海岸公路，把一個購物中心改造成外星人屠宰場。他們在整條交溪路上埋設闊刀地雷，敲碎東尼希臘餐館和都會服飾店的窗戶，在兩家店鋪前方高高堆起沙袋，以便開火。他們用簡易滑輪把凱吉的高射砲吊到奇波雷燒烤店的屋頂上；令他們感到沉重的不只是鋼鐵的重量，還有來過這個世界的所有人們的集合悲痛，那些人為了讓名為「人類」的這支蠟燭持續燃燒而盡了一份力——柬埔寨和龐貝城的數百萬殉難者，歷史課本為了避免離題而刪掉的所有戰爭的無名死者。大夥聚在防水布底下的時候，凱瑞想著戰爭死難者，因為他知道既然世界上已經不剩任何人類來敘述他們這個故事，那麼他們如果會死在這裡，就會被歸類成戰爭死難者。凱吉用望遠鏡觀察山丘。莎莉・梅伊坐在砲臺前，捲起袖子，卸下鈦臂。斷肢的骨頭裡裝了鈦製關節，周圍的皮肉因為關節活動而破皮紅腫。她在傷疤上塗抹乳液時，凱瑞覺得心裡被一種強烈恐懼占據。

「妳會害怕嗎？」他問莎莉・梅伊。

「害怕什麼？」

「它。」

「害怕長眠不醒！」凱吉在雨聲中扯開嗓門。

「噢，我也不知道。我見過人們出現兩種截然相反的態度。」

「什麼意思？」

「一些最強悍的傢伙，」莎莉・梅伊說：「他們會開始哭爹喊娘。他們斷氣的時候，眼睛裡會出現某種眼神，彷彿看到某種恐怖的東西到來，好像報應來了。他們真的很害怕。但有些人會讓你感到驚訝，他們死的時候非常安詳平靜。」

「但他們的下場都一樣，」凱瑞說：「都死了，都被遺忘。」

「是啊，」莎莉・梅伊說：「都死了，都被遺忘。」

「我不害怕，」凱吉說：「我已經活過又死過無數次。」

「這是你在自我安慰，」凱瑞說：「我認為人對死亡的恐懼太強烈了，所以人的自我會盡一切所能阻擋這種恐懼。我們躲在浮誇的故事裡，例如超級英雄和神人。名聲是個心靈瘟疫，它吃掉我們珍貴的時間，我們卻以為它能讓我們變得永垂不朽。」

在這一刻，他這忙碌了一生的人生感覺如此遙遠。他的人生有過任何重要性嗎？他累得半死，但為了什麼？他想起在BBC頻道上看過的一種河豚，很可悲的生物，小小的鰭片，突出的眼睛，腦子跟罌粟種籽一樣小，從各方面來看都平凡無奇。只不過，牠會在海底沙地上扭動身子，畫出令人驚豔、比例完美的幾何紋路，就跟曼陀羅一樣錯綜複雜。這樣大費周章就是為了吸引配偶，為了傳承基因。牠和他之間真的有什麼區別嗎？那種魚也擁有才華，但牠應該毫無煩惱，例如凱瑞現在感受到的驚慌失措。他蜷縮在沙袋旁邊，心臟狂跳。

「我現在很脆弱，各位，」他說：「我不確定我能幫上忙。」

一道紅光掃過山丘。凱吉忙著用小刀把自己的名字刻在屋頂的瀝青瓷磚上。凱瑞拿起凱吉的望遠鏡，觀察山脊，只見更多閃光，越來越亮，也越來越近。他下樓來到東尼希臘餐館。屈伏塔正在跟薇洛爭論，顯然拒絕跟其他人聚在一起，他堅稱要用英勇的姿勢單腳踩在沙袋上，擺明了模仿《華盛頓橫渡德拉瓦河》那幅畫。凱瑞移動望遠鏡，看著西恩・潘蹲在都會服飾店碉堡裡、又點燃一支駱駝牌香菸。然後香菸從潘的脣邊掉落，他的眼裡出現凱瑞心裡那種恐懼。凱瑞把望遠鏡轉向山丘，看見了他們。

「親愛的耶穌啊……」

外星人的善後團隊。

他們比巨大機器人更恐怖，比大蛇更恐怖。他們是由大蛇操作的巨大機器人，混合了聖經故事和科幻故事的恐怖。譚・凱文的部下沒戴面具，這些駭人的蛇形生物正如凱吉在幻象中見過的，操作著閃閃發亮的外骨骼合金結構，這種雙足戰爭機器人身上畫滿了徽章，象徵被他們消滅的所有世界，他們身上的世界末日象形符號算是充滿「未來風」——如果我們的英雄們在看見這些敵人後依然相信未來會存在。

「你們現在知道我沒編造浮誇的故事了吧？」凱吉說：「轟了他們，莎莉・梅伊！」

「這裡由我發號施令，」莎莉・梅伊說：「你們這兩個娘炮，準備好幫我填充彈藥。」

他們倆匆忙就位，凱瑞站在裝有砲彈的箱子前，凱吉在高射砲的後膛處待命。莎莉・梅伊調整角度時，雙足機器人持續逼近，每一步就跨越二十碼，離他們還有五百碼，四百碼——

三百碼。

兩百碼——

莎莉・梅伊朝敵陣開火，命中兩臺機器人。但機器人只是震動幾下，隨即瞄準目標，發射死光，每一道殺人紅光的直徑有一呎寬。雙足機器人發射數百道光束，令金・凱瑞心中充滿恐懼——他會死在這裡。但是彈幕沒有命中目標，而是擊中了旁邊的一家「周先生中式餐廳」，這給了他們第二次機會。

「填彈！」莎莉・梅伊喊道。凱瑞從箱子裡搬出砲彈，小心翼翼地把每一枚遞給凱吉。他這輩子第一次覺得這麼簡單的動作如此生動鮮明。當下這一刻終於不再被他對過去或未來的思緒所汙染。

真實得令他窒息。

「就是這樣，金，」莎莉・梅伊說：「你做得很好。」

她瞄準最近的一臺雙足機器人，發射了會暴露她的位置的彈幕，七枚砲彈在夜空中呼嘯而過。前面三枚命中目標，癱瘓了邪惡機器人的護盾。第四和第五枚偏離目標，但最後一枚擊中目標，把這個敵人炸成噴泉般的綠火。

其他機器人紛紛鎖定這座砲臺，朝奇波雷燒烤店發射大量死光。

「快移動！」莎莉・梅伊說。

兩名男子匆匆爬過屋頂的小艙門，跑過店鋪的前門，跟著強壯的女子來到交溪路。

奇波雷燒烤店陷入火海，他們在燃燒肉材和橡膠的濃煙中看到一臺雙足機器人帶頭進入這個購物村，觸發了埋在地底的闊刀地雷。他們彎腰抱頭，強勁的白煙震波震碎了店鋪的窗戶，炸得他們耳裡嗡嗡作響。雙足機器人膝部彎曲，然後倒在人行道上，激起撼動骨髓的衝擊波。其他機器人為之停頓，查看這個最新的威脅來自何方。這時都會服飾店裡傳來媲美拉科塔印第安人在「小大角戰役」中發出的強勁戰吼，這個聲響發自葛妮絲・派特洛，她和西恩・潘與薇洛正在用火箭推進榴彈發射器朝敵方開火。不同於其他人，葛妮絲沒出現「戰鬥恐懼」的反應，而是只有純粹的狂暴精神，一個動物本能從人類心境以外的狂野之地吟誦著支配、殺戮、求生。她把瞄具對準倒地的雙足機器人的駕駛艙，射出三枚榴彈。駕駛艙裡的生物雖然在人類的眼裡顯得醜陋，但他在牧夫座空洞也有人在乎他，他記得週末在闊邊帽銀河系跟其他人組成一團巨大的交配球，他想著這些回憶的時候，葛妮絲・派特洛射出的兩枚榴彈擊碎了他的艙門，第三枚長驅直入，擊中他黏滑的腹部，把他炸成一團具有腐蝕性的黏液。

另外四臺雙足機器人避開了陷阱。

緋紅色的死亡射線穿過煙霧瀰漫的街道。西恩・潘、卡菈和葛妮絲・派特洛竭力試著用武器瞄準目標，並焦急地朝薇洛和山達基信徒們呼喊。

「你們在哪？我們被打得很慘！」

只有薇洛保持鎮定，持續對機器人發射等離子光束，其他人則開始起內訌。屈伏塔的兩名士兵，哈利・山德勒和赫利・錢德勒，一直看彼此不順眼，因為山德勒搶走了錢德勒想在肥皂劇《我們的日子》裡演出的一個小角色。此刻，他們倆爭論誰該先朝哪個外星人開火。

「你們兩個閉嘴！」薇洛斥責。

「別對我的手下發號施令。」屈伏塔說。

「叫他們開火！對敵人做出反擊！」

「我忍無可忍，」他召喚自己花了很多年研究的精神集中力。「我要挑戰妳，跟我來一場互瞪比賽。」

「你究竟哪裡有毛病？」

「咱們來看看誰才是真正的領袖。」

「我們快被炸成碎片了！」

「妳眨眼了！」

整間餐廳爆發奪目的緋紅光芒，死亡射線命中目標，劃開了屈伏塔的胸腔，貫穿了薇洛的頭顱，截斷了山德勒和錢德勒的上半身，燒焦了骨肉和內臟的切割處，所以這些可憐人沒當場死亡，而是處於震驚狀態，他們出於困惑而發出的尖叫聲融入了外星人的砲轟聲。剩半口氣的這幾人試著爬向安全地帶，在爬行時抬頭瞪著東尼希臘餐館的牆壁，壁畫是在特洛伊平原上演的古代戰役，銅器時代的英雄們置身於這座膠片之城——阿基里斯、埃阿斯，還有狄俄墨德斯。這些英靈在尼可拉斯·凱吉體內湧現，畢竟這個義大利人是特洛伊人的後裔，而且他察覺到自己的大限將至。

「我要進去，」凱吉說：「我如果不進去，他們都會死。」

「你瘋了，」凱瑞說：「他們會把你炸成碎片。」

「才不會，老金，我跟你說過了，我對死光免疫。」

「那是浮誇的故事！」

「我們現在唯一擁有的，就是浮誇的故事，」凱吉喊道：「還有我的王者之劍。」諸多雙足機器人持續逼近，把火力對準都會服飾店。

「記不記得我跟你說過的那口井？」凱吉高高地挑起雙眉。「他們丟桶子進去，打起了一大桶壞水。」

「我愛你，尼可。」凱瑞說。大限之刻正在朝每個人逼近，凱吉有權選擇最後這一刻要如何度過。「我尊敬你這位藝術家。我在無數個輪迴前，曾經跟你一起在這個城鎮分享夢想。好好瞄準，我的兄弟。」

「我們這輩子表現得還不錯，」凱吉微笑道：「你要用那把等離子爆能槍嗎？」

「大概不會。」凱瑞把自己並不喜愛的這把武器遞給對方。

尼可拉斯・凱吉確認了自己有何宿命，心中燃起了狼魂，衝出悶燒的奇波雷燒烤店所提供的掩護，手裡的兩把等離子爆能槍射出的光束穿過雨水和濃煙。他走向逼近而來的邪惡機器人，大衣後襬在風中飄盪，所有類型的故事都在人類故事的尾聲中融合，這造成的興奮感充斥他的心靈。他是巴克・羅傑斯（同名科幻影集的主角），他是霍利迪醫師（美國歷史上著名的槍手兼牙醫），他是屠龍的聖米迦勒，他是向美杜莎揮劍的珀爾修斯，他是為了最後一次指揮《羅密歐與茱麗葉》而從病床上爬起來的俄國芭蕾舞大師紐瑞耶夫，他臉上融合了這些身分的表情，這是一般人做不到的。「影評人給我去死！八卦雜誌給我去死！你們這些王八蛋追著我跑過這麼多時空，都給我去死！」他尖叫，衝向正常人避之唯恐不及的外星人，也許是靠意志力，也許是因為意外，又或許真的是因為宿命，他對緋紅死光免疫。他接近外星人的時候，死光沒能劃開他的身子，而是在他體內散開，這是因為他的基因有少許突變，他的細胞壁有個微小的結構差異，把死光的波長輕鬆彈開，就像有些人在海邊只是晒黑，但有些人會晒傷。他每槍都命中目標，他已經無數次演練過這個場景。他朝最近一臺機器人的駕駛艙發射密集的等離子光束，正中目標，擊斃了駕駛員，機器人為之停頓。

「嗚哈！」他呼喊，在濃煙中看到葛妮絲・派特洛、西恩・潘和卡菈，他因為死不了而興奮得咧嘴笑。他把等離子爆能槍對準三臺離他最近的怪物，以槍火癱瘓它的護盾，他吸收它的緋紅砲火時只是覺得脊椎打個顫。他開心地咯咯笑，瞄準雙足機器人的膝部，予以癱瘓。這時西恩・潘和卡菈用白磷榴彈擊倒了另一臺機器人。

現在只剩下一臺機器人，這支中隊的首領——追著凱吉穿越無數歲月的宿敵。

他接近這臺二十呎高的恐怖機器人。在他的認知裡，機器人的駕駛員，這個惡魔，在無數個令他冒冷汗的夜晚騷擾他。

「你逼得我離開我的家園、我的人生，」凱吉說：「為什麼？我失去了我在不同人生可能擁有的愛與溫柔，就因為你不放過我。為了什麼？這個宇宙已經夠殘酷了，不需要你這種人把自己的娛樂建立在別人的痛苦上。夠了。這一切在今晚做個了斷。」

他舉起等離子爆能槍。「算帳的時候到了，王八蛋。」

他朝駕駛艙開火，受害者看著他，這個受驚的蜥蜴形隊長用自己的方式發出哭號。凱吉擊碎了駕駛艙的邊緣，打破了聚合物外殼；蜥蜴人在束帶底下掙扎抽搐，因為地球的空氣令他窒息。蜥蜴人及時發出求救訊號時，凱吉舉起王者之劍，相信這一擊能讓地球獲得數千年的自由。

他舉劍劈下，剖開了蛇形人的腹部。凱吉沒就此罷手，而是不斷劈砍戳刺，破壞每一顆內臟，彷彿擔心如果不這麼做惡魔就會持續重生。這時候葛妮絲・派特洛在內臟流出的血泊中玩起花式溜冰——這個動作有可能觸怒管理戰爭的諸多天神。

「各位，」金・凱瑞開口，瞟向山脊。「事情還沒結束。」

確實還沒。在這一刻，更多外星人的善後機器人從山丘出現，數量不是六臺，而是至少一百臺，而且它們不是一般的雙足機器人，而是超級雙足機器人，每一臺有四十呎高，踩碎了群樹和岩石，朝這個小小的購物村走來，對外星人隊長發出的求救訊號做出回應。他們走近時，周遭每個原子都發出令人心寒的音樂聲，凱文的《安魂曲》的最後樂章是他最後的進攻，這首外星人的罐頭音樂就像波穆斯博士的《這神奇的一刻》，悲劇性又超自然的平庸音調讓人們的靈魂失去最後一絲希望，因為機器人現在發射的死光不是緋紅色，而是暗紅色；凱文的部下得知了凱吉對死光免疫，所以稍微調整了光束的光譜。尼可拉斯・凱吉在所有幻象和夢境中都沒看過暗紅色死光，他在這一刻意識到：關於未來的浮光掠影並不能組成完整的畫面。

「他們摸清了我們的底細！」他喊道：「我們得趕緊逃！」

他和大夥逃跑的同時，新版死光如滂沱大雨般灑下，他的朋友們剛剛還憧憬著一個新的世界，現在只忙著苟延殘喘。

※※※

每一臺超級雙足機器人身上裝有二十門砲管，駕駛艙都以護盾覆蓋，形狀有點像鳥嘴，看起來就像人類歷史上在瘟疫時期行醫的醫生，只是體積巨大許多。

倖存者們匆忙逃往交溪路，雨滴反映暗紅死光。接著，一道射線如奎蛇般嘶嘶作響，擊中葛妮絲・派特洛的腿部，截斷了膝蓋上方以下的部位。她的淒厲尖叫是某種人類特質最後的叫聲，高聲宣布人們所知的世界已經成了失落的文明。卡菈將她抱起，帶她沿購物街逃跑，一行人躲進一條側巷。派特洛驚恐地瞪著自己的傷口，靜脈的斷面因燒焦而止血，焦黑的大腿骨尖端從血肉中伸出。

「我的腿沒了，我的腿沒了……」她倒抽一口氣。「太酷了！」

「我們會給妳弄條新的腿。」莎莉・梅伊把嗎啡注射器扎進葛妮絲・派特洛的大腿。

「我們被敵方火力困住了，」西恩・潘說：「無處可逃。」

「我們就不能弄輛車逃跑？」凱吉朝巷子裡的幾輛棄車點頭。

「沒用的，」莎莉・梅伊說：「那些都是時髦的電動車，整輛車都電腦化，線路已經被電磁脈衝燒壞了。」

「那輛怎麼樣？」凱瑞指向一輛英國凱旋牌機車，那是一九七〇年代末期的經典款式。「我覺得那看起來像類比科技。」

「值得一試，」莎莉・梅伊說：「可是頂多只能載三個人。」

大夥匆忙來到機車所在。莎莉・梅伊撥弄車子的點火線路，引擎發動又熄火了三次，然後車頭燈綻放光芒。

「上車吧，女孩們，」莎莉・梅伊對派特洛和卡菈說：「現在得來點策略性的科技降級。我的意思是，咱們趕緊逃之夭夭。」

「妳是認真的嗎？」凱瑞說：「在逃命這種事上，突然又是女士優先？」

「女人有權利改變心意。」莎莉・梅伊說。

「這是必要的安排，」西恩・潘咕噥，被嘴裡叼著的駱駝牌香菸熏得瞇起眼睛。「葛妮絲受了傷。莎莉・梅伊，妳是我們當中最強的戰士，她們會需要妳。而卡菈懷了孩子。」

「什麼孩子？」凱瑞問。

「我的孩子，」潘吼道：「她懷了我的孩子。」

三名女子爬上機車，莎莉・梅伊握住把手，卡菈把打了嗎啡而暈眩的葛妮絲・派特洛抱在莎莉身後，接著轉向西恩・潘。他把一手貼在她的肚皮上，做出最後的請求：「如果我死了，跟我們的孩子說我死得很安詳、很平靜。跟我們的孩子說，我嚥下最後一口氣的時候，在想著孩子吸進的第一口氣，想著這如何聯繫了我們。告訴她，每次有人把香菸的煙吐在她臉上的時候，這就表示我在場，我在看守著她。」

「我會的，」卡菈溫柔道：「我向你保證。」

「也跟孩子說說我的事，」凱吉說：「其實，跟每個人說說我的事。說我在死前用我的王者之劍殺掉了一個外星人。妳也可以順便提到我對死光免疫，雖然妳沒必要這麼做。妳一定要說我死的時候是慢動作的屈膝跪地、高舉雙臂，就像威廉・達佛在《前進高棉》裡那樣。就算我犧牲了自己，我也只要求這麼多。」

「你呢，金？」莎莉・梅伊問：「你希望我們怎麼說你？」

「要不要我們說你殺掉了十幾個外星超級雙足機器人？」卡菈提議：「你是一人大軍？」

「不，」凱瑞說：「我的作戰紀錄只是還好而已。」

「跟他們說金有一百顆腦袋和一百條胳臂，」葛妮絲在嗎啡影響下說道：「說外星人動用了一百人才殺掉他，而且他從來從來從來沒有放棄。」

凱瑞並不完全討厭這個想法。也許還可以說每一顆腦袋都有自己的表情？這其實還挺貼近對他的描述吧？這樣的形容滿不錯的：他是一人嘉年華，這個藝術家擁有多個樣貌，他是一個人，也是所有人。他不是希望獲得某種世界紀錄嗎？在《再生之書》裡扮演主角？他如果不為自己宣稱什麼，就會淪落為小角色。死光在巷口出現時，懷疑和困惑這兩種情緒如老鼠般鑽過他的腦海。現在沒時間發表喪禮演說，只來得及留下瓶中信。

「我只希望妳們找到我的女兒，」凱瑞說：「找到珍妮，跟她說我愛她。」

「好，」莎莉・梅伊說：「我們得走了。」

凱瑞望向潘和凱吉，雖然這兩人都拍過不少戰爭片和動作片，卻也跟他一樣對接下來的遭遇感到驚恐不已。這三名男子以眼神對彼此表示同意，這種眼神絕對不是只屬於這一刻，因為在一百年前，一群男孩子在衝進索姆河的致命交戰區之前，也交換過同樣的眼神，這個眼神表示每個人都把自己的生命、情感和仲夏夜交託於「命運」的無情之手。接著，金・凱瑞、西恩・潘，還有尼可拉斯・凱吉，好萊塢最後的三位巨人，因市場對他們的崇拜而成為大明星的凡人，衝進交溪路，用等離子爆能槍朝暗紅彈幕開火，追殺他們的超級雙足機器人們因此上鉤。他們幾乎轉移了所有敵方火力，讓凱旋牌機車得以高速拐進太平洋海岸公路北上。這時「戰鬥」本能切換成「逃命」本能，三位男主角如驚慌農畜般奔逃。

潘第一個倒下。一臺超級雙足機器人發射的暗紅光束貫穿了他的右臂，從關節處予以截斷，斷肢掉在泥地上。周圍沒有任何地方可供掩護。他蹲下身子，從斷手裡拿起仍在燃燒的駱駝牌香菸，以叛逆姿態湊到唇前，抽了令他心滿意足的最後一口菸，這時第二道死光貫穿了他正在跳動的心臟。他斷氣的時候想著孩子，是男是女並不重要，他的孩子將誕生於一個原始又自由的世界，將為重建世界而盡一份心力，接下來的辛苦歲月將出現一個新的道德制度。西恩・潘的意識安然地待在這個幸福感之中，就算他的肉身倒在地上，被超級雙足機器人們燒得焦黑，這些機器人就在一百碼外發射猛烈砲火。

他們把凱吉當成下一個目標，決心剷除這個擁有「死光免疫力」的帶原者；他快步過街的時候，遭到他們的死光擊中。有多少人有機會安排自己斷氣時的動作？他死的時候，做出了他說過要做出的動作：他轉身面對他們的蜂擁而至，甚至嘲笑他們，因為如果他們做得出最嚴重的威脅就是讓他消失，那他並不介意，他願意接受這場永久的度假，離開「存在」所帶來的折磨。他以慢動作倒下，雙臂伸向蒼天，臉上出現耶穌基督臣服於上帝旨意的表情。你做到了前人沒做過、其他人不敢做的事，凱瑞心想，看著凱吉發出痛苦的嘶喘聲、斷氣倒地。

你給了我勇氣。

凱瑞想起米開朗基羅的雕像《聖母憐子》，耶穌倒在聖母瑪利亞的懷裡。他心中的某個墓穴發出聲音，對聖母瑪利亞做出祈禱，祈求安全，祈求速度，而這兩個心願都無法成真，他祈求能像凱吉那樣死得轟轟烈烈。

然後，他拐過哈瓦那餐館，它的水泥構造為他擋下了敵人的砲火齊射。他掙扎害怕，呼吸困難，一心只想回到那個地方，一個蠕動的物種在五億年前開始了自己的故事，一個跨越了各種電影類型的故事，關於奇幻、喜劇、動作和冒險、謀殺和魔法。

他盯著大海，奔逃時彷彿人類的語言只剩下「逃」這個字。

第十六章

懷著強烈怒火的超級雙足機器人們恣意破壞購物中心，死亡射線貫穿夜霧，轟炸各個店鋪，約翰瓦維托斯、歐舒丹、露露檸檬……這些商店全都陷入火海，有些人可能會覺得這就像在破壞神廟。

所有招牌和名字都化為碳粉，隨風而逝。

金‧凱瑞奔跑的時候，想著瀕死的尼可‧凱吉如何抓住心口。

他逃離了這場毀滅，逃往一條也許能成功的生路，臉上沾滿油汙和怪異的血漬。他跑過高速公路，然後拐進一條小路，跑向海灘。一頭受驚的巨獸從一條車道衝來，擋住他的去路，看來應該是從某個怪咖的私人動物園逃出來。

是頭犀牛。

他和牠在彼此的瞪視下僵住。在這一刻的跨物種評估中，凱瑞覺得心裡充滿希望：雖然希望渺茫，但這頭犀牛可能就是他的老友羅德尼‧丹吉菲爾德。也許是隆斯坦引導他們倆來到這一刻，引導這對老夥伴重聚，用俏皮話和純然的勇氣來擊敗超級雙足機器人。

「羅德尼？」他呢喃。

犀牛瞪大眼睛的時候，凱瑞滿懷希望地等著聆聽答案。然後犀牛呻吟一聲，張開鼻孔，衝鋒而來。凱瑞沿路奔逃，跑向一棟海濱別墅的後門，翻門而過，掉進一團灌木樹籬，這時發怒的犀牛把犄角撞進大門的兩支鋼柱之間。這頭猛獸試著抽身，但被鋼鐵緊緊夾住。牠發出淒厲哀號，聽起來就像發自破損的卡祖笛，不帶一絲人性。超級雙足機器人們這時走過高速公路，朝一間間海濱別墅掃射，激起的熱焰飄過夜空。

現在，這位明星想起在 YouTube 和 Netflix 上看人類歷史時學到的一條鐵律：在危機時刻，人只能往前跑，不能回頭看。他跑到海灘，尋找某種逃生途徑，但是這片海灘是有錢人的天堂，沒有馬達船，沒有帆船，只有槳板和休閒椅；在末日時刻，「美式休閒活動」跟「躺在棺材裡讓人瞻仰遺容」其實沒多大分別。然後，在一道暗紅光束閃爍下——

他看到屈伏塔及其手下從聖莫尼卡南下而來時搭乘的橡皮艇。他跑過濕滑的退潮沙灘，把小艇推向水裡。他的喉嚨裡出血，他發出的呻吟吆喝很自然地成了他最後的祈禱。殺手們來到海邊，在周圍降下暗紅色的死亡之雨，這時凱瑞拉扯外掛式馬達的拉繩。

拉扯一下，馬達沒發動。

他焦急地拉扯第二下，馬達還是沒發動。

他轉頭看到行刑隊。有些外星人跳起慶祝之舞，閃閃發亮的合金鳥嘴震顫，看起來像在笑。有些外星人把外骨骼支架在成堆的焦黑屍體旁邊停定下來，從駕駛艙滑落，大啖燒烤人肉，把這個征服場面播放給老家的觀眾看。他們狼吞虎嚥的時候，凱瑞注意到他們的下半身噴出黑色液體，不確定他們這麼做是用第二張嘴嘔吐，還是用他看不見的性器射精。

讀者您必須在這一刻注意到一件事：金・凱瑞跟那些為了逃難而拋下一切的人們不一樣。被自己的族人滅絕，這其實會帶來某種安慰，因為你知道這是這個物種的默契，這把刀原本能揮往另一個方向。這個安慰雖然很小，但也是那些被外星人屠殺的人類所無法獲得的。他嚇得在褲子上拉屎，卻欣然接受自身惡臭，因為這是人類之臭。超級雙足機器人們對他所在的海灘加強開火。他拚命拉扯外掛式馬達，啜泣哀求。**拉扯，拉扯，拉扯**——

馬達終於勉強發動，造成的震動給他渾身每一顆細胞帶來希望。他爬進小艇，壓低身子，逃向唯一的安全地帶：大海。

※※※

他像躺在床上那樣平躺著，不敢移動。他告訴自己：每過一秒，他就離安全地帶越近。他向諸神祈求保護，但因信心不足而在將近一小時的時間裡不敢回頭看。他往太平洋航行了兩哩，在褲子裡的糞便和心中恐懼的影響下發抖。他抬頭窺視海岸，那裡成了一團舞動的火葬柴堆，馬里布市陷於火海；他的家，存放著卓別林之杖的那棟房子，也跟著以前的他，還有造就出他的那個世界，一同消失。他掉下從特洛伊時代就被歌頌的眼淚，而且凡人的事物確實令人感動。他嚎啕大哭，為了西恩・潘和尼可拉斯・凱吉，為了他永遠不會知道有何下場的莎莉・梅伊和卡菈，為了他的女兒和外孫，無論他們倆在哪。他甚至也為了溫克和艾爾而哭；雖然彼此間有些不愉快，但他現在願意付出任何代價，只希望那兩人也在這艘船上，能幫他想辦法，安慰他、鼓勵他。好吧，他不太希望艾爾在船上，因為艾爾總是暴飲暴食，這會在資源有限的環境裡造成問題，甚至導致食人行為。但是溫克……沒錯，他絕對希望溫克在船上，溫克至少能扮演白臉。溫克總是對他充滿信心，就算其他人對他沒信心。溫克擁有作戰經驗，曾見過人們死亡，就像凱瑞現在所目睹的。有個奇蹟讓凱瑞感到驚奇：溫克經歷過那麼多損失和痛苦，竟然還保留了部分的人性。凱瑞持續航向大海，心中充滿悲傷，海岸成了一團燃燒村落，即將熄滅的燈光——

唉，墮落的世界啊，他自然而然地想起在沙漠攝影室裡說過的臺詞。你向繁星呼喊，祈求擺脫孤寂，它們也應允了你的請求，卻奪走了你其他擁有的一切。而且我現在成了什麼？

一個人及其世界是彼此連結的。如果毀壞其中一個，就會損壞另一個。

他之前是什麼樣的人？

是文化市集的天神。

他現在是什麼樣的人？他是個駕駛小艇的生物，離加州海岸有十哩遠，他的龐大財富如今只剩屈伏塔留給他的一個背包，裡頭有兩個金屬水壺、一個急救包、十幾支雷射傑克閃電品牌的「餅乾與奶油」口味的優格棒，包裝紙上印著傑克的結實上半身的剪影。凱瑞欣賞著傑克雕像般的腹肌時，想起電影《大地英豪》（註6），或者該說由丹

6 The Last of the Mohicans，直譯為「最後一個摩希根人」。

尼爾·戴路易斯這個白人在該作中飾演的印第安人；由白人飾演非白人角色的這種做法，在那個已經消失的文化時代中不僅被允許，甚至獲得讚賞。也許這幾支優格棒，加上他突然想到健康的美國原住民，就是宇宙對他提出的邀請。他如此心想，心中出現短暫的希望。他會找到某個小島，好好鍛鍊身體，變得像最後一個摩希根人那麼厲害。從某方面來說，他很可能就是最後一個摩希根人，因為所有人類都來自同一個祖先。

那部電影是如何結尾？

他覺得有必要知道答案，他需要這個敘事模式來引導他。但他看過太多電影，所有結局都混在一起。那個摩希根人最後被法國人槍殺？還是在某個瀑布旁邊帶著一個嬰兒？凱瑞急於知道答案，於是閉上眼睛，向諸多可能的創作者們做出懇求，希望獲得牢靠的回憶，這時海岸線已經從他的視野裡消失。

然後，他漂流於全然黑暗。

他在驚慌下把小艇對準他推測的東方，拚命催油門，希望每次做出這種耗費燃料的行為就能讓他的世界找回方向。他已經幾十年沒上過加油站，而且認定每輛車都裝有衛星導航系統。引擎因汽油不足而發出顫抖聲的時候，他咒罵約翰·屈伏塔只留給他一艘小船，油箱裡的燃料頂多只夠讓這艘小船在船塢周圍溜達。他捶打自己的臉，放聲尖叫，直到嗓子沙啞、發不出任何聲音，他因為迷失了方向而震怒。

他疲憊得癱在小艇上，對自己說「維持正面心態很重要」。

他友好地向宇宙表示，他必須保持信心，必須抱著正面心態和感激之意進入夢鄉。

他心中浮現一個想法：

TPG現在什麼也不再擁有。

※※※

他在矇朧太陽下醒來，頭痛欲裂。他在小艇邊緣撒尿，深琥珀色的尿液灑進無盡的灰藍波浪，激起的漣漪比監獄鐵桿更令他心情沉重。

他口乾舌燥，但手邊只剩半個水壺的水。

只剩兩口的份量，就算小心飲用也頂多只有三口。

他知道能透過蒸餾海水的方式取得飲用水。他在求生節目上看過，跟化學鍵有關。要做的就是說服鹽分跟水分分手，而且需要使用防水布和塑膠瓶，好像也需要放大鏡。他看過相關畫面，但想不起細節。

到頭來，他的腦袋還是遺忘了這麼多資訊。

他稍微喝點水，潤濕腫脹的舌頭，拚命尋找某種東西來對抗絕望，最後選定了一個最模糊、最不可行的希望——

貿易風。（註7）

他想起在推特上看過的資訊圖表。海洋是一套有生命的系統，他確定自己是這套系

7　從亞熱帶高壓帶吹向赤道低壓帶的低空風。

統的一部分，他知道這點，因為他剛剛才往海裡撒過尿。而這套系統是諸多更龐大的系統的一部分，而無論行刑隊是否存在，那些系統的產物基本上算是慈悲，至少不抱敵意。

貿易風。

他想像這道風把他吹往北方，吹往奧勒岡州。他看到自己抵達失落之女在森林深處的人間天堂，看到莎莉・梅伊和珍妮頭上戴著苔蘚環冠，看到外孫傑克森長得強壯結實、準備在純淨的新世界當個領導者。然而，這幅景象接著分崩離析，他看到這個快樂的村落遭到突擊，看到人們挨餓幾十年，農地變得荒蕪，大家為了爭奪儲存的汽油和Spam火腿罐頭而大打出手，這個世界回到原始的暴力。他感覺額頭的皮膚冒出水泡。

他不再想著貿易風。

他蜷縮在小艇側邊的陰影裡，壓低頭部，橡皮艇在海浪上起伏。

他朝船外嘔吐，胃酸灼燒口腔。

他吞下最後一點水，身體要求水，膽汁刺痛嘴唇、下巴和舌頭。他頭暈目眩，用海水洗臉漱口，然後吞下，無力反抗口渴這種感受做出的要求。

他入睡後夢見吞下砂紙。

他醒來時發現是晚上，他的思緒緩慢混亂，就像遭到大錘猛擊的大塊花崗岩。

海水不只是平靜而已，而是宛如經過打磨拋光的黑曜石。

繁星如水晶般明亮，完美地反映於水面，天上的銀河環繞於小艇周圍，這條神聖的輪帶是不受任何軸心束縛的無限時空。他鼓起勇氣，轉頭望向旁邊的水面，以為能瞥見無限，卻看見一張鬍鬚凌亂的憔悴臉龐，眼睛因絕望而凹陷。

他朝這個食屍鬼吐口水，然後回過頭，發現船上不是只有他一個人在。

泰德・伯曼，BBC頻道的《重返龐貝城：邁向毀滅前的倒數計時》的主持人，坐在小艇另一頭。「我見過許多破滅文明。」伯曼開口，身穿印第安納瓊斯服裝，戴著一頂廉價的紳士帽，語氣是歡快友好的電視主持人。「但在世界末日到來的時候，我一直想來這裡，跟世上最後一個人，金・凱瑞，在一起。」

「伯曼？」凱瑞說。

「人類的大腦如果缺乏睡眠和營養，就會停止高級機能，尋找一條舒適的出路。」伯曼像是在對看不見的觀眾說話。「每個時代都有自己的諸神，而且會在末日到來時尋求那些諸神。這裡這位金・凱瑞其實跟最後那些龐貝人沒有多大分別。肯伊・威斯特雖然個性躁狂，但擁有真正的天賦。在歷史的末路，不就只剩抽象的上帝？」他從背包裡拿出一支公羊犄角。

「這是做什麼用？」凱瑞問。

「我們即將通過一個能量地帶，」伯曼說：「不同的世界在這個地帶彼此接觸。」

他把羊角湊到嘴邊，吹出哀怨的號角聲，低沉的哭號，聽起來就像突然展現出靈性的小羊哀悼自己即將遭到屠宰。他持續吹號，直到臉龐漲紅，頸部冒出青筋。海面和天上的統合星光開始震動，然後旋轉——

一開始顯得混亂。

然後逐漸形成一幅錯綜複雜的紋路，一朵熾白之花，擁有無限多的花瓣，每一道花瓣的長度是一千萬光年，這幅閃亮的曼陀羅劃過蒼穹。凱瑞像個學習何謂飛行的小學生一樣認真聆聽泰德・伯曼解釋：「這是以前所有存在過的世界的形狀，所有曾經活過的生命。這是它們綻放的光芒，是所有的夢想、回憶、希望和心願。」

「是的，」凱瑞覺得溫暖。「就是這樣。」

「而且它向來存在，只是需要安靜的環境才能揭露自身。」

伯曼再次吹響號角，這次的音調稍微比較高。花瓣變成奪目的碎形幾何，以完美的黃金螺線旋轉。凱瑞驚奇得倒抽一口氣，這時伯曼以身為ＢＢＣ主持人以及康乃爾大學學士學位的權威開口：「這才是時間真正的形狀，漩渦的無盡旋轉。」

凱瑞沙啞地咯咯笑，心想自己竟然擔心人類壽命所造成的束縛，竟然擔心自己的腰圍，竟然曾在酪梨冰沙裡添加女性服用的胺基酸補品。「時間的無盡性」的這個謎團對他隱瞞了一輩子，在靈性子午線的適當位置吹起適當的音符，讓它顯現。

「我們今晚學到了很多東西，」泰德・伯曼放下羊角。「現在，我想稍微提到我們的贊助商：瘦吉姆牌的肉棍和牛肉乾零食。」

「呃？」凱瑞感到納悶。「可是時間和——」

「瘦吉姆牌的肉棍和牛肉乾零食風味濃厚、勁辣辛香，而且成分是男子漢需要的，」伯曼說：「滿足你的飢餓，今天就來一支瘦吉姆！」

然後他從背包裡拿出至少十塊牛肉乾，像扇子一樣舉起攤開，彷彿展示必勝的一手牌。「來塊牛肉乾吧，金？」他問。

凱瑞徹底忘了跟幾何紋路之間的親密交流，而是像一頭狂野山貓一樣撲上前，從伯曼的手裡搶走瘦吉姆牌肉乾，用牙齒撕開塑膠包裝，用犬齒咬進多汁肉塊，啃咬咀嚼吞嚥吸吮，由體內的慾望引導，直到這股慾望平息下來，然後他進入夢境，胃袋飽滿，動物細胞獲得餵食。

※※※

他醒來時感覺雙手劇痛，但對痛楚的起因毫無印象。他驚恐地發現手指沒了皮肉，彷彿遭到食人魚撕扯，骨頭裸露，雙手血淋，神經和筋腱斷裂。他嚇得尖叫，然後因為尖叫而痛得臉龐扭曲，喉嚨被胃酸灼痛。他甚至嚥口水就會痛。

他蜷縮成胎兒狀，顫抖嗚咽。

動動腦子，動動腦子，動動腦子……

他在哪裡？

在海上。一艘小船上。這是什麼樣的船？

小艇。

這兩個字聽起來真像擬聲詞，不像真正的文字——

小艇，小艇，小艇……

他是金，在一艘小艇上……

確認了這項基本的事實後，他覺得自己跟這艘橡皮艇合而為一，金和小艇，小艇金米，金金小艇，小金小艇，他咯咯笑地自言自語，阿金小艇，小艇小金，他放聲大笑，一口染血的膽汁飛到掌心上。他盯著這口痰，說聲血痰，然後重複說著血痰，血痰，笑得好像這輩子從沒笑過。

他側身躺下，不斷咳出血痰。

他上一次像這樣劇烈嘔吐，是小時候得了猩紅熱，還是流感？天知道是什麼……他的諸多回憶就像一卷卷電影膠片，正在慢慢融解。他感到驚慌失措。他急著觀看並保存這些回憶。他閉上眼睛，在心中的藏寶庫裡搜索，尋找自己以前是什麼樣子。但是回憶損壞得太過嚴重，無法修復，藏寶庫裡每個隔間都被鹽水淹沒，所有回憶都沒了，除了一個……

凱瑞再次抬起頭的時候，看到父親柏西坐在一旁，穿著那套深藍色西裝，那是父親擁有的唯一一套西裝，脖子上是父親最喜歡的藍絲絨夾式蝴蝶領結。

「我的兒子，你沒事兒，」他溫柔地牽起兒子受傷的雙手，所有痛楚為之平息。他在凱瑞耳邊呢喃：「有個靈魂引導萬物。宇宙（universe）這個字，意思是『萬物歸一』（one verse）。繁星、大海，還有吹過麥田的風。還有我們，你和我。以前是以肉身型態，現在是透過回憶。瞧？我在你心裡，你在我心裡。」

「我們就是彼此。」

「沒錯。我們並沒有分開，不像外表上那樣。」

凱瑞面露微笑，心想自己竟然曾經以為自己是個「人」，多麼荒唐的錯覺，多麼勞心勞力。當個「自我」是多麼辛苦的一件事，用文字、功績和卓越成就來持續餵養一個龐氏騙局。他起身擁抱父親，但這道幻影消失了。他孤單一人，頭垂在洩氣不少的橡皮艇邊緣，眼睛在烈日下緊緊閉起。

他急於尋找證據來證明自己能續存，因此用腫脹的舌頭觸碰口腔內部，結果一顆臼齒脫離了牙齦。這絲毫不令他心煩意亂，因為他讓牙齒離開口腔、掉進海裡的時候，他徹底確定無論這副肉身是什麼，它並不是他。

在這裡，在這個無比危急的情況下，他的心靈彷彿做出告解，揭露了他「究竟是什麼」的這個真相；因為他的心靈是世界上唯一的心靈，它在這一刻對現實的感知是他這個物種最後一個被記錄下來的想法——樹林和樹木在裡頭無聲傾倒——他在這艘小艇上的感受，雖然看似違背了所有邏輯，所有人類真相的總和，一個破碎物種的最後一個小故事，而令人眼花撩亂的莊嚴真相是：他並不是一個置身於偷來的橡皮艇的男人。

他是一切。這點很難定義，因為他的大腦在這一刻只剩最後一點熱量可用。但「他」就是「整體」，「整體」就是「他」。他完整地感覺到萬物之間的整合、互動以及和解，這一切所發生其中的空間。「整體」解放也占據了他整個心靈，這個詞彙令他感到慰藉，這個字沒有刺耳的音節，而是個柔和的吐氣音。整體，沒有脫離繁星，完全地而且愉悅地——

冠雪的喜馬拉雅山脈。陷落前的曼哈頓島。劃開了美國大平原的密西西比河和冰河。以及時間，所有的時間。在這一切之外，真相、謊言、光明和黑暗；迪克・凡・

戴克從腳凳上跌下來；情侶們在炎炎夏日下的福特雷鳥敞篷車上第一次接吻；孩子們在幸福時光裡對蒲公英吹氣許願；人們懷著希望面對未來；土星環和遙遠的銀河系和霜淇淋；眼角的一顆喜悅之淚，這副身體裡最後一點水分慢慢流過臉頰……

此刻，柔軟的雲朵飄過稍微不再那麼惡毒的太陽，下降來到時間的次元，懸在這具疲憊破碎的身軀上，下起的小雨喚醒了這副軀殼裡少許的生命力，水和光明……

他尋找一個不再重要的名字，他這輩子都是用這個發音來稱呼自己。

一個似乎來自雨中的聲音對他呢喃——

噓……

作者鳴謝

特別感謝曾對我們提供幫助的每一位：

丹・阿洛尼、安・布蘭切特、保羅・博加茲、雷・布徹、珍妮・凱瑞、柏西・凱瑞、露絲・居里、傑夫・丹尼爾、潔姬・艾克豪斯、琳達・菲爾茲・希爾、格里・費斯克言、埃瑞克・戈德、金潔・岡薩加、阿歷克斯・赫斯特、奇浦・吉德、黛比・克萊因、大衛・庫恩、瑪麗亞・萊斯里、湯姆・萊沃里特、桑尼・梅塔、吉米・米勒、妮可・蒙特茲、提姆・歐康納、強尼・里格尼、道恩・薩茲曼、傑克森・桑坦納、蓋瑪・希爾夫、琴・培瓊，還有Boing！

潮流文學

回憶與誤解

（原名：MEMOIRS AND MISINFORMATION）

作者／金凱瑞＆達納培瓊　譯者／甘鎮隴
發行人／黃鎮隆　副總經理／陳君平
副理／洪琇菁　國際版權／黃令歡
執行編輯／呂尚燁　美術主編／李政儀
企劃宣傳／邱小祐
發行／英屬蓋曼群島商家庭傳媒股份有限公司城邦分公司　尖端出版
台北市中山區民生東路二段一四一號十樓
電話：（〇二）二五〇〇—七六〇〇（代表號）
傳真：（〇二）二五〇〇—一九七九
中彰投以北經銷（含宜花東）／楨彥有限公司
電話：（〇二）八九一九—三三六九
傳真：（〇二）八九一四—五五二四
雲嘉經銷／威信圖書有限公司　嘉義公司
電話：（〇五）二三三—三八五二
傳真：（〇五）二三三—三八六三
客服專線：〇八〇〇—〇二八—〇二八
南部經銷／威信圖書有限公司　高雄公司
電話：（〇七）三七三—〇〇七九
傳真：（〇七）三七三—〇〇八七
香港總經銷／城邦（香港）出版集團有限公司
香港灣仔駱克道193號東超商業中心1樓
電話：（八五二）二五〇八—六二三一
傳真：（八五二）二五七八—九三三七
E-mail：hkcite@biznetvigator.com
馬新經銷／城邦（馬新）出版集團　Cite(M)Sdn.Bhd.
E-mail：Cite@cite.com.my
法律顧問／王子文律師　元禾法律事務所
台北市羅斯福路三段三十七號十五樓
二〇二一年三月一版一刷

■中文版■

郵購注意事項：
1. 填妥劃撥單資料：帳號：50003021戶名：英屬蓋曼群島商家庭傳媒(股)公司城邦分公司。2. 通信欄內註明訂購書名與冊數。3. 劃撥金額低於500元，請加附掛號郵資50元。如劃撥日起 10～14日，仍未收到書時，請洽劃撥組。劃撥專線TEL：(03) 312-4212 ・ FAX：(03) 322-4621。E-mail：marketing@spp.com.tw

國家圖書館出版品預行編目資料

回憶與誤解 / 金凱瑞 & 達納培瓊 著 ; 甘鎮瓏譯 .
--初版.　--臺北市：尖端出版, 2021.03
面 ; 公分.--(潮流文學)
譯自: Memoirs and misinformation
ISBN 978-957-10-9282-9(平裝)

861.57　　　　109017065